Für meine Kinder
Sascha, Robin und Sarah

Impressum

Bibliografische Information der Deutschen Nationalbibliothek: Die Deutsche Nationalbibliothek verzeichnet diese Publikation in der Deutschen Nationalbibliografie; detaillierte bibliografische Daten sind im Internet über www.dnb.de abrufbar.

Neuauflage Oktober 2017
© April 2015 Birke Elia Milan
Birke.Elia.Milan@gmx.de
Coverfoto Milan: © Marilyn Barbone / dreamstime.com

Lektorat: Alexandra Eryiğit-Klos

Herstellung und Verlag: BoD - Books on Demand, Norderstedt

ISBN: 9783746010892

Printed in Germany

Birke Elia Milan

Mut zur Klarheit

Roman

Neuauflage

Eine verwirrende Mail

Montag, 4.10.2010

In Urlaubslaune setze ich mich an den Schreibtisch, fahre den Rechner hoch und öffne das Mailprogramm. Neuerdings rutscht immer mehr Spam durch den Filter, stelle ich genervt fest. Eine Mail von einem unbekannten Absender mit dem Betreff ‚Wir müssen uns treffen' wird sofort gelöscht. In der Vorschau nehme ich gerade noch meinen Namen wahr, interessiert hole ich die Nachricht aus dem Papierkorb zurück. Ein mir fremder Toni schreibt, wir würden uns bisher nicht kennen, doch er müsse sich unbedingt mit mir treffen, es habe mit Wolfgang zu tun.

Verblüfft starre ich auf den Bildschirm. Ausgerechnet heute, am 13. Todestag meines Mannes, meldet sich ein Fremder, der ihn gekannt haben will. Das kann wohl kaum ein Zufall sein! Ich zögere einen Moment, doch dann siegt die Neugier. Aber ich antworte auf diese zweifelhafte, sehr kurz gehaltene Mail ausschließlich mit Fragen: Was er von mir wolle, welcher Art sein Kontakt mit Wolfgang gewesen sei, woher er meine Mailadresse habe.

Wenige Sekunden später erhalte ich seine Antwort. Er verstehe meine Fragen, er werde sie selbstverständlich alle beantworten, doch dies könne nur im persönlichen Kontakt geschehen, gerne könnten wir uns in einem Lokal in der Stadt treffen. Meine sofortige Rückfrage, von welcher Stadt er spräche, wird umgehend beantwortet. „Da ich nördlich von Frankfurt wohne und du in Langen, schlage ich etwas in der Nähe des Mains vor. Zum Beispiel im *Break Down* in Sachsenhausen." Geschockt erhebe ich mich, während die Gedanken wild durch den Kopf wirbeln. Wer ist das? Was hatte er mit Wolfgang zu tun? Woher weiß er, wo ich wohne? Was will dieser Mann von mir?

In der Küche zaubere ich mir einen leckeren Milchkaffee mit ordentlich viel Schaum. Die große Tasse zwischen meinen Händen haltend, lasse ich mich im Schaukelstuhl nieder. Auf dem Geländer der Dachterrasse beobachte ich eine Amsel, auf einer großen Tanne zwei streitende Elstern, kleine Wölkchen am Himmel. Ein sonniger erster Urlaubstag, an dem ich noch nichts geplant habe. Abenteuerlust überkommt mich – was habe ich zu verlieren? Mein Vorschlag, sich doch gleich heute zu treffen, wird sofort bestätigt.

Zwei Stunden später betrete ich das vollbesetzte Lokal. Ich suche nach dem vereinbarten Erkennungsmerkmal, einem roten Schal, doch ein Paar braune Augen nehmen mich gefangen, lassen mich nicht los, verfolgen jede meiner Bewegungen. Es war diese starke Anziehung, der ich blind folgte, erst jetzt sehe ich den Schal auf dem Tisch liegen. Also ist *er* dieser Toni! Auf ihn zugehend, betrachte ich ihn genauer. Er hat ein sympathisches, glatt rasiertes Gesicht, dunkle, kurze Haare, eine schlanke Figur, vermutlich ist er in meinem Alter, vielleicht ein bisschen jünger. Auf dem kleinen Tisch am Fenster steht ein Glas Latte macchiato, schon fast leer. Er steht auf, reicht mir die Hand: „Toni Amtenbrink." Ich schüttle sie, während ich mit einem süffisanten Lächeln erwidere: „Ich bin die Frau, die sich durch die rätselhafte Mail eines Unbekannten hierher locken lässt", und setze mich ihm gegenüber.

Einen Moment lang schauen wir uns wortlos in die Augen, dann ergreift er mit beiden Händen die meinen, spricht mit angenehm tiefer Stimme: „Helga! Schön, dass du gekommen bist. In meiner Nachricht habe ich dich, ohne zu fragen, geduzt, ist das okay?"

Diese Vertraulichkeit ist mir unangenehm, ich entziehe ihm meine Hände. Ausweichend blättere ich in der Getränkekarte, bestelle bei der Bedienung, die gerade an unseren Tisch tritt, eine heiße Schokolade. Toni schlägt vor, ich solle sie mit Schuss nehmen, den könne ich sicherlich noch gut brauchen. Ich ignoriere diese Bemerkung, fordere ihn stattdessen auf, er möge mir endlich sagen, was sein Anliegen sei.

Keine Sekunde hat er mich aus den Augen gelassen. Nachdem er sich geräuspert hat, fragt er mit leiser Stimme: „Noch mal Helga, ist das okay mit dem Du?"

Das gefällt mir, er registriert Grenzen, bleibt dran, sorgt für klare Verhältnisse. „Ja, es ist okay für mich", antworte ich, „allerdings ist Helga nicht mehr aktuell. Ich verwende diesen Namen schon seit vielen Jahren nicht mehr, stattdessen ..."

Toni unterbricht mich, tippt sich an die Stirn: „Entschuldige, das hatte ich vergessen. Warte!" Er überlegt fieberhaft. Plötzlich erhellt sich sein Gesicht. Freudestrahlend verkündet er: „Sina!?" Sprachlos schaue ich ihn an. Woher weiß dieser Mann dermaßen viel von mir? Wieso hat er meinen Namen *vergessen*? Was will er von mir? Mir ist nicht wohl in meiner Haut. Zum Glück wird gerade die Bestellung gebracht, sodass ich etwas Zeit gewinne. Entgegen meiner Gewohnheit beginne ich danach eine beiläufige Konversation.

„Ist Toni eine Abkürzung oder ist es dein Geburtsname?"

„Nein, in meinem Ausweis steht Anton, aber eigentlich werde ich schon immer Toni genannt. Nur wenn mein Vater ärgerlich war, rief er ‚Anton!' Deshalb ist dieser Name für mich negativ belegt." Nach einem Kopfnicken nippe ich vorsichtig an dem heißen Getränk, rühre anschließend gedankenverloren in der Tasse. „Darf ich dir jetzt alles erklären?", unterbricht Toni mein Grübeln.

Ich blicke auf, meine Augen verlieren sich in den seinen. Diese absolute Präsenz fasziniert mich, habe ich sie doch bisher nur mit einem einzigen Mann erlebt. Nach einer langen Weile unseres Augenblicks antworte ich leise: „Ja, bitte."

Indessen ist ein Feuerwerk in mir losgegangen. Entsetzt frage ich mich, in welchen Kitschroman ich da geraten bin. Zuerst lasse ich alles stehen und liegen, um einen Fremden zu treffen, der nur vage Andeutungen macht, doch damit nicht genug: Von der ersten Sekunde an besteht eine – fast magische – Anziehung zwischen uns.

Eine unglaubliche Geschichte

Tonis Stimme reißt mich aus meinen Gedanken. 1994, kurz vor Ostern, habe er einen Autounfall nur knapp überlebt. Die Verletzungen seien derartig schwer gewesen, dass er ins künstliche Koma versetzt werden musste. Als die Ärzte ihn nach zwei Wochen aufwecken wollten, gelang es ihnen jedoch nicht. Seine Familie und seine Freundin hätten lange Zeit an seiner Seite gesessen, mit ihm gesprochen, ihm vorgelesen, ihm seine Lieblingsmusik vorgespielt. Sie versuchten all das, von dem sie gehört hatten, es könne ihn ins Leben zurückholen.

„Woher weißt du das?", entfährt mir, „hast du das mitbekommen?"

„Nein", antwortet er leise, „es wurde mir später berichtet. Ich war bei den Engeln." Toni schließt die Augen, scheint weit weg in die Vergangenheit einzutauchen. „Nachdem ich aus der Intensivstation entlassen und körperlich so weit genesen war, wurde ich in ein Heim für Wachkomapatienten verlegt. Da ich keinerlei Reaktionen zeigte, war es für meine Angehörigen immer schwerer, auf meine Rückkehr ins Leben zu hoffen. Zuerst gab meine Freundin auf, danach meine Brüder, letztlich mein Vater. Einzig meine Schwester und meine Mutter besuchten mich weiterhin regelmäßig, sie konnten und wollten mich nicht aufgeben. Doch je länger ich in diesem Zustand verblieb, desto größer wurden die Zweifel, dass sie das Richtige taten. Konnten sie sicher sein, dass ich von all dem nichts mitbekam? Obwohl sie sehr hofften, dass ich eines Tages wieder erwachen würde, fürchteten sie dennoch, jede Stunde, die sie verstreichen ließen, könnte mich in unsäglichen Qualen halten."

Toni hält inne, sieht mir wortlos in die Augen, als versuche er, in ihnen zu lesen. Ich bin total gebannt von seinen Worten, habe vergessen, was mich hergeführt hat. Er wendet seinen Blick von mir ab, schaut kurz hinaus, starrt anschließend vor sich auf den Tisch. Zögernd fährt er fort: „Über Leben oder Tod eines geliebten Menschen entscheiden zu müssen, ist wohl eine der schwierigsten Situationen, in die Menschen kommen können. Nach unermüdlichem Ringen in endlosen Diskussionen waren meine Eltern – nach über drei Jahren – bereit, Gott die Entscheidung abzunehmen." Toni holt tief Luft.

„Das hört sich sehr pathetisch an. Stammt diese Aussage von deinen Eltern?", frage ich vorsichtig.

„Ja, das hat mein Vater ziemlich wörtlich so gesagt. Er ist ein gottesfürchtiger Mensch. In seinen Augen war seine Bereitschaft, die künstliche Ernährung einzustellen, eine große Sünde. In seinen Augen kam dies einem Mord gleich."

„Da war er aber sehr hart mit sich."

„Ja, das war er. Aber im Nachhinein betrachtet verändert sich mitunter die Sicht der Dinge. Wäre ich nach zehn Jahren schwer behindert aufgewacht, hätte er sich Vorwürfe gemacht, *weil* er mich am Leben erhalten hat. Nun, da ich wieder gesund erwacht bin, fühlt er sich schuldig, die Einstellung der lebenserhaltenden Maßnahmen überhaupt in Erwägung gezogen zu haben." Er hält inne, löffelt die inzwischen erkalteten Schaumreste aus seinem Glas.

Nachdem ich die Tasse mit der abgekühlten Trinkschokolade geleert habe, ergreife ich das Wort: „Ich weiß gar nicht so recht, was ich sagen soll. Das sind Themen, die gehen tief. Ich bin bewegt und gleichzeitig gehen mir tausend Gedanken durch den Kopf. Eine solche Entscheidung möchte ich niemals treffen müssen. Die Vorstellung, ich selbst könne in einem Koma gefangen sein, ist allerdings genauso furchtbar. Trotzdem habe ich bisher keine Vorsorge getroffen, dass dies nicht geschehen kann."

„Wie willst du das denn auch tun?"

Einen Moment lang schaue ich Toni irritiert an, erst nach einer Weile verstehe ich seine Frage: „Ach so, natürlich kann ich nicht verhindern, in ein Koma zu fallen; ich hatte eine Patientenverfügung gemeint. Seit Jahren habe ich ein solches Formular zuhause liegen, doch es überfordert mich. Wie soll ich wissen, welche lebenserhaltenden Maßnahmen im Falle eines Falles bei mir nicht eingesetzt werden sollen? Wann sie richtig und wann sie falsch sein könnten?" Während dieser Worte schweifen meine Augen zum Fenster hinaus. Die Sonne scheint in den Park auf der anderen Straßenseite, Menschen hasten am Fenster vorbei, Autos hupen, eine Frau mit Kinderwagen überquert die Straße. Mein Blick wandert zurück zu Toni, der in der Karte blättert. „Möchtest du noch etwas bestellen?"

„Nein, ich habe kurz überlegt, doch zuerst möchte ich weitererzählen."

Auf seinen prüfenden Blick hin nicke ich. „Ich weiß schließlich immer noch nicht, wieso du trotzdem in der Lage bist, mir jetzt gegenüberzusitzen", sage ich, als mir eine andere, für mich viel wesentlichere Frage, einfällt, „und was das alles mit Wolfgang und mir zu tun hat."

„Wo war ich denn stehen geblieben?", überlegt Toni laut, während er versucht, den Faden seiner Erzählung wiederaufzunehmen. „Nachdem meine Eltern sich nun endlich durchgerungen hatten und mit den Ärzten sprechen wollten, überlegte meine Mutter es sich im letzten Moment anders. Sie könne das nicht verantworten, ich müsse einbezogen werden, sie müssten in meiner Gegenwart das Für und Wider laut aussprechen. Obwohl ich nichts würde sagen können, wollte sie dennoch das Gefühl haben, mich an der Entscheidung zu beteiligen, mir eine Chance zu geben. Mein Vater hielt diesen Vorschlag für absolute Zeitvergeudung, doch meine Mutter setzte sich durch, obwohl es ihr selbst absurd vorkam.

Wenige Tage später versammelte sich die ganze Familie, einschließlich meiner Freundin Susann an meinem Bett. Meinem Vater fiel es schwer, ihre Entscheidung in meiner Gegenwart laut auszusprechen. Die Luft war spannungsgeladen. Mühsam suchte er nach Worten: ‚Lieber Toni, heute ist der 4. Oktober 1997 ...‘"

Mir entfährt ein Schrei. Dies ist der Todestag von Wolfgang! Bereits als Toni vom Zeitpunkt seines Unfalls berichtet hatte, war ich hellhörig geworden, denn ebenfalls im März 1994 wurden bei Wolfgang die ersten Anzeichen seiner Krebserkrankung sichtbar. Und jetzt taucht in Tonis Geschichte auch das Todesdatum von Wolfgang auf! Ich halte die Luft an, sehe Toni mit entsetzten Augen an. Wie wird es weitergehen? Beruhigend legt er seine Hand auf meine. Dankbar nehme ich sie an.

„Darf ich Ihnen noch etwas bringen?", durchdringt die Stimme der Kellnerin unsere angespannte, aufgeladene Atmosphäre. Wie aus einem Traum erwachend, schaue ich mich verstohlen um. Ob mein Schrei Aufsehen erregt hat? Die Tische um uns herum sind alle besetzt, doch niemand sieht zu uns herüber, jetzt jedenfalls nicht mehr. Nachdem wir zwei Apfelschorlen bestellt haben, nicke ich Toni auffordernd zu, doch in diesem Moment klingelt mein mobiles Telefon.

„Alles in Ordnung bei dir?", fragt mein bester Freund Klaus mit aufgeregter Stimme. Das hatte ich völlig vergessen, ich wollte mich schon längst bei ihm gemeldet haben. Klaus ist mein Sicherheitsnetz, falls mit diesem Fremden etwas Schräges laufen sollte.

„Ja, alles ist gut."

„Und? Was will dieser Kerl von dir?", fragt er nach. Ich kann deutlich die Anspannung in seiner Stimme hören.

„Das weiß ich noch nicht", antworte ich wahrheitsgetreu.

„Soll ich doch lieber vorbeikommen? Seid ihr noch im *Break Down*?" Klaus ist merklich besorgt. Alles sei bestens, kann ich ihn beruhigen. Während ich das Handy ausschalte, entschuldige ich mich bei Toni für die Störung. Ob ich denn vermisst werde, will er wissen. Soll ich die Karten auf den Tisch legen? Schließlich weiß ich nicht, was dieser Mann von mir will, doch jetzt schnell etwas zu erfinden, das ist auch nicht meine Welt. Ohne meine Beziehung zu Klaus genauer zu erläutern, berichte ich, wie ich mich abgesichert hätte. Soll er doch denken, der Anrufer sei mein Mann gewesen.

Nachdem unsere Getränke gebracht worden sind, frage ich, ob er weitererzählen mag. Einen Moment blicken wir uns schweigend an. Toni wirkt nachdenklich. Es dauert eine Weile, bis er fortfährt.

„Also, mein Vater hatte angefangen, zu mir zu sprechen. Aber ich glaube, er sprach vor allem zu seinem Gewissen. Seine Worte waren in etwa diese:

,Lieber Toni, heute ist der 4. Oktober 1997. Seit über drei Jahren bist du nun in einer uns unbekannten Welt. Wir haben alles probiert, wovon wir hofften, es könne dich in unsere Welt zurückholen. Doch du hast uns nicht das geringste Zeichen gegeben', hier entfuhr seinem Herzen ein tiefer Schluchzer und er konnte nicht weitersprechen. Nach einer Weile hatte er sich wieder gefasst und sprach weiter: ,Du hast auf nichts reagiert. Wir haben keine Ahnung, wie es dir geht, was von dir überhaupt noch vorhanden ist. Wirst du jemals wieder in der Lage sein, zu sprechen, zu denken, zu gehen? Haben wir dich bereits verloren oder bist du in diesem Körper gefangen, kannst wahrnehmen, was um dich herum passiert, doch hast keine Macht über ihn?'

,Dann müssen sie seine Gehirnströme genauer messen', rief Susann laut aus und stürmte aus dem Zimmer. Die Sprachlosigkeit aller Anwesenden wurde unterbrochen, als sie eine leise, kaum verständliche Stimme hörten: ,Ich bin Wolfgang.'"

Unfassbar! Ich kann nicht glauben, was ich da höre, bringe kein Wort mehr heraus.

Toni sieht meine Erschütterung, hält inne, schaut prüfend in meine Augen. Nimmt beide Hände, hält sie, schweigt. Nach einer Weile ergänzt er leise: „Das Wunder war tatsächlich geschehen. Ich hatte die Augen geöffnet. Meine Eltern saßen an meinem Bett, streichelten meine Hände, mein Gesicht. Konnten es nicht fassen, waren überglücklich, warteten auf eine Reaktion von mir. Doch ich schaute sie an wie ein Fremder, erkannte sie nicht, murmelte kaum verständlich immer und immer wieder: ‚Ich bin Wolfgang'."

Ich schüttele mich, will aus diesem Traum aufwachen, der keiner ist. Will nicht glauben, was ich hörte, frage, obwohl die Antwort klar ist: „Du hast die Seele von Wolfgang?" Jetzt machen auch seine Worte Sinn, als er sich wegen meines Namens entschuldigte, sagte, er habe ihn *vergessen*. Kaum sein Nicken wahrnehmend stehe ich abrupt auf. In mir breitet sich Panik aus: „Ich muss hier raus!" Toni bestärkt diesen Impuls, sagt, ich solle schon mal hinausgehen, er werde sofort bezahlen und nachkommen.

Draußen vor der Tür nimmt er meinen Arm, führt mich schnellen Schrittes in Richtung Park. Ich zwinge mich dazu, die Aufmerksamkeit auf die Umgebung zu richten. Die Sonne scheint, der Wind raschelt in den Blättern, ich beobachte Vögel im Flug. Bewusst atme ich tief in meinen Bauch, fülle ihn mit Luft, konzentriere mich darauf, wie der Atem aus- und einströmt. Danach richte ich den Fokus auf meine Füße, nehme die Erde unter ihnen wahr. Ich möchte mich flach auf die Erde legen, Halt finden. Toni hält Ausschau nach einem geschützten Platz, breitet fürsorglich seine Jacke aus. Dankbar lege ich mich auf die Unterlage, spüre die Erde, schaue in den Himmel, bin froh über das trockene, warme Wetter.

Toni versucht mich zu beruhigen: „Sina, lass dir Zeit. Für das, was du jetzt im Zeitraffer gehört hast, brauchte ich Jahre. Es dauerte Monate, bis ich eine Ahnung davon bekam, wer ich sein könnte, bis ich zu recherchieren begann, wer dieser Wolfgang gewesen war. Nach ungefähr zehn Jahren fing ich an, nach dir zu suchen, du aber hast dies alles innerhalb von wenigen Minuten im Zeitraffer erfahren, kein Wunder, dass es dich umhaut."

Während Tonis Stimme an mir vorbeirauscht, wirbeln die Gedanken wild durcheinander. Wo bin ich da plötzlich hineingeraten? Da taucht ein Fremder auf und erzählt mir, mein verstorbener Mann habe sich in ihm inkarniert. Obwohl ich an Wiedergeburt glaube – diese Situation hier ist einfach unfassbar! Was hatte er vorhin gesagt? Er habe vergessen, dass ich den Namen Sina angenommen habe? *Vergessen?*

Hat eine Seele ein Gedächtnis? Die Erinnerungen sind im Gehirn gespeichert, dieses stirbt aber mit dem Körper. Wie also will Toni sich *erinnern*? Ein Zweifel nach dem anderen rast durch meinen Kopf, da fällt mir der Dalai Lama ein. Ich habe einen Film gesehen, in dem gezeigt wurde, wie die Mönche das Kind ausfindig machten, in welchem sie die erneute Inkarnation des Dalai Lama vermuteten. Sie stellten es auf die Probe, indem sie ihm verschiedene Gegenstände vorlegten und das Kind sich daran *erinnern* sollte, welche davon dem verstorbenen Dalai Lama gehört hatten. Damals fand ich das nachvollziehbar, doch jetzt – wo mein eigenes Leben betroffen ist – stellt es mich vor ein Rätsel. Aber – selbst wenn mein Verstand diesen Vorgang nicht begreift – wenn es in Tibet funktioniert, warum nicht ebenso in Deutschland? Diese Gedanken beruhigen mich etwas, während Tonis Worte an mir vorbeiziehen, wie das Rauschen eines dahinplätschernden Gebirgsbaches. Eine bleierne Müdigkeit befällt mich, ich kann die Augen kaum offen halten.

Plötzlich zucke ich zusammen. Die Worte: „Ganz ruhig, du bist eingeschlafen" jagen mich in die Senkrechte. Jetzt erinnere ich mich – diese Stimme, das ist Toni – nein, Wolfgang – nein, ein Fremder. Verwirrt lege ich mich erneut hin, höre die Rufe tollender Kinder, sehe Wolken am Himmel vorbeiziehen. Erschöpft schließe ich wieder die Augen. Diese Geschichte hat mich tief erschüttert. Trotz des kurzen Schlafes, der mich sonst immer erfrischt, bin ich ebenso fertig, als hätte ich körperliche Schwerstarbeit geleistet.

Jetzt habe ich genug gehört, das muss erst einmal verdaut werden. Doch – möchte ich wirklich nach Hause fahren? Nein, ich möchte jetzt nicht alleine sein. Ich spüre die körperliche Nähe von Toni, sie ist angenehm, übt eine starke Anziehung, ein schon fast schmerzliches Bedürfnis nach Berührung in mir aus. Die Lider öffnend, schaue ich geradewegs in Tonis lächelnde Augen und einladend breitet er seine Arme aus. Ohne zu zögern, rolle ich mich zu ihm hinüber, kuschle mich an ihn, während seine Arme mich von hinten umschlingen, als wollten sie mich nie wieder loslassen.

Die Zeit anhalten

Ein Seufzer entweicht meiner Seele, ich bin zuhause. In meinen Haaren flüstert Tonis Stimme: „Wie sehr ich das vermisst habe!" Danach versinken wir beide in einen Zustand, in dem die Zeit stillzustehen scheint.

Als ich zu frieren beginne, öffne ich die Augen, bemerke erst jetzt die Dämmerung. „Hast du geschlafen?", frage ich Toni, während ich mich umdrehe, mir den fremden Mann anschaue, mit dem ich gerade in einen Moment der Ewigkeit eingetaucht bin.

„Ich weiß es nicht", antwortet Toni mit leiser Stimme, langsam zu sich kommend. „Die Zeit hat aufgehört zu existieren. Ich kann mich nicht erinnern, jemals einen solchen Frieden gespürt zu haben." Unsere Blicke begegnen sich, lesen in den Augen des anderen. Erneut versinken wir innig ineinander, bis Toni das Wort ergreift: „Bitte, komm jetzt mit zu mir, ich möchte diesen magischen Moment noch eine Weile festhalten. Du brauchst keine Angst zu haben ...", mein Zeigefinger verschließt seine Lippen, während ich mich sagen höre: „Ich habe keine Angst. Wenn ich dir nicht vertraue, wem sonst?"

„Du kennst Toni nicht", neckt er mich. Nachdenklich betrachte ich ihn. Ja, recht hat er! Wolfgang vertraute ich vollkommen, doch über Toni weiß ich nichts.

Wir erheben uns, schlendern umschlungen durch den Park zurück, während ich ihn frage, wo er wohne. Sein Domizil sei in Geigenwald, seine Pferde stünden *da* um die Ecke. Dabei zeigt er mit dem Zeigefinger auf eine Baumgruppe, die uns die Sicht versperrt. „Meine scharren mit den Hufen um die andere Ecke", erwidere ich schmunzelnd. Damit ich unabhängig sei, wolle ich getrennt fahren, erkläre ich wieder ernst. Schweigend umarmen wir einander innig, spüren den pulsierenden Körper des anderen. Es fällt schwer, uns voneinander zu lösen.

Toni gibt mir einen Kuss auf die Stirn: „Kommst du zu meinem Wagen? Ich stehe in einer Einbahnstraße, danach fahre ich vorweg. Ja?" Nach einem kurzen Nicken löse ich mich.

Als ich im Auto sitze, merke ich, wie wichtig der Abstand ist, mich wieder zu mir bringt und der Verstand die Arbeit wieder aufnimmt. Während ich hinter Toni herfahre, schießen die Gedanken rasend schnell durch meinen Kopf. Bin ich denn von allen guten Geistern verlassen? Was tue ich? Erst sichere ich mich ab, um mich in einem öffentlichen Bistro zu treffen, und jetzt fahre ich im Dunkeln mit einem – letztlich fremden – Mann in seine Wohnung?! Bin ich etwa so naiv, dass ich mir jeden Bären aufbinden lasse? Bloß weil mir jemand was von Wolfgang erzählt, vertraue ich ihm blindlings? Ich weiß nicht, was er wirklich von mir will!

Gleichzeitig gibt es andere Stimmen im Kopf: Vom ersten Augenblick an bestand eine tiefe Verbundenheit zwischen uns, genau wie damals mit Wolfgang. Ich schaute in seine Augen und sah seine Seele. Ich spürte seinen Körper und fand Heimat.

Um diesen inneren Dialog zu beenden, schüttle ich reflexartig den Kopf, greife zum Telefon, um Klaus anzurufen. Zu meinem Glück erreiche ich ihn sofort; allerdings prasselt sogleich ein Wortschwall auf mich nieder: „Gut, dass du anrufst! Für was hast du eigentlich ein Handy, wenn es sowieso immer aus ist? Hab mir schon Sorgen gemacht, weil du noch nicht zuhause warst. Ist alles okay bei dir? Was will dieser Toni denn nun von dir? Was hat er mit Wolfgang zu tun?"

Manchmal nervt es mich, wenn Klaus sich um mich sorgt, doch in dieser total verrückten Situation empfinde ich dies als wohltuend, gibt es mir ein Gefühl der Sicherheit. Soll ich ihn gleich mit der ganzen Wahrheit überfallen oder diese Geschichte lieber in aller Ruhe erzählen?

„Klaus, es ist alles völlig irre. Obwohl du darauf brennst, dass ich dir alles berichte, sollten wir das nicht am Telefon tun. Ich fahre gerade hinter Toni her zu ihm nach Hause. Wenn wir angekommen sind, würde ich dir gerne seinen Nachnamen und seine Adresse durchgeben. Ja?"

Resigniert seufzt Klaus. „Na klar, das ist deine Entscheidung. Trotzdem, ich muss schon sagen, du machst riskante Sachen. Ich kann noch ein bisschen auf die Story warten, aber Hauptsache, du passt gut auf dich auf!"

Kurz darauf bremst Toni und fährt in eine Einfahrt hinein, ein kleines Stück weiter kann ich in eine Parklücke einscheren. Die Straße entlangkommend, sehe ich Toni vor dem Tor zu einem kleinen, nett aussehenden Einfamilienhaus auf mich warten. Gemeinsam betreten wir einen reizvollen Vorgarten, der sich etwas Wildes, Lebendiges bewahrt hat. Einladend öffnet er mir die Tür, doch anstatt das Haus zu betreten, erfasse ich auf einem kleinen Schild den Familiennamen. Als ich *Amtenbrink* lese, fällt es mir ein, klar, so hat er sich vorgestellt. „Ich komme gleich nach", rufe ich Toni zu, der verdutzt im Flur stehen geblieben ist, gehe die wenigen Schritte zur Straße zurück, um Klaus anzurufen. Den Straßennamen hatte ich im Vorbeifahren registriert, sodass ich ihm meinen Aufenthaltsort durchgeben kann. Er will wissen, wie lange er auf meine Rückmeldung warten soll, bevor er Alarm schlägt, doch ich antworte, das sei nicht nötig, ich würde mich bei ihm melden, sobald ich auf der Heimfahrt sei.

„Unfassbar! Warum gibst du mir dann überhaupt die Adresse?", entrüstet sich Klaus.

„Tja, das kann ich dir selbst nicht erklären." Ich spüre in mich hinein, erforsche, was meine Absicht ist. „Ich bin total ambivalent", gebe ich zu, „einerseits spüre ich eine gewisse Unsicherheit – deshalb gebe ich dir die Adresse – und gleichzeitig fühle ich mich sicher. Sorry, ist wohl alles ein bisschen verrückt." Das sei es wirklich, bestätigt Klaus.

Loderndes Feuer

Nach dem Gespräch schalte ich das Handy aus, gehe durch die offen stehende Haustür, folge den Geräuschen, die aus einem der Räume zu hören sind. Durch die Diele gelange ich ins Wohnzimmer, welches – wie die Diele – mit hellem Erle-Naturholz eingerichtet ist. Auffallend ist eine große, pastellblaue Sitzecke, die sehr gemütlich und einladend auf mich wirkt. Zu meiner Begeisterung entdecke ich einen offenen Kamin, in dem Toni gerade ein Feuer vorbereitet. Er kommentiert mein Telefonat mit keiner Silbe. Ich frage nach der Toilette, um mich einen Moment sammeln zu können.

Das Ganze ist in der Tat völlig irre. Urplötzlich befinde ich mich im Traumschlösschen eines Traumprinzen. Was geht hier vor sich? Kann das wirklich real sein? Nur in Träumen verändern sich die Dinge derart schnell. Doch da durchzuckt mich ein Gedanke: So war es damals auch bei Wolfgang! Kaum war er in mein Leben gekommen, veränderte sich alles – von einer Sekunde auf die nächste. Und – er *ist* Wolfgang. Verwirrt setze ich mich auf den geschlossenen Toilettendeckel, bedecke das Gesicht mit den Händen. Heute Morgen war noch ein ganz normaler Urlaubstag, doch in was bin ich da jetzt hineingeraten? Da taucht ein Fremder mit einer magischen Anziehung auf, gepaart mit der Geschichte, Wolfgangs Seele habe sich in seinen Körper verirrt. War es wirklich klug, hierherzukommen? Hätte ich nicht lieber eine Nacht darüber schlafen sollen, anstatt diesem körperlichen Verlangen nachzugeben?

Entschlossen schalte ich das Handy ein, kann Klaus aber nicht erreichen. Seine Mailbox nimmt meine Nachricht entgegen: „Kannst du bitte, wenn ich mich ... tja, wann denn ... sagen wir, bis spätestens morgen Nachmittag 16 Uhr nicht gemeldet habe, hierherkommen? Wenn mein Auto noch wenige Meter nach dem Haus auf der rechten Straßenseite steht, dann klingle bitte an der Tür. Quatsch, wenn der Mann wirklich kriminell ist, darfst du dich nicht ebenso in Gefahr begeben. Dann musst du die Polizei anrufen, nein, verdammt ich habe keine Ahnung. Mach, was du für richtig hältst. Tschüss und vielen Dank."

Ein tiefer Atemzug. Und noch einer. Das tut gut. Nachdem ich etwas zur Ruhe gekommen bin, erhebe ich mich, erfrische das Gesicht mit kaltem Wasser und kehre einigermaßen gesammelt ins Wohnzimmer zurück.

Toni sitzt entspannt auf der Couch, fragt nicht, warum ich so lange weg gewesen bin. Das hell lodernde Feuer zieht mich an, doch ich lasse mich so nieder, dass ich ihn im Auge behalten kann. Gedankenverloren beobachte ich die Flammen, bis Toni fragt, ob ich etwas essen möchte, Lust auf ein Glas Weißherbst hätte, er habe meine Lieblingsmarke da. Meine *Lieblingsmarke*, wiederhole ich in Gedanken, während mich ein Schauer durchläuft. Ohne dieses Gefühl weiter zu beachten, erkläre ich, dass ich zwischenzeitlich auf Weißwein umgestiegen sei – wenn ich denn überhaupt Alkohol trinken würde. Dies sei jedoch immer seltener der Fall, insbesondere dann nicht, wenn ich noch Auto fahren wolle. Sofort lästert im Kopf eine Stimme, das wolle ich doch gar nicht. Diese Zerrissenheit fängt an, richtig zu nerven.

„Du kannst gerne über Nacht hierbleiben, es ist Platz genug", bietet Toni mir an.

„Wo könnte ich denn schlafen?", frage ich, als sei es mehr aus Höflichkeit denn aus ernsthafter Absicht.

„Du könntest hier auf der Couch schlafen oder in meinem Bett, in dem Fall würde *ich* Quartier auf der Couch beziehen. Oder du kriegst von mir einen Schlafanzug, dann können wir gemeinsam im Bett schlafen." Beide in seinem Bett schlafen? Die Nähe, die wir vorhin im Park teilten, kann ich im Moment nicht mehr spüren, fühle mich ernüchtert, fremd.

„Also, was möchtest du jetzt: Wein, Saft, Wasser oder einen Tee? Und wie sieht es mit einer Kleinigkeit zu essen aus?"

Ich bin mir sicher, mein Zögern ist ihm aufgefallen, deshalb hat er das Thema mit der Übernachtung wieder fallengelassen.

Erleichterung breitet sich in mir aus, er bedrängt mich nicht, er lässt mir so viel Zeit, wie ich benötige. „Gerne möchte ich einen Kräutertee trinken." Ich kuschle mich in das Schaffell vor dem Kamin. „Weißt du, dass wir solch ein Fell in unserem Bett hatten?", frage ich ihn, um mich gleich darauf zu korrigieren: „Wolfgang und ich."

„Ja, daran erinnere ich mich."

„Ist es für dich, als sei Wolfgangs Leben dein eigenes? Fühlt es sich genauso an? Weißt du alles aus Wolfgangs Leben?"

„Halt, halt", wehrt Toni ab, „bevor wir jetzt erneut tiefer einsteigen, lass uns doch erst mal die Sache mit dem Essen klären. Hast du nun Hunger oder nicht? Außerdem will ich dir den Tee nicht nur anbieten, sondern auch bringen."

Oh, offensichtlich bin ich derartig durcheinander, dass ich sogar meinen knurrenden Magen überhört habe. „Eine kleine Mahlzeit wäre super, ich habe seit dem Frühstück nichts mehr gegessen."

Toni nimmt meine Hand und zieht mich hoch: „Komm mit in die Küche. Wir schauen mal, was sich dort Essbares finden lässt." Zuerst folge ich ihm an seiner Hand, doch dann löse ich mich, diese Vertrautheit fühlt sich unpassend an.

„Wow!", rufe ich beeindruckt aus, als ich die Küche betrete. Ich stehe in einem großen Raum, mit einer Glasfront zur Terrasse, in der Mitte ein mächtiger runder heller Holztisch. Vermutlich ist er, ebenso wie die Küchenfront, aus Ahorn gefertigt. Auf dem Tisch steht ein herrlicher Blumenstrauß, ganz wie mein Herz es liebt: bunt, vielfältig, abwechslungsreich, wild, frohlockend. Genau wie die Natur eine Wiese ausstattet, nicht widernatürlich Ton in Ton oder eng zusammengepresst, wie viele Blumengeschäfte es immer häufiger tun. An den freien Wänden hängen schöne Naturaufnahmen, punktuell, gut dosiert. Eine mit einem großen, sehr alten Baum, eine Berglandschaft und die dritte eröffnet den Blick auf ein tosendes Meer. Ob er diese selbst fotografiert hat? Selten habe ich mich spontan in fremden Räumen dermaßen wohlgefühlt. „Nun", wende ich mich an Toni, „was geben deine Essensvorräte denn so her?"

Er öffnet die Kühlschranktür. An seiner Seite stehend erkenne ich darin eine beeindruckende Fülle. „Ich bin dafür, ein paar Schnittchen zu belegen, dazu etwas Paprika, Gurken, Radieschen, Tomaten ..." Während er aufzählt, legt er alles auf den Tisch. Ich gehe zu einer Schublade, öffne sie, finde tatsächlich auf Anhieb das gesuchte Messer. Erschreckt über die Selbstverständlichkeit, mit der ich mich in Tonis Küche bewege, wende ich mich an ihn: „Oh sorry, ist das okay für dich, wenn ich mich einfach selbst bediene?"

Zum ersten Mal seitdem wir hier sind, schaut er mir offen in die Augen. Einige Sekunden verharren wir – er vor dem Kühlschrank, ich an der geöffneten Schublade, nur wenige Schritte voneinander entfernt. In diesem Augenblick scheinen wir erst wirklich in diesem Haus, in dieser neuen Situation anzukommen. Mir wird auf einmal bewusst, dass wir uns seit der Ankunft in diesem Haus ausgewichen sind. Toni kommt auf mich zu, sein Gesicht wird weich, er umschlingt mich mit seinen Armen, antwortet leise: „Ich finde das großartig, wenn du dich bei mir wie zuhause fühlst. In der Küche kannst du jede Tür, jede Schublade öffnen." Einen Moment stehen wir eng aneinandergeschmiegt, dann frage ich nach einem Brettchen, setze mich damit an den großen Tisch, schneide das bereitgelegte, gewaschene Gemüse, richte es anschließend auf einer Platte schön her. Dabei beobachte ich Toni, wie er Brot mit einem großen Messer von Hand schneidet, um die Scheiben anschließend mit Butter und Käse zu belegen. Beim Öffnen einer Packung mit Schinken schaut er mich fragend an: „Bist du Vegetarierin?"

Das Wort fasziniert mich: „Bist du sicher, dass es eine weibliche Form von Vegetarier gibt?"

„Keine Ahnung, wenn es sie bisher nicht gab, dann habe ich sie soeben erfunden. Also, bist du eine weibliche Vegetarier?"

Ich muss lachen: „Oh je, deutsche Sprache, schwere Sprache. Die klare Antwort ist jein." Als ich in Tonis ratloses Gesicht sehe, ergänze ich: „Manchmal ja, manchmal nein. Ich esse selten Fleisch oder Wurst, aber hin und wieder eben schon. Gerade hätte ich Lust auf ein Stück Brot mit Käse und Schinken, zugedeckt mit Pumpernickel. Hast du denn Pumpernickel da?"

Toni geht, leise vor sich hinmurmelnd „Muss ich mal gucken", in Richtung einer schmalen Tür, die bisher meiner Aufmerksamkeit entgangen war. Neugierig folge ich ihm, um verwundert vor einer Speisekammer zu stehen, wie ich sie aus Kindertagen kenne: „Wo gibt's denn so was noch?" Trocken kommentiert Toni: „Hier." Ich schubse ihn mit dem Ellenbogen in die Seite, er schubst zurück und ehe wir uns versehen, sind wir in eine kleine Rangelei verwickelt. Nun ist das Eis endgültig gebrochen. Während wir in gelockerter Stimmung unser Abendessen vorbereiten, erklärt Toni, das Haus habe ein Architekt für sich selbst gebaut. Aus familiären Gründen sei dieser weggezogen, habe es deshalb an ihn vermietet. Aha, denke ich, es ist also nicht sein Eigentum.

Wir gehen mit unseren belegten Platten ins Wohnzimmer, setzen uns auf das Fell vor dem Kamin, um genüsslich all die Leckereien zu vertilgen. Als kein Krümel mehr übrig ist, strecken wir uns der Länge nach aus, um uns – wie selbstverständlich – aneinanderzukuscheln. Ich fühle mich leicht, entspannt und genieße Tonis Nähe. Eine warme Glückswelle durchfließt mich, alle Bedenken sind wie weggewischt. Eine gewisse Trägheit stellt sich ein, woraufhin mir erneut die Übernachtungsfrage einfällt. „Du hast vorhin etwas echt Merkwürdiges gesagt, warum darf ich nur mit einem Schlafanzug bei dir im Bett schlafen?"

„Das ist Trennpolster. Ich habe so lange gebraucht, Kontakt mit dir aufzunehmen, deshalb möchte ich auf keinen Fall, dass wir uns vorschnell zu etwas hinreißen lassen, was wir hinterher bereuen könnten. Total gerne möchte ich mit dir kuscheln, aber der Sex muss ein bisschen warten. Wir brauchen Zeit, um uns kennenzulernen, neu und wieder. Ich will, dass wir uns im Klaren darüber sind, was wir tun, anstatt die Macht der Natur walten zu lassen. Das würde das Chaos noch größer machen. Wir haben auch ohne Sex bereits genug Themen, Aufgaben, Päckchen oder wie immer du das nennen willst."

Eine solche Einstellung aus dem Mund eines Mannes überrascht mich. Unüblich – doch es fühlt sich richtig gut an! Will ich jetzt tiefer in die Thematik Sexualität einsteigen? Nein, diesen Moment möchte ich voll auskosten und mein kritischer Verstand soll mich dabei in Ruhe lassen! Aus dieser Stimmung heraus treffe ich eine außergewöhnliche Entscheidung – ich bitte Toni um ein Glas Weißherbst. Ich, die ich immer sehr auf Unabhängigkeit bedacht bin, nehme mir die Möglichkeit, nach Hause fahren zu können.

„Du hast mich vorhin nach Erinnerungen an Wolfgangs Leben gefragt", holt mich Tonis Stimme aus meinem Dämmerzustand, „können wir jetzt darüber sprechen?"

Will ich diesen wohligen Zustand verlassen? Nein, insbesondere nicht für solch schwierige Themen. Da etwas in mir der Meinung ist, ich könne nicht einfach nur faul herumliegen, raffe ich mich auf, allerdings wenig begeistert: „Ja, das ist möglich."

„Willst du denn darüber sprechen?", fragt Toni nach, der offensichtlich meinen Unterton wahrgenommen hat.

„Wenn es dir wichtig ist", höre ich mich einen mir völlig fremden Satz aussprechen, habe ich doch nie diese klassische Frauenrolle eingenommen. Als ich Tonis Unruhe spüre, vermute ich, er würde gerne mehr von mir erfahren, um die Erinnerungslücken aus Wolfgangs Leben zu schließen. Mühsam raffe ich mich auf: „Obwohl ich ungern diesen entspannten, trägen Zustand verlasse, können wir den Faden wieder aufnehmen. Ich hatte dich gefragt, ob du dich an alles aus Wolfgangs

Leben erinnerst. Hinterher, in der Küche, dachte ich, die Frage ist blödsinnig. Denn ich erinnere mich doch auch nicht an alles, was in meinem Leben geschehen ist. Außerdem – wenn ich mich nicht erinnere – dann weiß ich doch in der Regel gar nicht, dass das Gedächtnis eine Lücke hat. Ich möchte gerne eine Vorstellung davon bekommen, wie sich das für dich anfühlt, zwei Menschenleben in sich zu vereinen, mir ist das völlig rätselhaft."

„Tja – ehrlich gesagt – mir auch. Woher sollte ich wissen, was zu Toni und was zu Wolfgang gehört? Ich bin ohne jede Erinnerung, ohne jede Vergangenheit aus dem Koma erwacht. Die ersten Jahre versuchte ich herauszufinden, was für Menschen die beiden gewesen sein mögen, wollte genau wissen, welches Gefühl, welcher Gedanke ist jetzt von Toni, welcher von Wolfgang. Mittlerweile ist es mir gleichgültig, welchen Namen ich aufstemple, ich bin auf der Suche nach meiner eigenen Identität, dafür brauche ich eine Vergangenheit, egal von wem sie ist. Außerdem hast du doch bestimmt auch oft mehrere unterschiedliche Anteile, Widersprüche in dir. Oder?"

„Davon kann ich ein Lied singen", entgegne ich seufzend. „Manchmal streitet ein ganzes Orchester an Stimmen in mir. Doch zurück zu Wolfgang: Was möchtest du gerne wissen?"

„Im Gegensatz zu dem, was du vorhin gesagt hast, ist mir manchmal eine Lücke bewusst. Zum Beispiel erinnere ich mich an Wolfgangs letzte Nacht. Ich spüre deutlich seinen Abschiedsprozess, in dem ihm immer klarer wird, dass er dieses Leben hinter sich lassen wird. Gleichzeitig aber sieht er einen kleinen Jungen, den er nicht im Stich lassen möchte. Er scheint einen inneren Kampf auszufechten, bei dem ein Teil von ihm den Tod akzeptiert, diesen sogar begrüßt, während ein anderer Teil in ihm den Wunsch hegt, bei seinem Kind zu bleiben, für es zu sorgen und es zu beschützen. In dem Moment, wo er das Unvermeidliche angenommen hat, erwacht er im Körper von …", Toni stockt, „im Körper von …" Toni kann es nicht aussprechen, ist sichtlich erschüttert. Ich beginne zu ahnen, was er durchgemacht haben muss. In ihm ist das Leben von zwei Männern gespeichert, bewusst hat er aber wenige Erinnerungen – wie will er da eine Identität entwickeln? Kann ein Körper zwei Seelen haben? „Wie heißt der Sohn von dir und Wolfgang? Wie alt war er, als Wolfgang starb?" Tonis Fragen holen mich in die Gegenwart zurück.

„Adrian ist damals acht Jahre alt gewesen. Er hat dich morgens gefunden."

Toni kommen die Tränen: „Wie furchtbar für das Kind! Wie hat er das verkraftet? Wie konnte ich ihm das antun?" Er unterbricht sich, sieht mich erschrocken, fast entsetzt an: „Dies ist das erste Mal, dass ich von Wolfgang in der Ich-Form gesprochen habe. Ist das komisch! All die Jahre habe ich genau das absichtlich zu vermeiden versucht …", Toni stockt erneut, „es bringt mich total durcheinander. Manchmal habe ich das Gefühl, ich halte das nicht mehr aus, ich werde verrückt."

Ich nehme Toni in den Arm, erschüttert weinen wir gemeinsam. Es ist schrecklich verwirrend, kaum zu erfassen, kaum zu verkraften, als ob ein Mensch für solch außergewöhnliche Erfahrungen nicht geschaffen sei. Nachdem unsere Tränen versiegt sind, leeren wir – nur wenige Worte wechselnd – die Flasche Weißherbst. Eng umschlungen schlafen wir vor dem Kamin ein.

Der dröhnende Kopf ist das Erste, was ich beim Erwachen wahrnehme, dann den Mann an meiner Seite. Wo bin ich? Die Erinnerungen setzen ein, können mir die Verwirrung jedoch nicht nehmen. Klar, da war zwar der Alkohol, aber die ganze Geschichte lastet deutlich schwerer auf mir. Nach einer kurzen Begrüßung gehe ich unter die Dusche. Dort genieße ich in vollen Zügen, wie das Wasser auf Kopf, Gesicht und die Schultern prasselt, am Rücken, den Armen, der Brust hinunterläuft. Langsam komme ich wieder zu mir. Heute ist Dienstag, der 5. Oktober 2010. Ich bin Sina Langholz, 48 Jahre alt. Von Beruf bin ich Marketingberaterin, arbeite in einem großen Produktionsbetrieb. Mein Mann Wolfgang ist vor 13 Jahren gestorben. Er soll in einem Mann, der im Koma lag, erwacht sein. Dieser Mann heißt Toni, wohnt in diesem Haus. Nachdem ich mich halbwegs sortiert habe, fühle ich mich in der Lage, Toni zu begegnen. Rasch schlüpfe ich in die frischen Kleidungsstücke, die er, zu meiner völligen Überraschung, unbemerkt bereitgelegt hat.

Als ich die Wohnküche betrete, fragt Toni mich, ob ich noch immer schwarzen Tee zum Frühstück trinke würde, das Wasser habe gerade gekocht. Die Frage, ob ich *noch immer* schwarzen Tee trinken würde, verwundert mich nun nicht mehr dermaßen wie sein *Erinnern* an meinen neuen Rufnamen gestern. Der Tisch auf der Terrasse ist einladend gedeckt, lockt mit allerlei Köstlichkeiten. „Was sind das für Kleidungsstücke, die du mir hingelegt hast?"

„Das ist eine lange Geschichte. Toni – ich – komme aus Berghöven. Das ist in der Nähe von München. Lange habe ich versucht, Wolfgang zu vergessen, das Leben von Toni fortzuführen. Meine Umwelt wollte ihren Toni zurückhaben, den Toni, den sie kannten. Sie taten alles, um ihn wiederzubekommen. Doch die Erinnerungen von Wolfgang waren stärker, kamen schneller hervor, waren mit mehr Gefühl verbunden als die von Toni. Du bist ein wichtiges Puzzleteil, welches mir fehlte. Nachdem ich wusste, dass du in der Nähe von Frankfurt lebst, habe ich dieses Haus bezogen."

„Moment mal", unterbreche ich ihn, „zu meinem Verständnis: Was wusstest du, nachdem du aufgewacht bist?"

„Nichts. Ich brabbelte vor mich hin: ‚Ich bin Wolfgang.' Doch da war kein Ich-Gefühl, da war nichts. Dieser Satz war die Botschaft von Wolfgangs Seele, damit Toni nicht einfach nur als Toni weiterleben konnte, mein Gedächtnis kehrte nur in Bruchstücken zurück. Hierher bin ich gezogen, weil ich wissen, fühlen wollte, wer dieser Wolfgang gewesen ist", Toni sieht mich einen Moment lang prüfend an, um danach fortzufahren: „Ich hoffe, durch deine Hilfe die fehlenden Erinnerungen auffrischen, eine Identität entwickeln zu können. Ich versuchte, mich an dich zu erinnern, an dein Haar, an deine Augenfarbe, an deine Größe, an deinen Geschmack. Vielleicht hört sich das jetzt komisch an für dich, doch es war wie ein Versuch, in die Identität von Wolfgang zu schlüpfen, mir ein Stück seines Lebens zu Eigen zu machen. Ich machte einen Stadtbummel, kaufte Kleidung für die Ehefrau, die ich nie hatte, hängte sie in den Schrank. Als du nun gestern so spontan mitgekommen bist, hat es mir richtig Freude gemacht, dass ich etwas zum Wechseln für dich dahatte und dich überraschen konnte. Das Tollste aber ist", fährt er voller Begeisterung fort, „seitdem ich dich getroffen habe, kommen ganz mühelos Erinnerungen."

„Schwarzer Tee", sage ich trocken, um seinen Überschwang zu unterbrechen.

Überrascht blickt Toni mich an. Kommt langsam in die Gegenwart zurück, murmelt „schwarzer Tee", geht zum Wasserkocher, macht ihn erneut an. Sagt „Jetzt frühstücken wir fein" – weiterhin etwas abwesend – vor sich hin. Ruckartig schaut er auf, unsere Augen treffen sich.

Ich sage leise: „Guten Morgen, Toni." Sein erstaunter Gesichtsausdruck lässt mich vermuten, auch ihm ist jetzt aufgefallen, dass wir uns noch nicht begrüßt haben. Gleichzeitig gehen wir die wenigen Schritte aufeinander zu, schließen uns gegenseitig fest in den Arme. Obwohl ich diesen Moment der Entspannung genieße, weiß ich gleichwohl, das ist erst der Anfang. Schwierige Gewässer warten auf uns.

Mein Blick fällt auf die Terrasse: „Ist es nicht etwas frisch, um draußen zu frühstücken?"

„Der Tisch steht windgeschützt, die Sonne scheint, ich habe uns Decken bereitgelegt. Wir könnten es ja mal versuchen", sagt er erwartungsfroh.

„Klar, probieren können wir es auf jeden Fall, ich bin gerne im Freien. Was kann ich mit hinausnehmen?", frage ich Toni.

„Schau mal, dort auf dem Tisch, das kann alles noch raus."

Ich genieße das Frühstück unter freiem Himmel mit allen Sinnen. Toni hat es nett hier, ein idyllisches Plätzchen. Eine Hecke schützt vor Wind und der Nachbarn Augen, am Rande der Terrasse sind Grünpflanzen aufgestellt, die Sonne scheint uns direkt ins Gesicht. Nach dem etwas holprigen Start heute Morgen wechseln wir jetzt auf eine leichtere Ebene. Wir erzählen uns gegenseitig von unseren Vorstellungen vom Leben, womit wir gerne unsere Zeit verbringen, was wir gerne essen und Ähnliches. Als Toni mich nach meinen Träumen fragt, weiche ich aus, denn sofort denke ich an Wolfgang. Wir hatten ebenfalls Träume, leider entwickelten sie sich eher zu Albträumen und darüber spreche ich ungern.

Nach unserer ausgiebigen Mahlzeit ist uns nach Bewegung und wir brechen zu einem Spaziergang auf. Vorbei an Ein- und Zweifamilienhäusern mit gepflegten Vorgärten, verlassen wir recht bald das Wohngebiet. Zuerst gehen wir durch Wiesen, Weiden und Felder. Die Sonne scheint, der Wind bläst uns eine leichte Brise ins Gesicht, grün so weit das Auge reicht, was für eine Wohltat! Schnellen Schrittes nähern wir uns einem größeren Wald.

Schweigen umhüllt uns, während wir beide unseren Gedanken nachhängen. Ich spüre Unruhe, sogar Fluchttendenzen. Wenn wir zurück sind, werde ich nach Hause fahren. Kaum ist dieser Entschluss gedacht, macht sich Erleichterung in mir breit. Ich muss hier weg, habe Angst, weil sich unser Zusammensein so verdammt gut anfühlt. Da ist nichts, was ich vermisse, doch ich möchte nicht eines Tages aus einem Traum, einer Illusion aufwachen. Bin ich nur ein Rätsel seiner Vergangenheit, ein Puzzlestück oder gibt es auch eine gemeinsame Zukunft? Ist er verheiratet? Gestern Abend hat er gesagt, der Sex müsse *noch warten*. Doch – ist er überhaupt frei?

„Na, ich hoffe, du träumst von keinem anderen Mann", holt Toni mich aus meinen Überlegungen.

Stimmt, denke ich, er weiß genauso wenig, ob ich gebunden bin. Oder – weiß er es doch? Ich habe schließlich keine Ahnung, wie viel er bereits über mich erfahren hat. „Nein", erwidere ich, „dafür ist kein Platz."

Toni schaut mich eine Weile prüfend an, es fällt ihm offensichtlich schwer, diese Bemerkung einzuordnen, schüttelt dann fast unmerklich den Kopf und wechselt das Thema. „Magst du von Adrian erzählen?"

„Ja, gerne. Doch zuerst möchte ich wissen, an was du dich erinnerst."

„Tja, dieser Bereich gehört leider zu den Lücken. Außer der beschriebenen Szene der Todesnacht habe ich keinerlei Erinnerungen an diesen Jungen. Wie hat er meinen Anblick und meinen Tod verkraftet?"

„Du willst es genau wissen?", frage ich nach, während ich mich insgeheim wundere, wie selbstverständlich er von *seinem* Anblick und *seinem* Tod spricht. Gestern Abend war er zutiefst erschüttert, als er in der Ichform von Wolfgang sprach. Was hat sich seit gestern verändert? Oder ist das alles nur vorgespielt? Soll ich ihn darauf ansprechen?

„Ja, ich will es genau wissen."

Das Thema scheint ihm wichtig zu sein, doch das ist keines, was ich auf einem Spaziergang vertiefen möchte, dazu brauche ich einen ruhigeren Moment. Toni ist einverstanden und bereit, es zu verschieben. Da ich ihn aber nicht ganz im Dunkeln lassen möchte, ergänze ich: „Im Großen und Ganzen kam er sehr gut damit zurecht. Ich habe sehr schnell einen männlichen Therapeuten gefunden, der ihn begleitet hat. Außerdem habe ich mir immer wieder Zeit genommen, wenn er angefangen hat von dir, äh, seinem Vater, zu sprechen. Mein Gott!", unterbreche ich mich selbst. Ich starre Toni an. „Adrian!", rufe ich plötzlich aufgewühlt.

„Was ist mit Adrian?"

Ich stehe Toni wortlos gegenüber, starre ihn entsetzt an. Langsam erhole ich mich von diesem Schreck: „Wie wird dein Erscheinen, das Erscheinen seines toten Vaters für Adrian sein? Wie wird er damit umgehen? Oh Gott, und Gertrud!", rufe ich nicht weniger bestürzt aus.

„Gertrud ist meine Mutter", murmelt Toni vor sich hin. Im Weitergehen erklärt er mir, er habe ihren Namen gewusst, doch als ich derart emotional reagierte, konnte er seine Mutter fühlen, eine Verbindung spüren. Er könne nicht genau beschreiben, was genau sich verändert habe, so sei es jedenfalls noch nie gewesen. Wir lassen uns auf einem Stapel frisch gefällter Bäume nieder. „Ich bringe das Leben vieler Menschen durcheinander, daran habe ich nicht gedacht", sagt Toni leise.

Mein Mutterherz fühlt gerade sehr mit Adrian. Wie wird seine Reaktion sein, wenn er Toni begegnet? Wird er sich freuen oder könnte unverarbeiteter Schmerz aus ihm hervorbrechen? Wird er Angst haben, erneut verletzt zu werden? Wird es ihn erschüttern oder wird seine rationale, wissenschaftliche Ader siegen und das Ganze als Blödsinn abtun? Wann könnte der richtige Zeitpunkt sein? Muss ich es ihm überhaupt sagen? Kann ich nicht einfach den Dingen ihren Lauf lassen und abwarten, bis Adrian selbst etwas spürt? Ich muss das nicht jetzt entscheiden, beruhige ich mich. Zuerst brauche ich selbst Klarheit, denn bevor ich Adrian da hineinziehe, muss ich Toni vollständig vertrauen können.

Wie oft in den letzten gemeinsamen Stunden ist das Gespräch verstummt, beide sind wir in unsere Gedanken versunken, ohne es zu bemerken. Als ich mich an Tonis letzte Worte erinnere, verspüre ich sofort den Drang, ihn zu beruhigen: „Dich trifft keine Schuld. Du hattest keine Wahl, Wolfgang hat dich nicht gefragt, bevor er in deinen Körper einzog …"

Abrupt unterbreche ich mich und schaue ihm erschrocken in die Augen – er begreift mein plötzliches Erkennen. Erneut bin ich in dieselbe Falle getappt – er ist Wolfgang und er ist Toni. Oder ist er doch nur Toni? Welche Verantwortung kann er für Wolfgang haben? Ich stöhne auf: „Das ist so verdammt schwer. Das menschliche Gehirn ist nur eindimensional, für eine Person gebaut", versuche ich zu scherzen. Doch das hilft uns beiden nur herzlich wenig. Abrupt stehen wir auf, treten wortlos den Rückweg an. Mir steht der Sinn nach Rückzug und Abstand, nach Ruhe und Zeit, um das alles zu verarbeiten.

Bei Toni angekommen, ziehe ich – trotz seines Protestes – meine eigene Kleidung an, suche meine Habseligkeiten zusammen. Danach eine kurze Umarmung und weg bin ich. Da sind keine Ressourcen mehr für große Gefühle, ich fühle mich ausgelaugt und unendlich müde.

Zweifel

Kaum tuckert der Motor, beginnt sich sofort das Gedankenkarussell zu drehen. Wie soll ich mit all diesen Informationen und diesem ganzen Gefühlschaos umgehen? Wer ist Toni wirklich? Ist er der, welcher er vorgibt zu sein? Was ist seine wahre Absicht?

Ich muss dringend mit jemandem darüber sprechen, der an Reinkarnation glaubt. Doch mit wem? Entweder mit meinem Therapeuten oder mit Simon, doch seit Monaten hatte ich keinen Kontakt zu ihm. Zudem hat mein Therapeut Wolfgang selbst gekannt. Er könnte Toni treffen und sehen, ob er in ihm Wolfgang wiedererkennt. Fast im gleichen Moment wird mir allerdings klar: Warum sollte es ihm anders gehen als mir? Habe ich Wolfgang *erkannt*? Allein die Vorstellung, eine zweite Meinung zu hören, einen offenen Gedankenaustausch zu führen, beruhigt mich etwas. Vielleicht erhalte ich dadurch auch mehr Klarheit, ob ich Toni trauen kann.

Unverzüglich meldet sich eine andere Stimme in mir: ‚Sina, wenn du bei ihm bist, vertraust du ihm, hast keinerlei Zweifel oder negative Gedanken, fühlst dich sicher und beheimatet. Doch sobald du weg bist, verändert sich das schlagartig. Du misstraust ihm, glaubst ihm nicht. Warum?‘ Und schon bin ich wieder mittendrin im inneren Dialog. Mit Toni erlebe ich diese unglaublich intensive Anziehung, dieses tiefe Verständnis, diese starke Verbundenheit. Ist sie dieselbe, die ich mit Wolfgang hatte, oder bin ich einfach nur frisch verliebt?

Da unterbricht das Handy den Streit im Gehirn. Klaus hat Mittagspause und wartet ungeduldig auf den vereinbarten Entwarnungsanruf. Wie es mir ginge, ob ich denn bereits mehr erzählen wolle, er sei total neugierig. Obwohl es mir schwerfällt, ihn im Unklaren zu lassen, muss ich mir gut überlegen, wie ich ihn an das Thema heranführen kann. In eine psychiatrische Klinik wird er mich zwar nicht einweisen lassen wollen, aber Zweifel an meinem Realitätssinn wird er sicher äußern. Ich beschließe, ihm zunächst leicht verdauliche Kost anzubieten. „Du kennst doch den Film *Nachricht von Sam*?"

„Ja, ich erinnere mich an den Hokuspokus", ist die unmissverständliche Antwort von Klaus.

Ohne mich davon beirren zu lassen, fahre ich fort: „Toni ist etwas Ähnliches passiert. Nur war das kein Film und der Geist hieß Wolfgang." Gespannt warte ich auf seine Reaktion.

„Aha", klingt Klaus' Stimme trocken durchs Telefon.

Offensichtlich habe ich erreicht, was ich wollte. Seine Neugier ist gestillt, er hat eine Vorspeise, die er verdauen kann. Wir beschließen, alles Weitere bei einem baldigen Treffen persönlich zu besprechen.

Beim Betreten der Wohnung sehe ich sofort das Blinken des Anrufbeantworters. Adrian hat angerufen, aber keine Nachricht hinterlassen. Nein, jetzt werde ich mich nicht bei ihm melden. Im Moment bin ich dermaßen durcheinander, dass ich vielleicht unbedacht aussprechen könnte, wofür die Zeit noch nicht reif ist. Stattdessen entschließe ich mich zu einem Mittagsschlaf, hoffe, im Bett etwas zur Ruhe zu kommen. Doch mein Wunsch erfüllt sich nicht, unruhig wälze ich mich von einer Seite zur anderen, immer wieder spulen sich die Situationen der letzten Stunden im Kopf ab.

Die Sinnlosigkeit dessen begreifend, gehe ich in die Küche und mache mir eine große Schale Milchkaffee. Beim Aufschäumen der Milch erinnere ich mich an mein Vorhaben, mit meinem Ex oder meinem Therapeuten über Toni zu sprechen. Warum bis zur nächsten Sitzung warten? *Jetzt* muss etwas passieren! Ich greife zum Hörer, kann jedoch leider nur die Nachricht hinterlassen, ich bräuchte eine Krisensitzung, frage, ob er eventuell kurzfristig einen Termin für mich habe. Nachdem ich den Milchkaffee halbwegs mit Ruhe ausgetrunken habe, laufe ich wie bestellt und nicht abgeholt durch die Wohnung. Egal, was ich beginne, nach kurzer Zeit höre ich wieder damit auf, um etwas anderes zu beginnen. Das Klingeln des Telefons unterbricht mich bei dem vergeblichen Versuch, in der Küche etwas Ordnung herzustellen. Gerhard, mein Therapeut, teilt mir mit, ich hätte Glück, er habe gerade eine Absage erhalten und deshalb in zwei Stunden einen Termin frei.

Auf einem großen Zettel notiere ich mir Stichpunkte zu den Ereignissen, die mich seit gestern überrollt haben, Gedanken, Widersprüche, Fragen. Danach springe ich unter die Dusche, ziehe frische Klamotten an, setze mich ins Auto. Wieso eigentlich? Sonst fahre ich mit der Bahn. Keine Antwort findend, überlasse ich mich meiner Eingebung. Es wird schon einen Grund haben, warum ich nicht wie üblich die Bahn nehme. Ich bin wirklich ein verrücktes Huhn, ich habe heute zwar zweimal ausgiebig geduscht – aber seit dem Frühstück nichts gegessen!

In Frankfurt angekommen, kaufe ich schnell ein belegtes Brötchen, um kurz darauf Gerhard gegenüberzusitzen. Jetzt wird es spannend. Er ist der erste Mensch, mit dem ich über Toni spreche. Langsam taste ich mich vor. Zuerst frage ich ihn, ob ich mich recht erinnere, dass er an Wiedergeburt und an die Unsterblichkeit der Seele glaube. Ja, dies sei richtig, bestätigt er. Ob er davon gehört habe, dass ein Mensch mehrmals in verschiedenen Körpern wiedergeboren worden sei, frage ich weiter. Ja, Dalai Lama sei das Stichwort. Ich atme entspannt auf. Mein Therapeut beobachtet mich aufmerksam, wartet geduldig, welches Anliegen hinter diesen Fragen verborgen sein mag.

„Wolfgang ist wieder da", platzt es aus mir heraus.

Pause. Lange Pause. Dann fragt Gerhard: „Wie alt ist er? Fünf Jahre? Oder zehn?"

„Ich schätze Anfang oder Mitte vierzig."

„Das geht doch gar nicht", kommt sofort sein Protest. „Wolfgang ist doch erst …", Gerhard scheint zu überlegen, vollendet dann den Satz, „… höchstens 15 Jahre tot."

Ich zucke mit den Schultern. „Es ist 13 Jahre her, am 4. Oktober 1997 ist Wolfgang gestorben. Die Kurzfassung ist die: Ein Mann namens Toni lag im Koma. Nach über drei Jahren, am 4.10.1997, wachte er auf, sagte: ‚Ich bin Wolfgang‘. Er konnte sich an nichts erinnern, weder an Toni noch an Wolfgang, er war ohne jegliche Identität. Das Einzige, was aus ihm herauskam, war dieser eine Satz.“

„Und wie“, fragt mich Gerhard, „ist er jetzt auf dich gekommen?“

Ich wiederhole ausführlich alles, was ich von Toni erfahren habe. Über die emotionale und körperliche Nähe schweige ich mich jedoch aus, es kommt mir jetzt vor wie ein Traum. Ich schäme mich, als sei ich einem Hochstapler auf den Leim gegangen. Die Ereignisse der letzten 24, nein 26 Stunden scheinen nicht zu meinem Leben zu gehören.

Stille kehrt ein. Beide sind wir in unsere Gedanken vertieft. Gerhard beginnt, seine laut auszusprechen: „Ich glaube an Seelenwanderung, ich glaube an die Wiedergeburt, ich glaube, dass die Tibeter die Seele ihres Dalai Lama in einem neuen Körper wiederfinden – aber das war für mich bisher ein eher theoretisches Gedankenkonstrukt. Praktisch habe ich so etwas noch nie erlebt und das, was du da berichtest, ist höchst verwirrend!“ Ich muss ihm recht geben. Zum ersten Mal erlebe ich meinen Therapeuten ratlos. Wir beleuchten die Thematik von verschiedenen Seiten, doch kommen nicht recht weiter. „Die Stunde ist fast um. Danach habe ich Feierabend, ich hatte eigentlich einen ruhigen Abend geplant, aber die angesprochenen Themen werden mich vermutlich weiter beschäftigen …“

„Wieso das denn?“, unterbreche ich ihn überrascht.

„Die Mutter eines Freundes liegt im Koma. Ich versuche ihm beizustehen, doch ich bin zum ersten Mal mit einer solchen Situation konfrontiert. Oft habe ich mich in den letzten Wochen gefragt, wie mein Freund die Entscheidung über Leben und Tod treffen soll. Wenngleich die Situation von diesem Toni eine andere ist, erscheint es mir dennoch wie ein Wink des Schicksals, dass ich mich jetzt durch dich damit auseinandersetze. Aber anstatt alleine darüber nachzugrübeln, könnten wir uns darüber austauschen. Außerdem mache ich mir ein bisschen Sorgen um dich, denn wir können nicht ausschließen, dass dieser Toni ein Betrüger ist. Ich bin hungrig – wollen wir zusammen etwas essen gehen? Dabei können wir unser Brainstorming fortsetzen."

Begeistert stimme ich zu. Gerhard schaut mich an und ergänzt vorsorglich: „Normalerweise trenne ich Beruf und privat strikt voneinander. Du weißt, dass ich eine Lebensgefährtin habe."

„Ja, ist völlig klar", versuche ich seine Bedenken zu beseitigen, „du hältst diese Grenze immer sehr korrekt ein, ich verstehe dein Angebot als gemeinsame Forschungsreise." Wir beratschlagen, in welchem Lokal wir uns treffen wollen. Dann gehe ich voraus, Gerhard will in seinem Büro noch etwas erledigen und dann nachkommen.

Ich brüte über einer Apfelschorle, als Gerhard sich zu mir setzt. Seine Frage, ob ich bereits bestellt habe, verneine ich und nehme nach ihm die Karte. Wir bestellen das Essen sowie für Gerhard einen Orangensaft, sind jedoch danach beide recht wortkarg.

„Diese Geschichte widerspricht meinem Wissen, meinem Glauben und übersteigt mein Vorstellungsvermögen", beginnt Gerhard. „Wenn sich die Seele eines Verstorbenen in einem Komapatienten inkarniert, was passiert mit dessen Seele? Kann ein menschlicher Körper zwei Seelen beherbergen?"

Erstaunt blicke ich Gerhard an: „Genau diese Frage habe ich mir gestern Abend gestellt. Eigentlich müsste Toni uns die Antwort darauf geben können, doch selbst er ist dazu außerstande." Die Erlebnisse und Gefühle der letzten Stunden ziehen an mir vorbei. „Obwohl ich Toni erlebt habe, teilweise Wolfgang fühlen konnte und mir das in jenen Momenten absolut real erschien – aus der heutigen Distanz kann ich die Story kaum glauben. Ich komme mir vor, als hätte ich geträumt."

„Ja, das kann ich mir gut vorstellen", nickt Gerhard bestätigend. „Ich habe eine Idee", jetzt wird Gerhard lebendig, richtet sich auf. „Was hältst du davon, wenn du ihn anrufst und fragst, ob er herkommen mag? Auf diese Weise könnte ich mir einen eigenen Eindruck verschaffen. Wenn das jetzt zu spontan ist, können wir auch einen Termin ausmachen."

Erst jetzt wird mir bewusst, dass ich keine Telefonnummer von Toni habe. Gerhard ist völlig überrascht: „Du kannst ihn gar nicht erreichen?"

„Ich habe nur seine Mail-Adresse und weiß, wo er wohnt", räume ich kleinlaut ein.

„Na ja, ich glaube, die Idee war eh nicht wirklich gut. Er würde sich möglicherweise wie vorgeführt vorkommen, dem Therapeuten vorgestellt zu werden ist fast schlimmer als den Eltern."

„Ja, ein bisschen komisch wäre das tatsächlich, warum sollte er sich mit dir treffen wollen?", stimme ich zu. „Obwohl mir die Idee gut gefällt, dass du Toni kennenlernen, dir ein eigenes Bild verschaffen könntest. Dann tappe ich nicht allein im Dunkeln."

Gerhard hat einen Einfall: „Du könntest ihn fragen, ob er Interesse daran hat, schließlich war Wolfgang damals bei mir in Therapie, insofern könnte ich eine wichtige Informationsquelle für ihn sein."

„So könnte ich es Toni vielleicht schmackhaft machen", denke ich laut. „Ja, ich werde ihn darauf ansprechen." Dieses Gespräch, der Austausch, die Anteilnahme sind wohltuend und deutlich angenehmer, als die Gedanken alleine im Kopf zu wälzen. Da fällt mir ein, dass in diesem Lokal ein öffentlicher PC mit

Internetzugang zur Verfügung steht. „Bin gleich zurück, gehe schnell zum PC", sage ich noch, bevor ich davoneile.

Egal, welches Suchwort ich verwende, ich finde nichts, einfach *nichts* über Toni. Wenn er drei Jahre im Koma gelegen hat und danach als jemand anderes aufwachte – etwas Derartiges geht doch durch die Presse! Gerhard dauert es zu lange und er gesellt sich zu mir. Wir versuchen die verschiedensten Varianten. Nichts. Gerade als wir aufgeben wollen, finden wir einen Eintrag. Nein, das muss ein Namensvetter sein – oder seine wahre Identität.

Wir gehen zu unserem Tisch zurück, sprechen über unsere Zweifel. Während des Essens verstummen wir, jeder brütet über seinem Teller, bis Gerhard die Stille beendet. Er will wissen, inwieweit ich mich mit dem Thema Koma auseinandergesetzt habe. Ich berichte von Tonis Erfahrungen, insbesondere vom Entscheidungsprozess seiner Eltern sowie von allem, was ich im Internet recherchiert habe. Er denkt lange darüber nach, versucht, was er von mir hörte mit dem, was er von der Mutter des Freundes weiß, zusammenzubringen. Gemeinsam diskutieren wir, wie er seinem Freund helfen könnte.

Nach einer Pause kommt plötzlich die gefürchtete Frage: „Weißt du, wo er wohnt, weil du bei ihm warst?" Wortlos nicke ich, fühle mich ertappt. „War das nicht ein bisschen leichtsinnig?"

Ich nicke zustimmend: „Aus heutiger Sicht sehe ich das genauso, gestern Abend fühlte sich das völlig anders an." Überrascht höre ich mich plötzlich sagen: „Nachher frage ich ihn, ob er sich mit dir treffen will."

Gerhard hebt ruckartig den Kopf, schaut mich prüfend an: „Wie willst du das tun, ohne Telefonnummer?"

„Ich könnte ihm eine Mail schreiben", doch mein verschämtes Gesicht verrät meine Gedanken.

„Du willst erneut zu ihm fahren?" Ich kann Gerhard diesen Impuls nicht erklären, ich verstehe es selbst nicht. Eben noch war ich voller Zweifel – doch im nächsten Moment treibt mich eine unbändige Kraft hin zu Toni. Wie war das heute Morgen in der Küche? Es warten noch schwierige Gewässer auf uns. Diese *Gewässer* sind auch in mir, meine Zerrissenheit ist richtig anstrengend.

Nachdem ich mich für Gerhards Unterstützung bedankt habe, verabschieden wir uns. In Gedanken versunken gehe ich zum Wagen. Soll ich wirklich zu Toni fahren? Der Kopf weiß, diese Idee ist nicht wirklich klug, zudem bin ich verunsichert, weil ich im Internet nichts gefunden habe. Doch es zieht mich zu ihm. Ich will ihn sehen, spüren, mehr erfahren. Ich *muss* fahren! Wieder verlasse ich mich auf meine Intuition.

Toni öffnet mir die Tür und begrüßt mich mit den Worten: „Schön, dass du da bist. Komm herein."

„Du bist nicht überrascht?", platze ich heraus.

„Es ist noch so viel offen und das Bedürfnis, dich wiederzusehen, dich zu spüren, war sehr stark. Ich habe gehofft, es würde dir ähnlich ergehen. Kommst du mit in die Küche?" Ich folge ihm. Er hat nicht versucht, mich in den Arm zu nehmen, das kommt mir sehr entgegen. Andererseits – ich weiß, warum ich es nicht möchte, doch warum hält er Abstand? Was sende ich aus? Spürt er mein Misstrauen?

„Gib mir doch bitte gleich deine Telefonnummer, damit ich das nicht vergesse und nicht wieder wegfahre, ohne dich anrufen zu können." Toni holt einen Notizblock und einen Stift, notiert die Nummer darauf. Als er den Zettel abreißt und ihn mir reicht, stecke ich ihn sofort in mein Adressbuch, um ihn sicher zu verwahren.

Beweise

Ich vermeide weiterhin Körperkontakt, setze mich ihm gegenüber an den Küchentisch. Einen Moment sitzen wir schweigend da, während Toni mich prüfend anschaut. Dann fragt er: „Was ist los? Was ist passiert?" Ich erzähle von der Internetrecherche. Er nickt, nimmt mich an der Hand und führt mich in den Anbau.

„Wow, geiles Büro."

„Ja, ein tolles Büro, das ich gar nicht brauche. Ab nächsten Monat ist es vermietet, glücklicherweise habe ich schnell jemand gefunden, wahrscheinlich wegen des separaten Eingangs." Toni macht den Rechner an, ruft eine Internetseite auf und ich kann die ganze Story, wie er sie mir erzählt hat, nachlesen. Einzig sein Nachname ist anders. Und die Bilder? Ich betrachte ihn – betrachte die Bilder – betrachte ihn, doch ich kann kaum Ähnlichkeit entdecken. Auch sagte der erwachte Komapatient laut den Berichten nicht, er sei Wolfgang. Er sagte gar nichts.

Toni erklärt mir, sein Vater hätte diesen Teil der Geschichte verschwiegen, er wollte seine Familie nicht zum Gespött des ganzen Ortes machen. Doch als Tonis Identitätskrise immer offensichtlicher wurde, flohen sie aus dem Ort. Und aufgrund der besonderen Situation konnten sie eine Namensänderung für die ganze Familie erwirken.

Das mit der Namensänderung kommt mir merkwürdig vor, ich glaube es nicht. Angst steigt in mir auf. Ob er – wer immer er ist – die Geschichte einfach nur gelesen hat und ein grausames Spiel mit mir spielt? Ich sehe mich schon in einem modrigen Kellerverlies eingesperrt. Doch sogleich wird mir die Unsinnigkeit dieses Gedankens bewusst: dann hätte er mich heute Morgen gar nicht fahren lassen. Trotzdem bleiben Unsicherheit und ein nicht erklärbares Unbehagen.

Ich folge einem weiteren Link. Dort steht, die ganze Familie sei verschwunden, niemand wisse, wo sie hingezogen sei. „Sag mal, kann ich mir diese Links nach Hause schicken?", frage ich Toni.

Er zögert: „Ich befinde mich in einem Dilemma. Gerne möchte ich dir alles geben, was du brauchst, um mit dieser verrückten Situation umzugehen. Doch ich möchte nicht, dass mein Vater noch einmal in den Fokus der Presse gerät, jetzt, wo er endlich etwas zur Ruhe gekommen ist. Wenn der spannende Teil der Story – dass eine andere Seele inkarniert ist – an die Presse gelangen würde, ginge der Rummel möglicherweise erst richtig los."

Ich nicke: „Ja, das kann ich verstehen." Toni bittet mich, ich möge nur mit wenigen Freunden darüber sprechen und nur mit solchen, denen ich völlig vertraue. Jetzt habe er allerdings Hunger, ob ich auch etwas essen wolle. Obwohl ich verneine, macht Toni einen bereits begonnenen Auflauf fertig, schiebt ihn in den vorgeheizten Ofen.

„Hast du Lust auf Kamin?"

„Ja, total gerne. Ich liebe es, in die Flammen zu sehen, dem Knistern zu lauschen und diese andere Wärme zu genießen." Im Wohnzimmer kümmert Toni sich um das Feuer, während ich stumm davorsitze. Die Arme umschlingen die angezogenen Beine, das Kinn ruht auf den Knien, ich brüte vor mich hin. Wenn er die Geschichte nur gelesen hat, wozu dann der ganze Aufwand? Um eine unbekannte Frau ins Bett zu kriegen? Weil er als mein verstorbener Mann leichter an mich herankommt? Was an meiner Person sollte diesen Aufwand wert sein – wenn er tatsächlich meinetwegen aus Bayern hierhergezogen ist? Oder ist er etwa psychisch krank, hat Spaß daran, mit den Gefühlen anderer Menschen zu spielen? Aber selbst wenn die Geschichte stimmt, warum meldet er sich erst jetzt, nach 13 Jahren? Ich bin völlig ratlos. Wie ich es auch drehe und wende, es ergibt für mich keinen Sinn.

„Was überlegst du?", unterbricht Tonis Stimme meine Grübelei. Überrascht drehe ich mich um. Total geistesabwesend habe ich weder das Brennen des Feuers mitbekommen noch, dass er sich auf die Couch hinter mich gelegt hat.

„Ich hole mir Wasser. Kann ich dir etwas mitbringen?", erwidere ich ausweichend, ohne seine Frage zu beantworten. Toni lehnt dankend ab. Aus der Küche zurück, setze ich mich auf die kurze Couchseite, sodass ich sowohl Toni als auch das Feuer im Blick habe. An meine Knie geklammert, schaue ich ihn an: „Wenn ich bei dir bin, glaube und vertraue ich dir. Doch sobald ich dir den Rücken zukehre, kommen Zweifel. Große Zweifel. Damit komme ich nicht klar."

„Was für Beweise könnte ich dir vorlegen?", fragt Toni unschlüssig. Ich überlege; frage, ob er Fotoalben habe, auch welche aus der Zeit vor dem Unfall. Er steht auf, kommt mit einem ganzen Stapel Alben zurück, setzt sich damit neben mich.

Da platzt eine andere Idee aus mir heraus: „Entschuldige, wenn sich das jetzt vielleicht etwas hart anhört, aber kannst du mir bitte deinen Ausweis und deine Geburtsurkunde zeigen?"

Wortlos steht er erneut auf, bringt mir das Gewünschte. Laut Geburtsurkunde wurde er am 20. Dezember 1966 als Anton Ammertsbrecht in Wiensen geboren. Im Führerschein und im Personalausweis heißt er Amtenbrink. Die Fotos sehen ihm ähnlich. Ich starre die Papiere an, dann ihn, dann wieder die Papiere. Ratlos gebe ich sie ihm zurück. „Danke schön, es tut mir leid. Ich weiß selbst nicht, was mir das helfen soll."

„Ach Sina", ohne gekränkt zu sein, versucht er mich zu trösten, „ich habe dir gesagt, ich weiß, es ist viel verlangt, diese verrückte Geschichte zu glauben. Mir ist verständlich, dass du Zeit brauchst und noch viel wissen willst. Ich bin bereit, dir alle, wirklich alle Informationen zu geben, die ich dir geben kann. Auch deine Zweifel sind für mich überhaupt nicht ungewöhnlich; merkwürdig fände ich, wenn du alles sofort glauben würdest." Ihm scheint eine Idee gekommen zu sein: „Schau mal in der Geburtsurkunde, da steht, dass ich einen Leberfleck am rechten Ohr habe. Hier!", er deutet auf die Stelle in der Geburtsurkunde, „und schau", mit diesen Worten hält er mir sein Ohr direkt vors Gesicht, damit ich den Fleck sehen kann. Toni nimmt ein anderes Fotoalbum, sieht mich fragend an: „Jetzt Kinderfotos?"

„Ja", bestätige ich nickend. Ich sehe süße Baby- und Kinderbilder. Wie er mir berichtet, ist er das zweite Kind. Er hat eine ältere Schwester sowie zwei jüngere Brüder. Ich frage nach ihren Namen, kann sie mir aber auf die Schnelle nicht merken. Wir sehen uns diverse Familien- und Urlaubsfotos an. Bei dem jugendlichen Toni kann ich eine gewisse Ähnlichkeit zu ihm entdecken: die Nase, die Augen, die Mundpartie.

Als ich genug davon habe, zeigt er mir die Polizeiaufnahmen vom Autounfall. Ich sehe ein auf dem Dach liegendes, total zerstörtes, grünes Auto. Von der Schnauze ist nicht mehr viel übrig und ich wundere mich, dass da überhaupt ein Mensch lebend rausgekommen sein soll. „Wie ist das für dich, wenn du diese Bilder siehst?", frage ich Toni.

„Sie berühren mich, aber sie belasten mich nicht mehr. Zuerst wollte ich sie nicht haben, erst recht nicht ansehen. Dann habe ich sie eine Zeit lang förmlich verschlungen. Ich habe sie immer und immer wieder angesehen, als könnte ich dadurch meine Identität wiederfinden. Blätter um", fordert er mich auf.

Jetzt kommen Bilder aus dem Krankenhaus, wie er an den Apparaten hängt. Auf diesen Bildern ist eine Ähnlichkeit zu ihm erkennbar. Jetzt folgen jede Menge ausgeschnittene Artikel aus verschiedenen Zeitungen und Zeitschriften, hier heißt er überall Ammertsbrecht. Bei den Zeitungsartikeln gibt es auch Aufnahmen vom Krankenbett, wo ich wenig Ähnlichkeit mit ihm erkennen kann. Auf meine Nachfrage erzählt er mir, seine Schwester habe ihn auf Wunsch seines Vaters geschminkt. ‚Geschminkt?', wundert sich meine *Innere Stimme*.

Seit wann er in Geigenwald wohne, will ich als Nächstes wissen. „Du bist hierhergezogen, um mit mir Kontakt aufzunehmen, und dann dauert das sechs Monate?", kommt es wie aus der Pistole geschossen, nachdem ich seine Antwort gehört habe.

„Ich war unsicher, hin- und hergerissen. Manchmal schienen die Anteile von Toni, manchmal die von Wolfgang zu überwiegen. Wenn Toni in mir lebendig war, kamen Zweifel, rang ich mit der Entscheidung, keinen Kontakt zu dir aufzunehmen, zurückzugehen. Wenn aber Wolfgang stärker war, suchte ich die Orte seiner Vergangenheit auf und reagierte dabei manchmal sehr emotional. Das war anstrengend und ich musste immer wieder enorm viel Kraft aufbringen, diesen Weg weiterzugehen. Bis ich endlich die Klarheit hatte, dass es wichtig und richtig für mich ist, den Kontakt zu dir herzustellen, war es längst September. Das brachte mich auf die Idee, mich am 4. Oktober bei dir zu melden. Ich hoffte, dies könnte mir den Weg etwas ebnen."

„Wie hast du etwas über Wolfgang herausbekommen? Wie bist du an Informationen gekommen?", frage ich neugierig.

Toni springt auf: „Der Auflauf!", ruft er alarmiert und eilt in die Küche. Ich folge ihm. Erleichtert stellen wir fest, unsere Mahlzeit ist zwar sehr braun geworden, aber wohl noch genießbar. Eine kleine Kostprobe bestätigt unsere Vermutung. Wir decken den Tisch, lassen uns die äußerst schmackhafte Gemüsezusammenstellung munden. Zwar wollte ich nur einen kleinen Happen probieren, doch es ist so lecker, dass ich über den Hunger esse. Kochen kann er genauso gut wie Wolfgang, in diesem Punkt sind sie sich tatsächlich ähnlich.

Als wir erneut vor dem Kamin sitzen, knüpfe ich an meine unbeantwortete Frage an: „Wie konntest du aus dem einen Satz ‚Ich bin Wolfgang' herausbekommen, um welchen der vielen Wolfgange auf dieser Welt es sich gehandelt hat? Wie ist es dir gelungen, mehr über ihn zu erfahren? Wie hast du mich gefunden?"

„Zuerst tappte ich völlig im Dunkeln. Wolfgangs letzte Inkarnation konnte Tage oder auch Jahre her sein. War er ein Kind oder ein alter Mann gewesen? In welchem Land hatte er gelebt? Ein Psychologe, ein Freund meines Vaters, schlug mir Hypnose vor. Das schien meine Rettung zu sein, denn ich wünschte mir nichts sehnlicher als Klarheit, wollte endlich wissen, wer ich eigentlich war. Auf viele Fragen suchte ich Antworten: Was ist Wolfgang wohl für ein Mann gewesen? Woran mag er gestorben sein? Ob er ein glückliches Leben gelebt hat? Ich wollte entweder ein Leben ohne Wolfgang oder seine Erinnerungen haben und seine Gefühle spüren.

Durch die Bilder in der Hypnose vermutete ich, dass es sich um einen Deutschen in ungefähr meinem Alter handelte. Ich hatte den Einfall, dieser Wolfgang könnte vielleicht am 4. Oktober gestorben sein und suchte unermüdlich nach passenden Todesanzeigen. Endlich stieß ich auf einen am 4. Oktober verstorbenen Wolfgang Langholz, doch lange blieb unklar, ob dies der richtige Wolfgang war. Irgendwann gab es einen Moment, da fühlte ich eine Verbindung und war mir sicher, das ist *mein* Wolfgang.

Aufgrund der Anzeige konnte ich seine letzte Meldeadresse in Erfahrung bringen und fuhr nach Frankfurt. Sah mir die Siedlung an, fragte mich, wie sich dieser Mann dort gefühlt haben mag. Dass es eine Ehefrau gegeben hat und ihren Namen, wusste ich ebenfalls aus der Anzeige. Im Internet fand ich deinen schulischen Werdegang, hatte Anhaltspunkte, wo du leben könntest. Leider warst du im Telefonbuch nicht zu finden, also habe ich dich auf alten Telefon-CDs gesucht. Tatsächlich fand ich auf diesem Weg eine Helga Langholz in Fulda. Anrufen wollte ich nicht, also fuhr ich hin, leider wohnte sie dort nicht mehr. Danach habe ich einige Jahre lang nichts mehr unternommen. Über ein Detektivbüro kam ich dann vor vier Jahren an deine aktuelle Adresse." Toni trinkt einen Schluck Wasser, brütet vor sich hin. „Möchtest du noch mehr hören?"

„Es wühlt mich sehr auf, doch ich will es wissen."

Daraufhin berichtet er, wie in der Hypnose Bilder auftauchten, er mich zum ersten Mal sah. Ich frage nach, will alles genau wissen, und Toni beschreibt: „Ihr wart auf einem Bauernhof mitten in der Natur, auf einem großen Gelände mit Wiesen, Hühnern und Beeten, auf denen Gemüse gepflanzt wurde. In verschiedenen Wohneinheiten lebten mehrere Familien mit Kindern. Bei euch war auch ein Kind, aber scheinbar nicht eures."

„Ja, die Beschreibung passt zur Anfangszeit von Wolfgang und mir. Wir haben einige Monate in einer solchen Gemeinschaft gelebt, oft war eines der Kinder bei uns", kläre ich Toni auf.

Er habe lange gebraucht, berichtet Toni weiter, bis er durch die Hypnose den Ort erfahren konnte, wo diese Gemeinschaft gewesen sei. Dorthin sei er gefahren, habe überprüft, ob die Bilder aus der Hypnose der Realität entsprachen. Danach sei er nach Eppstein gefahren, um sich anzusehen, wo Wolfgang mit seiner Familie die letzten Jahre gelebt hätte. „Ich sage dir", fährt er mit belegter Stimme fort, „das war ausgesprochen unheimlich. Ich sehe ein Gebäude zum ersten Mal und mein Körper reagiert mit heftiger Aufregung, Freude, Trauer, aber auch mit Ablehnung. Diese gegensätzlichen Gefühle gleichzeitig zu spüren, die für mich eindeutig Wolfgangs Erinnerungen gewesen sein mussten, war besonders befremdend für mich. Diese ungestümen, aber unverständlichen Reaktionen, das hat mich damals echt fertig gemacht." Erschöpft macht Toni eine Pause.

Laut überlege ich: „Verständlich, das stelle ich mir auch schwierig vor. Aber wo sind denn nun Erinnerungen gespeichert? Bisher dachte ich im Gehirn, aber offensichtlich kann das nicht die ganze Wahrheit sein. Ich habe Dokumentationen gesehen, in denen Menschen sich an vergangene Leben erinnerten, sie wussten Details, die sie eigentlich gar nicht wissen konnten. Die Redakteure recherchierten und stellten fest, dass alles der Wahrheit entsprach. Die haben das alles akribisch überprüft." In Gedanken versunken schweigen wir beide für eine Weile. „Hast du nicht ebenso viele Fragen an mich? All diese mühsam gefundenen Puzzlesteinchen – die kann ich ja relativ einfach zusammenfügen", erwartungsvoll sehe ich ihn an.

„Oh ja", bestätigt Toni. „Ich habe sogar sehr, sehr viele Fragen und ich möchte mir auch total gerne Bilder von euch ansehen. Doch ich will dich nicht bedrängen, sondern dir so viel Zeit lassen, wie du brauchst. Wenn du so weit bist, können wir gerne eine Fotosession bei dir machen."

„Gerne", erwidere ich, „doch zu meinem Bedauern habe ich von Wolfgang fast nur Bilder aus unserer gemeinsamen Zeit. Wenn du Bilder aus der Zeit davor sehen willst, müssten wir Wolfgangs Mutter besuchen." Ich halte inne. „Nein, das wäre keine gute Idee. Gertrud möchte ich nicht damit konfrontieren, ihr Sohn sei in einem anderen Mann inkarniert." War mir die Vorgehensweise von Toni bisher mitunter abstrus erschienen, steigt jetzt eine Ahnung in mir auf, warum Toni in Wolfgangs alte Heimat zog, warum er derart lange brauchte, bis er Kontakt mit mir aufnahm, warum er Kleider für mich kaufte. Er versucht, eine Identität zu finden, indem er jede Spur, die er findet, jedes auftauchende Bild verfolgt, mit Leben füllt, so gut es geht. Doch damit nicht genug, es sind zwei Leben. Zwei Leben, die in der Dunkelheit verborgen waren und nun mühsam von ihm beleuchtet werden.

Ich bin heute schon den zweiten Abend in Folge bei Toni. Gut, dass ich keine Beziehung habe, frei bin, sonst würden mich diese Geschichte und die Begegnung mit Toni noch mehr durcheinanderbringen. Oder wäre Tonis Anziehung dann weniger stark? Schnell wende ich mich einem unverfänglicheren Thema zu: „Wann fängst du wieder an zu arbeiten?"

„Als ich mich endlich in der Lage fühlte, Kontakt mit dir aufzunehmen, habe ich optional ein paar freie Tage eingeplant. Ich wollte für alle Möglichkeiten gerüstet sein, mir die Zeit nehmen können, die ich oder besser die wir brauchen würden. In spätestens zwei Wochen werde ich wieder arbeiten müssen."

Mein herzhaftes Gähnen deutet darauf hin, dass es zwischenzeitlich spät geworden sein muss: „Ich sollte mich entscheiden, ob ich jetzt gleich fahre oder hierbleibe, wenn dir das überhaupt recht wäre", fragend schaue ich zu Toni.

Eine Weile schaut er mir stumm in die Augen, dann sagt er mit leiser Stimme: „Zwischen uns besteht eine Verbundenheit, die stärker ist, als ich es jemals erlebt habe. Ich bin nicht gebunden und offen für das, was sich zwischen uns entwickeln mag. Du kannst jederzeit hier schlafen. Wenn ich mich zurückziehen will, kann ich das trotzdem tun. Sollte ich im Haus alleine sein wollen, würde ich dir das sagen. Wie steht es mit dir, hast du eine Beziehung?"

Ich fühle mich an die Anfangszeit erinnert, sowohl an die mit Wolfgang als auch an die mit Simon. Da war der Umgang miteinander ebenso wenig normal; die Vertrautheit miteinander völlig unangemessen im Verhältnis zu der kurzen Zeit, die wir uns kannten. Genauso unangemessen ist jetzt die Situation mit Toni. Diesen Mann habe ich *gestern* kennengelernt – und worüber haben wir da gerade gesprochen?! Ich fasse es nicht! Den Kopf hebend, verfangen sich meine Augen in Tonis aufmerksamem Blick. „Toni", fasse ich meine Gedanken in Worte, „wir sind uns gestern das erste Mal begegnet!"

Wir schweigen. Wissen wir doch beide, dass es so ist und dass es auch nicht so ist. Ich seufze, beantworte Tonis letzte Frage. „Nein, ich habe gerade keine Partnerschaft. Die letzte habe ich vor neun Monaten beendet. Er war der erste Mann seit Wolfgang, für den ich ein ebenso totales Ja hatte."

„Trotzdem funktionierte die Beziehung nicht?", fragt Toni vorsichtig nach.

„Nein, es ging nicht ... ich bin ... ich war ... keine Ahnung ... nicht über Simon hinweg. Aber dieses Thema möchte ich nicht vertiefen." Da ich mich kaum noch wach halten kann, schlage ich vor, schlafen zu gehen.

Toni ist einverstanden, fragt mich, welche der gestern angebotenen Varianten ich denn wählen wolle. „Jedenfalls gehe ich nicht davon aus, dass du nochmals in voller Montur auf dem Fußboden vor dem Kamin schlafen willst."

„Stimmt. Wenn ich die Wahl habe, nehme ich den Schlafanzug und den Platz neben dir im Bett." Ich strecke ihm meine Hand entgegen, werfe ihm einen Hilfe suchenden Blick zu. Er ergreift meine Rechte, zieht mich, die ich schlapp in den Seilen hänge, mühsam nach oben. Damit ich nicht wieder zurückrutsche, umgreift er mich schnell mit beiden Armen. Widerstandslos lasse ich mich von ihm halten, meinen Kopf an seiner Schulter ruhend, den Körperkontakt mit einem tiefen Seufzer genießend.

„Lass uns hochgehen." Sanft dreht Toni mich um meine eigene Achse, legt seinen Arm über meine Schulter, führt mich aus dem Wohnzimmer hinaus.

Im Bad nimmt er einen Becher von der Ablage, darin steht eine Zahnbürste. „Ist das die von heute Morgen?", frage ich erstaunt. „Ja, das ist deine Zahnbürste." Wow, am zweiten Tag habe ich bereits eine eigene Zahnbürste in seinem Bad stehen?! Das ist mir ja noch nie passiert! Das hatte ich bei Simon bis zum

Schluss unserer Beziehung nicht, durchzuckt mich ein bitterer Gedanke.

Nachdem ich Tonis *Abstandsstoff* angezogen habe, robbe ich mich ganz dicht an ihn heran. Wir liegen uns gegenüber, Kerzen verbreiten eine feierliche Atmosphäre. Wir schauen uns in die Augen. Es gibt nichts zu sagen, alles, was es im Moment auszutauschen gibt, ist in unseren Augen zu lesen. Mal ist da ein Lächeln, ab und zu tauchen Fragezeichen auf, belebende Erotik wechselt mit Ruhe und Frieden. Diesen intensiven Augenkontakt habe ich mit Wolfgang nicht gehabt, die Verbundenheit jedoch, die fühlt sich ähnlich an. Leise sage ich: „Ich habe mich schon sehr an dich gewöhnt. Gute Nacht!" Meine Lippen küssen seine Wange und anschließend drehe ich ihm den Rücken zu.

Toni protestiert: „Das ist keine Gleichberechtigung!" Er beugt sich über mich, küsst nun ebenfalls meine Wange und flüstert mir ins Ohr: „Gute Nacht, meine lang ersehnte Geliebte." Er löscht die Kerzen aus, nimmt mich fest in seine Arme. So wohlig umschlungen schlafen wir bald ein.

Spiel mit dem Feuer

Mittwoch, 6.10.2010

Einzelne Sonnenstrahlen, die an den Seiten der Vorhänge hindurchlugen, locken mich aus dem Bett. Auf dem Weg ins Badezimmer höre ich Klappern aus der Küche, Toni ist also schon fleißig. Wieder zurück im Schlafzimmer, öffne ich die Vorhänge, genieße den wundervollen Ausblick: Sonne satt, leuchtende Wiesen, weidende Pferde, grasende Schafe und in der Ferne ist der Wald zu sehen.

Toni kommt mit einem großen Frühstückstablett ins Zimmer. „Wow! Frühstück im Bett, das hatte ich schon lange nicht mehr!", rufe ich aus.

Meine Freude muss wohl etwas verhalten geklungen haben, denn Toni fragt nach: „Weil du es dir nicht gönnst oder weil du es nicht magst?"

„Hm", sinniere ich, „ich habe mir angewöhnt, nicht direkt nach dem Aufstehen zu frühstücken. Meistens mache ich zuerst Qi Gong. Den Tag mit Aktivitäten zu beginnen, bekommt meinem Kreislauf besser." Toni steht nach wie vor mit dem Tablett, ratlos dreinblickend, mitten im Zimmer. Zu seiner Beruhigung ergänze ich: „Aber heute möchte ich gerne mit dir im Bett frühstücken. " Nachdem ich mir den Bauch vollgeschlagen habe, warne ich Toni, jetzt könnte es gefährlich werden, da ich Aktivität nach dem Frühstück auch sehr mögen würde. Dabei grinse ich ihn breit an.

„Da werde ich mir also schnell etwas einfallen lassen müssen", bekomme ich, mit einem ebenso breiten Grinsen, zur Antwort, während er gleichzeitig das Geschirr zur Seite stellt, sich mir zuwendet.

Schlagartig bin ich wieder ernst: „Toni", er schaut mich fragend an, spürt sofort meinen Stimmungswechsel, beobachtet mich mit voller Aufmerksamkeit, „wir spielen mit dem Feuer."

Toni nickt bestätigend: „Ja, das tun wir. Doch ich genieße es, möchte es nicht anders haben. Körperliche Nähe auskosten, mit der Erotik spielen und trotzdem die Sexualität draußen lassen. Sobald diese Grenze überschritten ist, öffnet sich die Büchse der Pandora. Unser Kontakt bekäme eine ganz andere Dynamik sowie neue Themen, die wir, wie ich meine, nicht brauchen." Toni hält inne, nickt, schüttelt den Kopf, nickt und schüttelt ihn erneut. „Ja und nein", versucht er, seine widersprüchlichen Überlegungen in Worte zu fassen, seufzt auf. „Lassen wir doch lieber die Theorie beiseite. Was wünschst du dir?"

Nach meinen Wünschen gefragt zu werden und offen über Sexualität zu sprechen, ist Balsam für meine Seele. Meistens ist das ausschließlich mein Anliegen, während die Männer davon genervt sind. „Ich möchte den Schritt in die Sexualität bewusst tun, nicht dem Überschuss von Hormonen überlassen. Erst wenn ich ein klares Ja für dich habe, bin ich wirklich bereit."

„Einverstanden", stimmt Toni zu und fragt mich, wie ich mir das vorstelle, dass unsere Körper nicht vorher die Regie übernehmen.

„Zum Beispiel, indem wir uns einen Zeitrahmen setzen, in dem Sex tabu ist. Sollten wir unsere Meinung ändern, können wir einen entsprechenden Entschluss fassen …"

„Huh, hört sich echt gruselig an", werde ich unterbrochen.

„Ich glaube, das hört sich schlimmer an, als es ist. Mir helfen solche Zeitfenster, um eine Entscheidung nicht immer wieder neu treffen zu müssen. Wenn wir merken, jetzt ist Sex dran, können wir uns einfach neu entscheiden – mit einer Bedenkzeit von drei Tagen. Nur solch ein Puffer kann uns vor einer hormonellen Blitzentscheidung schützen." Sein Gesichtsausdruck verrät wenig Begeisterung, er möchte darüber nachdenken, schlägt vor, das Thema bis Sonntag zu verschieben. „Dann haben wir beide ein paar Tage Zeit, um festzustellen, ob sich das stimmig anfühlt."

Sein Vorschlag gefällt mir, schließlich ist es wichtig, dass *beide* hinter einer solchen Entscheidung stehen. Ich genieße, wie wir miteinander umgehen, schmiege mich an ihn, während ich in Gedanken die gemeinsam verlebten Stunden an mir vorüberziehen lasse. Dabei fällt mir auf: „Du hast gestern gesagt, du seiest solo. Was ist denn aus Susann geworden? Also – wenn du darüber sprechen magst."

„Ehrlich gesagt habe ich diese Frage bereits gestern Abend erwartet, ich kenne dich also tatsächlich bereits ganz gut", frohlockt Toni. „Doch ich will nicht ablenken … Susann, das ist wirklich keine erfreuliche Geschichte. Ich kann verstehen, dass sie eine neue Beziehung eingegangen ist – aber warum musste das ausgerechnet mit meinem besten Freund Mark sein?"

„Was für eine Rolle spielte das für dich? Du hattest doch keine Erinnerungen, also auch keine Bindung mehr. Weder zu ihr noch zu ihm." Einen Augenblick schaut er mich verdutzt an.

„Ja, das stimmt, ich hatte keine Bindung, aber wäre da ein Mensch gewesen, der eine Beziehung zu mir gehabt, der mich geliebt hätte, dann wäre das für mich eine riesengroße Unterstützung gewesen, dann hätte ich mich sicherer und weniger alleine gefühlt. Am Anfang war ich davon überzeugt, mein Gedächtnisschwund könne nur eine Frage der Zeit sein, hoffte, an alte Kontakte anknüpfen zu können." Plötzlich umschlingt er mich derart fest, dass mir fast die Luft wegbleibt. Es fühlt sich an, als wolle er damit die dunklen Gefühle vertreiben, die ihn offensichtlich bei diesem Thema ergriffen haben. Nein, da will ich jetzt nicht tiefer mit ihm hineingehen. Einem Impuls folgend rufe ich aus: „Raus aus den Federn!" und springe aus dem Bett. „Ich brauche jetzt Bewegung! Kommst du mit in den Wald?"

Toni ist völlig überrascht, zieht sich die Bettdecke über den Kopf, grummelt mit vorwurfsvoller Stimme: „Nein!" Doch kaum ausgesprochen, springt er ebenfalls heraus, nimmt mich an der Hand, rennt zur Verandatür, reißt sie auf und zieht mich hinaus.

Lachend stehen wir barfuß im Garten. „Na gut", sagt Toni gnädig, „ziehen wir uns etwas über."

Auf dem Weg zum Wald versuche ich zu begreifen, was gerade in meinem Leben passiert. Kann ich mir sicher sein, dass dies kein Traum ist? In den Momenten, in denen ich die Zeit mit Toni ohne die Vergangenheit genieße, ist alles perfekt, wie der Beginn einer wundervollen Freundschaft oder gar einer Partnerschaft. Wenn da nicht diese leidigen Themen wären …

Tonis Stimme unterbricht meine Gedanken. „Darf ich dir eine Frage stellen? Nein – vielleicht magst du mir selbst erzählen, wie es mit Wolfgang und dir angefangen hat, wo ihr zuerst gelebt habt, wie euer Zusammensein, euer Alltag gewesen ist."

Da sind sie, die leidigen Themen. „Ehrlich gesagt weiß ich nicht, ob ich darauf Lust habe", antworte ich ihm. „Gerade habe ich gedacht, wie sehr ich die Zeit mit dir genieße, frei von der Vergangenheit. Einfach nur mit dem, was gerade ist." Ich verstumme, während Toni mir den Raum lässt, zu spüren und die passenden Worte zu finden. „Mir ist schon klar, wir sind niemals frei von der Vergangenheit", sage ich leicht motzig mehr zu mir selbst. „Aber vielleicht ist das ja in unserem Fall sogar vorteilhaft", fahre ich mit neuem Elan fort. „Normalerweise bringt jeder seine Altlasten aus vorangegangenen Partnerschaften mit, doch uns verbinden zwölf gemeinsame Jahre."

„So lange seid ihr zusammen gewesen?", ruft Toni sichtlich überrascht aus. „Dann habt ihr nicht wegen Adrian geheiratet?"

„Nein, Adrian ist ein Wunschkind." Meine Gedanken wandern in die Vergangenheit, in die Zeit, als ich Wolfgang kennenlernte.

Eine andere Geschichte

„Okay", nehme ich nach einer Weile das Wort an mich, „es war einmal, vor langer, langer Zeit." Ich muss lachen, spüre meine Unsicherheit. Es fällt mir schwer, darüber zu sprechen. Plötzlich sind da Gefühle, von denen ich gar nicht ahnte, dass es sie noch gibt. Werde ich all das in Worte fassen können?

„Ich lebte bereits vier Jahre mit David zusammen, doch uns schien immer weniger miteinander zu verbinden. Bei einer Aussprache gestand er mir, dass er sich innerlich längst von mir getrennt und mit einer anderen Frau etwas angefangen habe. Meine übliche Strategie in einer solchen Situation ist: zuerst Abstand herstellen, wieder zu mir kommen, die Situation aus neuen Augen betrachten. Erst danach mache ich mir Gedanken über die nächsten Schritte."

„Das war aber doch ein eindeutiges Aus für eure Partnerschaft! Was gab es da zu überlegen?", unterbricht Toni aufgebracht.

„Wieso war das ein eindeutiges Aus? Weil er Zuflucht bei einer anderen Frau gesucht hat, anstatt gemeinsam mit mir zu klären, was schiefgelaufen ist und Veränderungen in *unserer* Beziehung zu versuchen?"

„Er hat dich doch betrogen, was ich echt hinterhältig finde!" Toni redet sich richtig in Rage.

„Ich werfe eine Partnerschaft nicht sofort weg, bloß weil der Andere einen Fehler macht. Er hat gemerkt, eine Veränderung ist notwendig und hat dann – diesen Irrtum begehen viele Menschen – diese durch eine neue Frau herbeigeführt, anstatt in seinem Inneren und in unserer Beziehung zu suchen. Dass er von sich aus darüber gesprochen hat, habe ich ihm hoch angerechnet. Das ist der übliche Ablauf – man lebt sich auseinander – einer geht fremd – es kommt zu einer Aussprache. Der nächste Schritt allerdings ist offen, entweder trifft man gemeinsam eine Entscheidung oder jeder für sich. Wir waren jung, voller Ideale – aus meiner Sicht war alles möglich, auch ein Neubeginn."

Toni ist verwundert über meine Einstellung, für ihn sei ein Fehltritt immer endgültig, da gäbe es kein Zurück mehr. „Und wann kommt endlich Wolfgang ins Spiel?", fragt er ungeduldig.

„Gleich", setze ich meine Erzählung fort. „David und ich trennten uns, ich zog aus der gemeinsamen Wohnung in eine andere Stadt. Doch nach ein paar Monaten kam er zu mir, wollte wieder mit mir zusammen sein."

„Darauf hast du dich eingelassen?"

„Ja, darauf habe ich mich eingelassen. Allerdings hatten wir beide keine Lust auf eine Fernbeziehung, also entschieden wir uns, aus heutiger Sicht viel zu schnell, für einen Kompromiss. Wir zogen in einen Ort, der in der Mitte zwischen seiner Arbeit und meinem Studienort lag. Aber, genau genommen, ist David nie wirklich eingezogen. Seine Möbel standen im Haus, mehr aber auch nicht, denn meist glänzte er durch Abwesenheit. Doch auch wenn er da war, kam ich nicht an ihn heran. Zuerst behauptete er, alles sei okay, versuchte es mit allerlei Ausreden, aber lange konnte er mir nichts vormachen. Nach ungefähr vier Wochen gestand er mir, vierzehn Tage vor seinem Umzug eine neue Beziehung angefangen zu haben."

Ich hole tief Luft. Warum tue ich mir das an? Muss ich wirklich so weit ausholen, diese ganzen Erinnerungen wachrütteln? Heute, aus der Distanz, kann ich selbst kaum glauben, wie mir zweimal das Gleiche mit demselben Mann passieren konnte. Da erinnere ich mich, was ich vorhin zu Toni gesagt habe: Ich war jung und hatte Ideale.

Erst jetzt merke ich, dass wir stehen geblieben sind, und Toni mich aufmerksam beobachtet. „Diese Erinnerungen scheinen dir nicht gutzutun!?"

„Ist schon okay, ich hätte ja nicht dermaßen tief einsteigen brauchen. Doch jetzt kommt Wolfgang ins Spiel. Im Bioladen sah ich einen Aushang einer Männer-WG, die einen neuen männlichen Mitbewohner suchte. Ich rief trotzdem an, fragte, ob es denn im Sinne der Gleichberechtigung auch eine Frau sein dürfe, schließlich müsse jede Ausschreibung ... und so weiter und so fort. Ich plauderte also solch ein Zeug daher und mein Telefonpartner stieg darauf ein, sodass wir jede Menge Spaß hatten. Am Ende versprach er, mit seinen Mitbewohnern zu sprechen. Am nächsten Tag meldete er sich, vereinbarte mit mir einen Vorstellungstermin. Dieser verlief super, die Chemie stimmte vom ersten Moment an mit allen drei Männern. Ich wäre gerne sofort eingezogen, doch sie hatten weitere Bewerber, die Entscheidung würde noch etwas Zeit brauchen. Wolfgang, der Mann, mit dem ich zuerst telefoniert hatte, kam mich besuchen. Er wollte mein damaliges Zuhause und mich näher kennenlernen.

David reagierte darauf, als hätte ich *ihn* sitzengelassen. Das nahm ich allerdings mit gelassener Genugtuung zur Kenntnis. Wolfgang kam mich besuchen und wir plauderten den ganzen Abend wie alte Freunde. Als ich begann, über David zu schimpfen, unterbrach er mich, sagte, ich solle das nicht tun, solle mir lieber etwas Zeit und Abstand gönnen, anstatt aus dem Ärger heraus alles schlechtzureden. Sicherlich hätten wir auch schöne Zeiten hinter uns, außerdem ginge ihn das alles doch gar nichts an. Diese Reaktion beeindruckte mich sehr, zudem half er mir damit, mich nicht in meinen Ärger hineinzusteigern.

Nachdem die Männer-WG sich für mich entschieden hatte, dachte ich, ‚na endlich, das war doch von Anfang an klar, dass ich einziehen würde'. Eine andere Möglichkeit gab es aus meiner Sicht nicht. Heute wundere ich mich, dass ich mir damals so sicher gewesen bin. Vermutlich lag es an dieser starken Verbundenheit zwischen Wolfgang und mir.

Wo war ich abgebogen? Ach genau, ich bekam die Zusage von der WG und zog innerhalb von zwei Wochen um. Dabei bekam ich auch Hilfe von Wolfgang, der von David misstrauisch beobachtet wurde. Er spürte sofort den selbstverständlichen Umgang zwischen uns und war rasend eifersüchtig. Ich muss zugeben, dass fand ich richtig gut, schließlich war es David, der sich eine Geliebte genommen hatte."

Ich halte inne, schaue Toni fragend an, er stimmt mit einem Kopfnicken zu. Doch anstatt fortzufahren, blicke ich mich nach Orientierung suchend um: „Weißt du, wo wir sind?"

„Alles gut, mach dir keine Sorgen, hier kenne ich mich aus." Beruhigt lasse ich meine Gedanken wieder in die Vergangenheit reisen.

„Wolfgang und ich registrierten am Anfang gar nicht, was los war zwischen uns. In der Selbstverständlichkeit unseres Umgangs merkten wir überhaupt nicht, wie ungewöhnlich dies eigentlich war.

Zum Beispiel wollte Wolfgang für drei Tage verreisen. Als ich morgens um halb acht zur Uni losfahren wollte, ging ich in sein Zimmer, um mich von ihm zu verabschieden. Er hatte noch geschlafen, doch er nahm mich trotzdem sofort ohne ein Wort in die Arme und ich lag an seiner nackten Brust. Weckt man ein Wohngemeinschaftsmitglied, um sich für drei Tage zu verabschieden? Nein, man würde einen Zettel hinlegen!

Einmal fuhr ich direkt von der Uni zum Einkaufen und traf Wolfgang in Gegenwart eines mir fremden Mannes. Wie üblich umarmten wir uns zur Begrüßung. Dieser Mann – der hinterher zu einem gemeinsamen Freund wurde – sagte mir viel später, er habe sich über diese Begrüßung sehr gewundert. ‚Eine Wohngemeinschaftsumarmung ist *das* nicht!', habe er gedacht, weil für ihn fühlbar mehr dahintersteckte. Wolfgang und ich jedoch bemerkten nichts von alledem." Ich spüre, wie sehr mich diese Erinnerungen gefangen nehmen. „Diese Anfangszeit mit Wolfgang war etwas ganz Besonderes, ich erinnere mich gerne daran. Es war nicht wie sonst, wenn ich verliebt war. Wir waren wie zwei kleine Kinder: Voller Unbewusstheit, völlig unbeschwert und vielleicht deshalb tatsächlich unschuldig in unserem selbstverständlichem Umgang miteinander.

Ich erzähle dir ein letztes Beispiel, welches für mich das krasseste ist. Als ich in die WG einzog, hatte Wolfgang eine Freundin, mit der er seit einigen Wochen zusammen war. Eines Tages, wir wollten gemeinsam auf ein Konzert gehen, hatten wir mit Cornelia vereinbart, dass wir sie abholen würden. Bei ihr angekommen, bat sie, wir möchten uns im Wohnzimmer einen Moment gedulden, sie sei noch nicht fertig. Da wartete ich neben Wolfgang im Haus seiner Freundin, aber – für mich fühlte es ich an, als säße ich an der Seite *meines* Mannes. Dieses Gefühl nahm ich irritiert zur Kenntnis, schämte mich dafür, denn meine gefühlte Wahrnehmung war ja völlig konträr zur realen Situation. Erst viel später lernte ich, diese *Innere Stimme* als tiefere Wahrheit zu erkennen."

Zwischenzeitlich sind wir wieder vor Tonis Haustür angekommen. Das kommt mir gerade recht, in die Vergangenheit einzutauchen ist anstrengend. Für heute habe ich genug. Ich möchte gerne etwas trinken und mich danach zügig verabschieden.

Toni versichert mir, dass er jeden Moment unseres Zusammenseins genossen habe und es schade fände, wenn ich jetzt führe. Ich lasse mich auf einen Tee einladen, breche anschließend jedoch unverzüglich auf.

Auf der Suche nach Klarheit

Je mehr Zeit ich mit Toni verbringe, desto mehr tritt die vorhandene – oder auch nicht vorhandene – Verbindung zu Wolfgang in den Hintergrund. Was zunehmend zählt, ist das, was wir miteinander erleben. Er ist eindeutig *nicht* Wolfgang, selbst wenn Toni Anteile sowie Erinnerungen von Wolfgang haben mag. Was zwischen Toni und mir passiert, ist etwas Neues, das mit Wolfgang nichts zu tun hat. Ich bin auf dem besten Weg, mich zu verlieben – wenn ich es nicht bereits bin.

Heute habe ich genug Abstand, um Adrian zurückzurufen. Das Gespräch ist völlig unkompliziert, da ist keinerlei Versuchung, von Toni zu erzählen. Fast hätte ich meinen Chor vergessen, das ist mir bis jetzt noch nie passiert. Ein deutliches Zeichen, dass ich nicht ganz bei Sinnen bin. Schnell packe ich eine Flasche Wasser in meine Chor-Tasche und schwinge mich wenige Minuten später aufs Fahrrad. Kaum bin ich losgeradelt, fällt die Aufregung des Tages von mir ab. Der anschließende gemeinsame Gesang ist – wie meistens – ein Hochgenuss. Meine Seele singt sich frei, die innere Spannung löst sich und ich spüre inneren Frieden.

Später melde ich mich anstandshalber bei Klaus, doch der hat derart viel zu erzählen, dass wir gar nicht auf Toni zu sprechen kommen. Als wir aufgrund des Klingelns an seiner Tür das Gespräch beenden, atme ich auf, auf diese Weise bleibt mir etwas Zeit, bis ich ihm die ganze Story erzählen muss. Nicht nur wegen der Wolfgang-Inkarnation scheue ich mich davor, sondern vor allem wegen der Nähe, die zunehmend zwischen Toni und mir entsteht.

Verdammt! Ich schäme mich ja richtig. Wieso eigentlich? Weil ich nicht zugeben mag, dass ich gerade dabei bin, mich in meinen Traummann zu verlieben? Er bringt mich durcheinander, das reicht, muss ich das auch noch jemandem verraten?

Zudem stehe ich grundsätzlich dem Verlieben ambivalent gegenüber und dem Begriff ‚Traummann' erst recht. Allein dieses Wort jagt mir eine Gänsehaut über den Rücken. Verlieben ist toll. Keine andere Droge kann dieses Gefühl von Lebendigkeit, Begeisterung und Trunkenheit hervorrufen. Doch wenn die Wirkung nachlässt, schaut man in die Fratze der Realität. Und wie man den anderen dann sieht, hat manchmal erstaunlich wenig mit dem Bild dessen zu tun, in den man sich verliebt hat. Auf jeden Fall gibt es oft ein böses Erwachen, danach erst beginnt das wirkliche Kennenlernen, dann erst können wir den anderen so sehen, wie er wirklich ist. War das José Ortega in *Über die Liebe* oder Erich Fromm in *Die Kunst des Liebens*, der sagte, Verliebtsein sei eine Krankheit?

Jetzt gesellen sich zu meiner Kritik an meiner eigenen Verliebtheit erneut Misstrauen und Zweifel gegenüber Toni. Eines ist klar – ich weiß nicht, mit wem ich es zu tun habe. Doch habe ich das jemals gewusst, als ich mich verliebte? Nein, das habe ich die vergangenen Male genauso wenig, aber – ich hatte noch nie derart viele Zweifel. Ich seufze. Warum ist dieses verdammte Leben derart schwer? Ist das nun mein Instinkt, der mich zu Recht warnt? Oder sind dies meine Ängste, mich wieder richtig, mit Haut und Haaren, auf einen Mann einzulassen?

Ich habe in meinem Leben immer vertraut – außer ich hatte einen Grund, eine innere Warnung. Hat sich mein Argwohn denn jemals als unbegründet erwiesen? Auf diese Frage finde ich keine Antwort, ich weiß es einfach nicht. Halt!, unterbreche ich meinen Gedankenstrom – so komme ich nicht weiter, in meinem Kopf wird es immer verworrener. Also beschließe ich, dieses Thema zu vertagen.

Zuerst gucke ich, was ich Essbares in meinem Kühlschrank finde. Aus einem Rest gekochten Reis, einer Möhre, einer halben Aubergine und ein paar Champignons ist schnell ein einfaches Pfannengericht bereitet. Gestärkt mache ich es mir anschließend auf der Couch bequem. Mit dem Laptop auf dem

Schoß öffne ich zuerst die Links von Toni. In Ruhe lese ich jetzt alles vollständig durch. Ich vergrößere die Bilder, betrachte mir Toni genauer, kann ihn auch jetzt nicht erkennen. Doch geschminkt? In einer solchen Situation? Wohl kaum. Mir wird zunehmend unwohl – sollte Toni doch gelogen haben? Jedenfalls passt bisher nichts richtig zusammen.

Auf einem der Bilder sind mehrere Personen zu sehen. Laut Bilduntertitel soll das seine Familie sein. Toni hatte von drei Geschwistern erzählt. Hier sind drei junge Frauen und zwei junge Männer abgebildet. Die anderen beiden sind wohl seine Eltern. Ich suche nach einem Geburtsdatum, doch ich finde nur den Hinweis, dass es sich um einen 25-jährigen Mann handele. Auch das passt nicht zu Toni. Toni wurde im Dezember 1966 geboren, im Frühjahr 1994 war er also 27 Jahre alt. Ich bin richtig genervt, total gefrustet. Um dieser Zerrissenheit zu entkommen, würde ich mich am liebsten unter die Bettdecke verkriechen. Meine Zweifel suchen Bestätigung und mein Herz hofft auf Gegenbeweise, dabei kann *ich* eigentlich immer nur verlieren. Normalerweise finde ich gerne Fehler, doch es ist kein Wunder, dass mein kriminalistischer Eifer heute nicht Feuer fängt. Außer – eine neue Hoffnung keimt auf – wenn ich genug Beweise dafür fände, dass er die Wahrheit spricht, denn dann könnte ich meinem Herzen die Erlaubnis geben. Doch – bisher deutet nichts darauf hin, gar nichts.

Was soll ich also tun? Toni einfach alles glauben? Vielleicht könnte ich jemanden bitten, für mich zu recherchieren? Klaus wäre bestimmt gerne dazu bereit, er ist sowieso viel im Internet unterwegs. Arne ist Rechtsanwalt, der hat vielleicht andere Möglichkeiten. Auf dem letzten Klassentreffen habe ich mit einem Schulkollegen gesprochen, der bei der Kripo ist. Ich atme auf. Das fühlt sich jetzt schon viel besser an. Ich bin nicht ganz auf mich allein gestellt, all diese Quellen kann ich anzapfen und für Klarheit sorgen. Wie war das noch mal mit dem Einwohnermeldeamt damals? Als ich Einspruch einlegte, damit meine Daten nicht weitergegeben werden können, erhielt ich die

Auskunft, Personen mit berechtigtem Interesse würden meine Daten trotzdem erhalten. Vielleicht ist mein Interesse ja *berechtigt*, sodass ich die Angaben von Toni überprüfen kann?

Rückwärtssuche fällt mir ein. Schnell hole ich den Zettel mit Tonis Telefonnummer heraus und starre verwirrt darauf: Er hat mir nur eine Handynummer aufgeschrieben. Warum gibt er mir nicht seine Festnetznummer? Hat er denn kein Telefon? Ich versuche, mich zu erinnern, ob in seinem Haus eines gestanden hat, doch ich kann keinen klaren Gedanken mehr fassen. Egal, was der Mann tut oder nicht tut, in mir regt sich Misstrauen. Ich mache mich selbst total verrückt, ich sollte mich besser auf andere Gedanken bringen, mich ablenken. Soll ich meditieren oder mich lieber faul auf die Couch legen und mir einen Film ansehen? Die Entscheidung ist schnell getroffen, aber bloß keine Liebesschnulze, die kann ich jetzt partout nicht gebrauchen! Eine Folge von *Highlander*, das klingt gut. *Es kann nur einen geben* – klare männliche Strukturen, das wird mich am ehesten in eine andere Stimmung bringen. Doch eine Folge reicht mir nicht, erst als die Dämmerung beginnt, gehe ich unter Vogelgezwitscher schlafen.

Donnerstag, 7.10.2010

Mittags erwache ich mit einem Kater der besonderen Art. Dröhnender Kopf von den vielen Filmen, dazu ein geplagtes Herz. Ich bin keinen einzigen Schritt weitergekommen. Das Telefon klingelt, doch ich gehe nicht dran. Der Anrufbeantworter hat sicherlich bessere Laune als ich. ‚Los, geh joggen, das wird dir guttun', versuche ich mich zu motivieren. Nach einer qualvollen halben Stunde habe ich mich überwunden und ziehe meine Laufklamotten an.

An dem blinkenden Anrufbeantworter komme ich aber nicht vorbei, dazu bin ich einfach zu neugierig. Das Telefon verrät *Un-*

bekannt. „Aha, Klaus", denke ich, doch als ich die Nachricht ab-
höre, ist sie von Toni. Wieso steht da *Unbekannt*? Handys sen-
den normalerweise immer die Nummer – außer man verhindert
dies absichtlich. Er wünscht mir einen schönen Tag, fragt, ob ich
Lust hätte, heute oder zu einem anderen Zeitpunkt mit ihm eine
Spritztour in den Taunus zu machen. Überrascht nehme ich das
Ausbleiben jeglicher Freude wahr, stattdessen spüre ich eine
leichte Abwehr.

Ohne einen weiteren Gedanken daran zu verschwenden, mache ich mich auf zu meiner gewohnten Laufrunde durch den
Wald. Die Bewegung, der Duft des Waldes, die zwitschernden
Vögel, die frische Luft machen Lust auf mehr. Wieder daheim,
springe ich kurz unter die Dusche, um danach einen kleinen
Rucksack zu packen. Dieser Morgen hat derart mies begonnen,
jetzt bin ich richtig glücklich, dass ich das Blatt wenden konnte.
Zielstrebig mache ich mich auf den Weg zu meiner Lieblingslich-
tung. Unter einer großen am Rande stehenden Eiche breite ich
zwanzig Minuten später ein kleines Fell aus. An den starken
Baum gelehnt, schweift mein Blick über die Wiese, die Büsche,
den Salzstein für das Wild, den Jägerhochsitz. Da kommt die
Sonne hinter einer Wolke hervor, umarmt mich mit ihren warmen Strahlen. Mir entweicht ein tiefer Seufzer, gefolgt von einem kräftigen Atemzug. Die Zweifel, die Verwirrung von
gestern sind wie weggeblasen, ich fühle mich ruhiger, gelassener, in dem Vertrauen, dass sich alles richten wird. Die Natur ist
Balsam und heilt alle Wunden, geht mir durch den Kopf. Das
gefällt mir viel besser als das Originalsprichwort, an das ich
nicht glaube. Die Zeit alleine heilt gar nichts.

Da läutet mein knurrender Magen die Glocke zum Frühstück. Ich breite liebevoll mein mitgebrachtes Obst und die
Nüsse aus, um sie mir genüsslich in aller Ruhe einzuverleiben.
Nach dem Picknick überkommt mich unsägliche Müdigkeit;
kein Wunder, ich habe ja bis in die Morgenstunden vor der

Glotze geklebt. Damit ich wenigstens halbwegs auf das kleine Fell passe, rolle ich mich zusammen wie ein Embryo, decke mich mit meiner Jacke zu und mache ein Nickerchen.

Mir ist kühl, als ich eine halbe Stunde später erwache. Schnell stehe ich auf, packe das Fell auf den Rucksack, um kräftigen Schrittes draufloszustapfen. Mal quer durch den Wald, mal auf kleinen verschlungenen Wegen, wo immer es mich hinzieht. In der Sonne sitzend gönne ich mir eine Rast, genieße die Ruhe, die sich äußerlich und innerlich ausbreitet. Diese Stille ist ein tiefer Frieden, der sich wie Nebel zwischen den Büschen und Bäumen hindurchschlängelt und alles durchdringt, mich eingeschlossen. Mit dieser Stille im Herzen trete ich den Rückweg an.

Die Wolken ziehen am Himmel entlang, ich wippe vor, ich wippe zurück. Die Stimmung ist geblieben, nur der Ort hat sich verändert. Toni wird auf eine Antwort warten, doch ich mag jetzt nicht telefonieren, ich möchte in dieser tiefen Verbundenheit bleiben. Sobald ich in ein Gespräch gehe, verliere ich mich so verdammt schnell. Aber ich könnte ihm stattdessen eine Mail schicken! Gestern hat es mich zwar angestrengt, in die Erinnerung an die gemeinsame Zeit mit Wolfgang einzutauchen, andererseits scheint es eine gute Gelegenheit , endlich dieses Kapitel abzuschließen.

Lieber Toni,

Deine Geschichte, der Rückblick auf Wolfgang und die gemeinsame Zeit haben mich mächtig aufgewühlt. Ich brauche jetzt etwas Abstand von Dir, will zur Ruhe kommen, die letzten Tage verarbeiten. Danke für Deinen Anruf, aber ich möchte erst mal keine gemeinsamen Unternehmungen, keine Verabredungen. Damit Du trotzdem mit Deinen Themen weiterkommst, folgt die Fortsetzung meiner Erzählung. Ich bin echt überrascht, wie sehr es mich mitnimmt, die gemeinsame Zeit mit Wolfgang Revue passieren zu lassen. Offensichtlich habe ich noch nicht mit Wolfgang abgeschlossen, noch nicht alles verarbeitet.

Wie schon berichtet, war der vertraute Umgang miteinander für uns derart selbstverständlich, dass wir zuerst gar nicht bemerkten, wie groß die Anziehung zwischen uns war und dass es sich um mehr als Freundschaft handelte, sogar um viel mehr.

Denn Wolfgang hatte seine Prinzessin und ich meinen Prinzen gefunden. Einen Tag werde ich niemals vergessen. Wir lagen morgens entspannt nebeneinander in Wolfgangs Bett und sprachen über unsere Träume. Gemeinsam fühlten wir uns ungemein stark, die Welt stand uns offen, zusammen könnten wir alles erreichen – glaubten wir damals jedenfalls.

Aus dieser Überzeugung heraus beschlossen wir, durch die Welt zu reisen. Wir verkauften unsere beiden Autos und erstanden einen alten, ausgebauten Campingbus. Unsere gesamte Habe stellten wir bei Freunden in einem Nebengebäude unter, wohnten von da an überwiegend im Bus, manchmal bei Freunden. Wir hatten zu diesem Zeitpunkt beide ein angefangenes Studium, keine finanziellen Reserven, nur Gelegenheitsjobs. Nach ein paar Monaten merkten wir, wie unüberlegt, vorschnell, naiv wir gehandelt hatten. Um auf Reisen zu gehen, hatten wir weder das Geld noch den Mut, darauf zu vertrauen, unterwegs immer wieder Jobs zu finden. Im Bus zu wohnen und in unseren gewohnten Bürojobs zu arbeiten, war über eine längere Zeit ebenfalls nicht praktikabel. Wir hatten mit einem Gefühl von ungeheurer Stärke begonnen, doch uns letztlich in eine Sackgasse manövriert.

Ich höre auf zu schreiben. Aus der Ferne betrachtet waren unsere Fehler so offensichtlich. Wir fingen an zu handeln, ohne die Gedanken zu Ende zu denken. Ich fühle mich zunehmend schwerer, verwirrter. Jedes Mal, wenn ich über diese Zeit meines Lebens nachdenke, wird es nebelig in meinem Kopf und es tauchen mehr Fragen als Antworten auf. Ich schüttele diese Gedanken ab, beende stattdessen die Mail:

Toni, mir wird ganz schwer bei diesen Erinnerungen. Deshalb mache ich Schluss für heute.
Ganz herzliche Grüße und eine Umarmung
Sina

Kurz überlege ich, ob ich mir einen Film ansehen soll, doch letztlich ziehe ich mein Bett und eine ordentliche Portion Schlaf vor.

Freitag, 8.10.2010

Verliebt zu sein, war schön und leicht, zwischenzeitlich bin ich jedoch aus dem siebten Himmel auf die harte Erde gestürzt. Missmutig liege ich im Bett, habe keinerlei Motivation zum Aufstehen. Was hat mich eigentlich dermaßen runtergezogen? Meine Recherche im Internet hat keine großen Erkenntnisse gebracht, keine Klarheit, keine Entwarnung. Deshalb bleibt das Misstrauen. Das kenne ich nicht, insbesondere nicht gegenüber einem Mann, in den ich verliebt bin. Normalerweise verliebe ich mich erst gar nicht. *Normalerweise!* – wiederhole ich in Gedanken und seufze. Was ist im Moment eigentlich noch normal? Meine Forschungsfrage, ob mein Argwohn jemals unbegründet gewesen ist, bleibt weiterhin unbeantwortet. Andererseits – hat mir jemals ein Mensch eine solch unglaubliche Geschichte erzählt? Da *müssen* die Zweifel ja anspringen!! Dieser Gedanke beruhigt mich. Deutlich besser gelaunt starte ich in den Tag.

Mitten beim Frühstück erinnere ich mich, dass ich heute einen regulären Termin bei Gerhard habe, das wird knapp. Ich lasse alles stehen, werfe mich in die auf dem Stuhl liegenden Kleidungsstücke von gestern und schon bin ich auf dem Weg.

Wie es so seine Art ist, fragt Gerhard mich nichts, sondern wartet, bis ich das Gespräch beginne. Ich habe allerdings ein schlechtes Gewissen. Vor zwei Tagen brauchte ich unbedingt eine Krisensitzung, bis heute habe ich Toni jedoch nicht gefragt, ob er sich mit Gerhard treffen würde. Daran hatte ich überhaupt nicht mehr gedacht. Kleinlaut berichte ich die wichtigsten Ereignisse der letzten Tage. Er sei nicht mein Vater, erklärt mir Gerhard. Außer zu den Terminen zu kommen oder sie rechtzeitig abzusagen, hätten wir keine Verträge. Er könne mir nur Angebote machen, zu entscheiden sei meine Sache, es sei mein Leben, meine Therapie. Interessant, ich hatte mich tatsächlich wie ein Kind gegenüber seinem strafenden Vater gefühlt. Diese *Vaterfigur* hingegen erlaubt mir nicht nur, auf mich zu schauen, sondern sie fördert, nein, fordert dies sogar von mir. Ich bin erleichtert, beginne zu begreifen, wie Therapie funktioniert.

Nun kann ich Gerhard ganz frei von meinem Dilemma erzählen. Rasch wird deutlich, wie weit ich mich bereits auf Toni eingelassen habe. Gerhard stellt mir die Frage, was für mich anders wäre, wenn ich Toni ohne eine Verbindung zu Wolfgang begegnet wäre. Ich finde diese Frage sehr spannend, doch ich kann sie nicht beantworten, nicht im Moment. Zu sehr bin ich auf meinen Argwohn gegenüber Toni fixiert, lasse mir immer wieder die gleichen Überlegungen durch den Kopf gehen. Gerhard hilft mir, diesen Gedankenknäuel zu entwirren und plötzlich spreche ich eine einfache Wahrheit aus: „Ich kann mich nicht auf einen Mann einlassen, dem ich nicht vertraue." Plötzlich fühlt sich alles ganz klar an. Gestärkt fahre ich nach Hause.

Doch kaum bin ich in meinen vier Wänden, kommen die Unsicherheit, der Nebel in meinem Kopf, die schlechte Laune zurück. Vorhin schien alles ganz einfach. Was hat sich verändert? Nein, ich will nicht erneut grübeln und Knoten in meinem Gehirn produzieren. Was könnte jetzt helfen? Kurz entschlossen rufe ich meine Freundin Beate an. Sie habe keine Zeit, aber Irin, eine gemeinsame Bekannte von uns, habe sie vor wenigen Minuten zu einem Squashspiel eingeladen, ihr Trainingspartner sei ausgefallen. Schnell wähle ich Irins Nummer und habe Glück, sie hat noch keinen Ersatz gefunden.

Das Spiel erfordert meine ganze Konzentration und meine ganze Kraft. Irin ist mir deutlich überlegen, was meine Freude in keiner Weise schmälert. Als ich anschließend ausgepowert in der Umkleide sitze, bemerkt Irin, ich hätte wohl an den Bällen einen Ärger ausgelassen. Verwundert schaue ich auf: „Das ist mir gar nicht aufgefallen …", um nach einer kurzen Pause leise zu ergänzen: „Da könntest du recht haben. Hast du Zeit und Lust, mit mir im Foyer eine Kleinigkeit zu essen?" Wir verbringen den restlichen Abend zusammen, ohne meinen Ärger erneut anzusprechen, derart vertraut sind wir nicht miteinander. Stattdessen gibt sie mir Ratschläge, wie ich mein Spiel verbessern könnte, erzählt mir von einem spannenden Frauenroman, den sie gerade liest. Darüber kommen wir in einen interessanten Austausch, der die Zeit rasend schnell vergehen lässt. Zufrieden trete ich die Heimfahrt an. Dieser Abend hat mich wunderbar abgelenkt, ich bin körperlich erschöpft, mein Kopf ist ruhig und Irin und ich haben mehr voneinander erfahren.

Samstag, 9.10.2010

Leider hält die Ruhe in meinem Kopf nicht lange vor, kaum die Augen geöffnet, kreisen die Gedanken wieder um Toni. *Ich kann mich nicht auf einen Mann einlassen, dem ich nicht vertraue,* erinnere ich mich. Was ist also zu tun? Den Kontakt abbrechen, Toni in die Wüste schicken? Mir zieht sich alles zusammen, nein, dazu bin ich nicht bereit. Zumindest *noch* nicht.

Diese Überlegungen unterbrechend, schwinge ich mich aus dem Bett. Nachdem ich mir eine lange Dusche gegönnt habe, versuche ich mich mit Qi Gong auf meine innere Mitte zu zentrieren. Plötzlich kommt mir ein Einfall und ich unterbreche. Genau wie gestern kommt mir das Glück zu Hilfe. Klaus ruft an, er hat auch noch nicht gefrühstückt. Wir verabreden uns im Bistro *Schneckenhaus*, ein gemütliches Lokal mit kleinen Nischen und einem großzügigen Frühstücksbüffet. Da wir uns beide nicht auf einen exakten Zeitpunkt festlegen wollten, werden wir ein kleines Experiment machen. In aller Ruhe führe ich meine Übungen zu Ende.

Ich treffe vor Klaus im *Schneckenhaus* ein. Wie vereinbart, bestelle ich, ohne auf ihn zu warten. Gerade als ich meine zweite Croissanthälfte mit Butter bestreiche, taucht Klaus auf. Wir sind beide von unserer stressfreien Verabredung begeistert. Ohne auf die Uhr sehen zu müssen, den eigenen Bedürfnissen und Abläufen folgend, konnten wir hier gemütlich zum Frühstück einlaufen.

Klaus möchte nun endlich wissen, warum Toni auf mich zugekommen ist. Obwohl mir eher nach Leichtigkeit ist, erzähle ich ausführlich, was ich von Toni weiß, von meinen Zweifeln, meiner Unsicherheit. Klaus kommt die Geschichte außerordentlich mysteriös vor. Nichts anderes habe ich von ihm erwartet. Er ist Atheist, glaubt nicht an Reinkarnation, geht davon aus, dass es nur das gibt, was wir sehen, messen, wiegen, analysieren können. Bedenklich wiegt er seinen Kopf von einer Seite zur anderen, was mich zu einem Lachanfall provoziert. „Wenn du dich sehen könntest", pruste ich los. Das sei gar nicht witzig, hält er mir vor, schließlich ginge es um meine Sicherheit. In solchen Momenten ist es schwer, unsere unterschiedlichen Anschauungen zu vereinbaren, doch wie immer können wir die Position des anderen respektieren und uns einvernehmlich trennen. Allerdings mit dem Versprechen, dass ich ihn auf dem Laufenden halte, wie sich der Kontakt mit Toni weiterentwickelt.

Zurück in meinem Domizil setze ich mich an den Computer, will meine Erzählung über Wolfgang fortsetzen. Nachdem ich meine gestrige Mail an Toni gelesen habe, spüre ich sofort die alten Erinnerungen wie dunkle Rauchschwaden durch meinen Körper ziehen. Was aus der gemeinsamen Zeit war eigentlich so belastend? Wolfgang und ich liebten uns, wir gehörten zueinander, dennoch konnten wir nicht glücklich miteinander werden. Was ich Toni geschrieben habe, war ja nur der Anfang – doch dieser zeigt bereits deutlich: Wir waren nicht förderlich füreinander. Aber warum eigentlich nicht? Was war falsch gelaufen?

Eine ankommende Mail unterbricht mein Brüten. Toni bedankt sich für die Fortsetzung meiner Erzählung. Er sei sehr überrascht, hätte er uns doch für ein absolutes *Gewinnerteam* gehalten. Nun sei er sich nicht mehr sicher, ob er das alles wissen wolle. Vielleicht sollten wir die Schwächen der Vergangenheit nicht erneut auferstehen lassen, sondern stattdessen neu anfangen, mit allem, was wir zwischenzeitlich gelernt hätten. Er schließt mit so liebevollen Worten, dass mir ganz warm ums Herz wird. Am liebsten würde ich alle Zweifel über Bord werfen und auf der Stelle zu ihm fahren. Damit ich keine spontane Entscheidung treffe, die ich später bereuen könnte, mache ich den Rechner aus und gehe mit einem schönen Science-Fiction-Roman ins Bett, der wird mich fesseln, ich kenne mich. Sicherheitshalber gibt es dazu eine Flasche Bier, dann fasse ich auch kein Lenkrad mehr an. Während einer langweiligen Stelle im Buch erinnere ich mich plötzlich an Tonis Mail, seitdem er wisse, wir seien kein *Gewinnerteam* gewesen – was immer er darunter verstehen mag –, interessiert Wolfgang ihn nicht mehr? Was ist denn das für eine Logik? Ich denke, er will alles über Wolfgang wissen – damit er besser mit sich selbst klarkommt?!

Drei Möglichkeiten

Mitten in der Nacht wache ich auf. Ich schaue auf den Wecker – zwei Uhr. Da habe ich keine zwei Stunden in Morpheus' Armen gelegen. Egal, welche Position ich versuche, wie viele Schäfchen ich zähle, der Schlaf will sich nicht wieder einstellen. Ich erhebe mich, gehe auf die Dachterrasse hinaus, ein wunderschöner Vollmond leuchtet an einem prächtigen Sternenhimmel. Sollte er etwa an meiner Schlaflosigkeit schuld sein? Vielleicht. Oder arbeitet eine Entscheidung in mir?

Ich gehe zurück ins Bett und ergebe mich meinem Schicksal. Wer nicht schlafen kann, ist eben wach, so einfach ist das. Vielleicht sollte ich die Situation mit Toni genauso pragmatisch angehen. Seit dem Gespräch mit Gerhard spukt durch meinen Kopf, *wenn ich Toni nicht vertrauen kann, kann ich mich nicht auf ihn einlassen*. ‚Was ist das doch für ein blöder Satz', meldet sich eine andere Stimme. Ich halte inne. Stimmt, hört sich toll an, ist aber ziemlich sinnfrei. Ich habe mich bereits auf ihn eingelassen, *obwohl* ich ihm von Anfang an nicht hundertprozentig vertraute! Der Satz ist demnach blankes Wunschdenken. Wie ich heute Morgen festgestellt habe, wäre es konsequent, wenn ich mich jetzt von Toni lösen würde. Doch das will ich nicht. Also bleibt nur, Vertrauen herzustellen. Was könnte ich dafür tun? Vor drei Tagen hatte ich überlegt, wie ich mehr Informationen erhalten, seine Angaben überprüfen könnte. Doch ist das ein Weg, der zu Vertrauen führt? Nein, das fühlt sich nicht gut an. Doch was für Alternativen habe ich? Wie kann ich meine Zweifel auflösen?

Endlich taucht der erlösende Gedanke auf: Ich muss offen mit Toni über meine Zweifel sprechen. Ihm darlegen, wie es mir geht, was mein Argwohn anrichtet, wie er unseren Kontakt vergiftet.

Ich brauche Offenheit wie andere die Luft zum Atmen. Also gibt es für mich nur genau diese eine Möglichkeit: selbst dementsprechend zu handeln. Ich spüre Klarheit und Kraft, plötzlich erscheint alles einfach und hell. Komisch, dass ich nicht gleich daraufgekommen bin, ist mein letzter Gedanke.

Sonntag, 10.10.2010

Trotz der wenigen Stunden Schlaf stehe ich voller Tatkraft auf. Beim Zähneputzen halte ich inne – Angst hat mich bisher beherrscht, deshalb scheute ich den offenen, gradlinigen Weg. Ich schützte mich, weil ich befürchtete, Toni könnte eine böse Absicht verfolgen. In einer Welt, in der Angst herrscht, gibt es Gut und Böse, Macht und Ohnmacht. Offen auf jemanden zuzugehen, erfordert einen Paradigmenwechsel: Mut und Liebe statt Angst.

Ich schreibe Toni eine Nachricht und frage ihn, ob wir uns in Frankfurt treffen könnten, anschließend jogge ich meine Runde durch den Wald. Als ich zurückkomme, ist seine Antwort bereits da.

„Gerne. 17 Uhr? Gleicher Treffpunkt? LG Toni." Nachdem ich den Termin bestätigt habe, gönne ich mir eine ausgiebige Dusche. Frisch, wie neu geboren, setze ich mich zur Meditation vor meinen Buddha. Warum habe ich das eigentlich schon so lange nicht mehr gemacht? Ich schließe mit einem Gebet, bitte um Unterstützung und Schutz, atme auf. Ja, das ist der richtige Weg.

Beim Frühstück in der Sonne wird mir bewusst, wie befreit ich mich fühle. Die Entscheidung, die ich heute Nacht getroffen habe, hat eine innere Blockade gelöst. Ich fühle mich bei mir, mit mir im Reinen. Bin ich aus dem Angst-Modus wieder in die Liebe gewechselt? Diese Frage erinnert mich an das Buch *Gespräche mit Gott* von Neale Donald Walsh. Darin habe ich Gott so verstanden, dass es letztendlich nur zwei Gefühle gäbe: Angst und Liebe. Seitdem ich das gelesen habe, stelle ich immer wieder fest: Jedes Gefühl lässt sich tatsächlich stets auf Liebe oder Angst zurückführen.

In aller Ruhe mache ich mich auf den Weg zum Bahnhof, stimme mich im Zug auf das Gespräch ein. Als ich um halb fünf das *Break Down* betrete, ist Toni schon da. Wir umarmen uns, murmeln dabei eine kurze Begrüßung. Ihm gegenübersitzend, nimmt er meine beiden Hände zwischen die seinen. Schweigend schauen wir uns in die Augen.

Nach der Unterbrechung durch die Bedienung lege ich meine Hände in meinen Schoß, beginne von meinen Zweifeln, von meinem Misstrauen zu sprechen. Auch darüber, dass ich grundsätzlich zuerst vertrauen und nur dann misstrauen würde, wenn es einen Anhaltspunkt dazu gäbe. Allerdings könnte ich bei ihm nicht sagen, was der Anlass gewesen sei. Vielleicht sei es die verrückte Geschichte an sich oder weil vieles einfach nicht zusammenpasse. Danach erzähle ihm von meinen Überlegungen, eine Offensive zu starten, seine Angaben zu überprüfen, dabei die Unterstützung von vielen Menschen zu nutzen.

Erschöpft und verunsichert halte ich inne. Toni hat noch kein einziges Wort gesagt. Er hat mir die ganze Zeit aufmerksam zugehört, doch meinem Blick ist er ausgewichen. Meine Hände umfassen die Tasse mit der heißen Schokolade, ich starre hinein, versuche mich zu sammeln. Als ich aufsehe, kann er sich nicht schnell genug abwenden, seine Augen geben Schmerz und Verunsicherung preis.

„Doch im Grunde genommen widerspricht das meiner Überzeugung", nehme ich den Faden erneut auf, „auf diese Weise kann ich keine Beziehung aufbauen. Offenheit, Ehrlichkeit, Vertrauen sind die Grundpfeiler einer jeden Freundschaft und in einer Partnerschaft sind sie erst recht unabdingbar. Ich möchte wissen, mit wem ich es zu tun habe, möchte dir begegnen, wie du wirklich bist." Mein Blick richtet sich auf die Bäume vor dem Fenster, meine Gedanken verlieren sich in der Vergangenheit. In den Geschichten um Offenheit, Ehrlichkeit, Vertrauen. „Ich

76

brauche sie wie die Luft zum Atmen", ergänze ich. „Adrian hat mich einmal belogen, was mich zutiefst erschütterte. Ich konnte ihm vermitteln, dass durch Lügen die Basis für unser Miteinander zerstört würde. Vielleicht wurde durch diese Erfahrung Wahrheit zu einem wichtigen Wert in seinem Leben."

Toni fragt mich, ob ich erwarte, dass es in einer Partnerschaft gar keine Geheimnisse gebe. „Ich gehe davon aus, eine Partnerschaft hat umso größere Überlebenschancen, je mehr Vertrauen und Offenheit vorhanden ist. Außerdem bin ich davon überzeugt, alles, was man vor dem anderen verbirgt, steht zwischen den Partnern und verhindert wahre, dauerhafte Intimität. Durch das Maß der Offenheit entscheidet man, welche Beziehungsqualität möglich ist."

Ich schaue Toni an, warte auf seine Stellungnahme, doch er blickt an mir vorbei, schweigt. Seine Reaktion ist mir rätselhaft, beunruhigt und verunsichert mich. Toni hat sich weder verteidigt, noch hat er beteuert, dass alles wahr ist, auch reagiert er nicht gekränkt auf mein Misstrauen. Statt mir zu antworten, stellt er eine Frage, scheint aber nicht wirklich zuzuhören. Ob er mein Anliegen überhaupt begriffen hat?

Obwohl ich deutlich spüre, wie sich der Ärger in mir aufbäumt, halte ich inne. Warte. Tonis ausweichender Blick streift mich kurz, heftet sich auf die Kerze zwischen uns. „Ich weiß nicht, was ich dazu sagen soll, wie ich dir helfen kann", ist alles, was ich zu hören bekomme.

„Mir helfen?", beginne ich zu toben. „Es geht nicht darum, dass du *mir* hilfst, sondern darum, dass *du dich* entscheidest!" Verwirrt halte ich inne. Was habe ich da gerade gesagt? Genau genommen habe ich bisher seine Meinung geteilt – ich dachte, *ich* hätte ein Problem, weil ich ihm nicht vertrauen könnte. Ist es sein ausweichendes Verhalten oder die fehlende Positionierung, dass ich plötzlich sehe, das Problem könnte bei ihm liegen?

Ich hatte gehofft, wir würden in einen Austausch kommen, hatte befürchtet, er könnte ausfallend werden, mein Misstrauen könnte ihn verletzen. Dass von ihm nichts, rein gar nichts kommt, damit hatte ich allerdings nicht gerechnet. *Er muss sich entscheiden* – genau das ist es! Auch wenn ich nicht weiß, woher diese Eingebung gerade kam.

„Toni, ich nenne dir jetzt drei Möglichkeiten, danach werde ich gehen. Du hast eine Woche Zeit, eine der drei Varianten zu wählen. Wenn ich bis Sonntagmittag nichts von dir gehört habe, will ich dich nie wieder sehen.

Möglichkeit eins: Du schenkst mir reinen Wein ein. Erzählst mir, wer du wirklich bist, was es mit dieser Wolfgang-Geschichte auf sich hat, wie du an die Informationen gekommen bist, was du wirklich von mir willst.

Möglichkeit zwei: Alles, was du mir erzählt hast, ist wahr und das schwörst du mir bei allem, was dir heilig ist.

Möglichkeit drei: Du verschwindest einfach aus meinem Leben."

Ohne mich zu verabschieden, stehe ich auf, bezahle mein Getränk am Tresen, verlasse heulend das Lokal. Aufgewühlt schlage ich den Weg zum Bahnhof ein. Da gehe ich offen auf Toni zu – und pralle gegen eine Wand. Ich bin fassungslos, so funktioniert das doch nicht!

Zu meinem Glück fährt gleich ein Zug. Jetzt will ich nur noch die Bettdecke über den Kopf ziehen und nichts hören, nichts sehen, nichts fühlen! Am besten bis Sonntagmittag. Wie sonst soll ich die nächsten Tage überstehen? Ihm eine Woche Zeit zu geben – damit habe ich mir echt ein Eigentor geschossen, mich selbst in eine Warteschleife gehängt. Schade, dass sich mit so viel Dummheit kein Geld verdienen lässt – oh, sieh mal einer an, da ist ja noch ein Funken von Humor. Immerhin kann ich jetzt ein bisschen über mich selbst lächeln. Etwas besser gestimmt mache ich den MP3-Player an, höre meine Lieblingsmusik.

Ich biege um die letzte Häuserecke – bestürzt und wie angewurzelt bleibe ich stehen. Toni steht vor meiner Haustür! Vorsichtig weiche ich zurück, kann beobachten, wie er auf sein Auto zugeht und einsteigt. Angespannt warte ich, dass er wegfährt, doch nichts dergleichen passiert.

Über sein plötzliches Erscheinen war ich zuerst total erschrocken, dann spürte ich kurz Freude über seine Initiative, doch jetzt ist da nur Enge und Abwehr. Ich bekomme kaum Luft, als habe man einen Eisenring fest um meinen Brustkorb geschnürt. Das ist mir jetzt einfach zu schnell gegangen, kommt schon fast einem Überfall gleich.

Da er offensichtlich nicht die Absicht hat, wegzufahren, gebe ich mir einen Ruck und gehe aus der Deckung. Auf in den Kampf! Ich gehe nur wenige Schritte, da steigt Toni schon aus dem Wagen und kommt zielstrebig auf mich zu. Er will mich umarmen, doch ich wehre ihn ab, knurre stattdessen kurz angebunden: „Wir können oben reden." Ohne eine Antwort abzuwarten, wende ich mich ab, gehe schweigend voraus. Toni folgt mir stumm, in den dritten Stock, in den Flur, ins Wohnzimmer. Obwohl er das erste Mal bei mir ist, schaut er sich nur kurz um, gibt keinen Mucks von sich.

Im Schneidersitz setze ich mich auf die Couch, sehe ihn erwartungsvoll an. Toni setzt sich mir gegenüber, ebenfalls im Schneidersitz. Da eines seiner Knie mich berührt, rutsche ich etwas zur Seite, Körperkontakt kann ich jetzt nicht aushalten. Wortlos sitzen wir uns gegenüber. Ungeduldig und verärgert weise ich darauf hin, dass wir das mit dem Schweigen gerade hinlänglich gehabt hätten, frage, warum er gekommen sei.

Mit belegter Stimme beginnt Toni: „Sina, das ist sehr schwer für mich, in solchen Gesprächen bin ich nicht geübt." Er macht eine Pause, blickt nach unten, ringt offensichtlich nach Worten. „Deine Ansprüche an eine Beziehung sind sehr hoch ...“

Ich kann nicht länger an mich halten: „Von Beziehung reden wir noch lange nicht, es geht schlicht und einfach um die Wahrheit.“ Da es mir leidtut, ihm über den Mund gefahren zu sein, stehe ich auf, hole einen Redestab und drücke ihm das Holz in die Hand. Toni nimmt ihn entgegen, sieht mich allerdings verständnislos an. „Solange du ihn hast“, erkläre ich ihm, „gehört das Wort und auch die Stille dir. Erst wenn du ihn in die Mitte legst, kann ich den Stab und damit das Wort ergreifen.“ Leise füge ich hinzu: „Das hilft mir, dich aussprechen zu lassen.“ Da Toni weiterhin verunsichert auf das Holz in seiner Hand starrt, ergänze ich: „Der Redestab kommt aus der indianischen Tradition, ich kenne ihn aus vielen Gruppen. Er soll verhindern, dass die Anderen einem ins Wort fallen, und dazu dienen, dass man auch in Ruhe Luft holen oder einen Moment nachdenken kann.“

Nachdenklich spielt Toni mit dem Stab. Erst nach einer Weile wagt er einen neuen Versuch. „Ich habe wenige Freunde in den letzten Jahren gehabt, niemanden, dem ich wirklich vertraute. Das liegt an etwas, worüber ich nicht sprechen kann, jedenfalls jetzt noch nicht. Diese eine Woche mit dir war für mich eine total neue Erfahrung“, höre ich zu meiner Überraschung.

Toni hat auf mich einen souveränen, selbstbewussten Eindruck gemacht, ein Mann, der im Leben steht. Dieser Mann ist über vierzig und unsere gemeinsame Zeit ist etwas Neues für ihn? Ich bin verwirrt, bis mir einfällt – er hat ja gar keine klaren Erinnerungen an seine Vergangenheit, für ihn gibt es nur die Erlebnisse seit dem Unfall. ‚Behauptet er jedenfalls‘, meldet sich eine andere Stimme in meinem Kopf. Ich beachte sie nicht.

„Ich habe zum ersten Mal Vertrauen und ein Gefühl von Heimat empfunden. Ich fühle mich sicher bei dir. In manchen Momenten, da schien die Zeit stehen zu bleiben. Vieles brauchte keine Worte, war auch ohne Worte unmissverständlich. Eine solche Harmonie hatte ich bisher noch nie erlebt. Das muss das sein, wovon Wolfgang gesprochen hat."

Mein Blick muss mein fehlendes Verständnis offenbart haben, denn er erklärt: „In der Hypnose hat Wolfgang viele Dinge erzählt. Wenn du magst, erzähle ich dir jetzt mehr davon. Für mich sind die beschriebenen Situationen häufig Fragmente, die in keinem Zusammenhang stehen, manchmal für mich deshalb auch keinen Sinn ergeben. Möglicherweise werde ich dir von Situationen berichten, von denen nur du und Wolfgang etwas wisst und ich kann dadurch deine Zweifel zerstreuen." Er legt den Sprechstab in die Mitte, um ihn sofort wieder an sich zu nehmen. „Etwas muss ich dir unbedingt sagen: Ich will dich nicht verlieren. Egal, wer ich bin oder nicht bin, ich möchte mit dir zusammen sein. Mit dir lernen, mit dir wachsen, mit dir alt werden", ihm kommen die Tränen. „Ich möchte dir alles erzählen, doch bitte gib mir Zeit. Hab etwas Geduld mit mir." Jetzt legt er den Stab endgültig in die Mitte.

Abrupt stehe ich auf: „Ich hole etwas zu trinken." *Hab etwas Geduld mit mir* macht mich rasend. Das habe ich gerade fünf Jahre erfolglos hinter mich gebracht. Was heißt da *gerade*? Es ist bereits neun Monate her, dass ich mich von Simon getrennt habe. Ich nehme Saft, Wasser sowie zwei Gläser, gehe damit ins Wohnzimmer zurück. Nachdem ich eingeschenkt habe, ergreife ich den Redestab.

Ich fordere Ehrlichkeit von ihm, ob die Geschichten von Wolfgang und der Reinkarnation stimmen, sowie Klarheit darüber, was er wirklich von mir will. Stattdessen will er mit mir *alt werden*, das ist fast ein Heiratsantrag, dazu die Geduldsnummer, das verwirrt mich, macht mich wütend, aber auch sprachlos. Bin ich jetzt unfair zu ihm? Ich nehme mein Glas, nippe daran, spiele damit. Entschlossen stelle ich ruckartig das Glas weg, fordere Toni auf, er möge von den Hypnose-Sitzungen erzählen. Den Sprechstab lege ich zur Seite, er scheint mir jetzt nicht mehr notwendig zu sein. Entspannt strecke ich mich auf der Couch aus und Toni legt sich neben mich.

Nach einer Weile beginnt er, Beispiele aus der Hypnose zu berichten. „Wolfgang und du seid in einem alten Volvo unterwegs, gerade als er in die Straße eures Hauses einbiegen will, seht ihr das Auto seiner Eltern davorstehen. Schnell fährt er daraufhin geradeaus, zum Ortsausgang, hält an. Entsetzt schaut ihr euch an, was sollt ihr in diesem Moment mit ihnen anfangen? Ihr kommt gerade von einer Paartherapie, die ihr vor einem Monat begonnen habt, seid beide aufgewühlt, noch gefangen in den gerade aufgebrochenen Themen. Du steigst aus, Wolfgang folgt dir und ihr geht ein paar Schritte durch den Wald.“

„Daran erinnere ich mich, als wäre es gestern gewesen. Einen schlechteren Moment hätten sich meine Schwiegereltern wirklich nicht aussuchen können. Nach unserem kurzen Spaziergang konnten wir uns zusammenreißen, freundliche, belanglose Gesichter aufsetzen.“

„Also genau das, was du nicht leiden kannst“, entgegnet Toni, den ich daraufhin überrascht anschaue. Wie gut er mich bereits zu kennen scheint! „Kann ich fortfahren?“

„Gerne.“

„Auch in dieser Situation fahrt ihr gemeinsam in diesem alten Volvo, dieses Mal durch ein Waldstück, als du plötzlich Wolfgang bittest anzuhalten. Du steigst aus, spürst, wie etwas an deinen Beinen entlangläuft und siehst, wie deine Leggins sich rot färben. Wolfgang holt alte Decken, die du dir zwischen die Beine klemmst und dich darauf setzt, unverzüglich bringt er dich ins nächste Krankenhaus.“ Toni hält inne, schaut mich erwartungsvoll an, doch dazu möchte ich nichts sagen. Von dieser Fehlgeburt weiß niemand, jetzt aus Tonis Mund davon zu hören, befremdet mich, gehört einfach nicht hierher. Ich mache einen tiefen Atemzug, schließe für einen Moment die Augen. Danach bitte ich ihn fortzufahren. „Bevor ich weiterberichte, möchte ich wiederholen, ich habe keine Ahnung, in welcher zeitlichen Abfolge diese Begebenheiten sich zugetragen haben."

„Ja, das ist okay. Wenn du Fragen an mich hast, nur zu", fordere ich ihn ungeduldig-gespannt auf, fortzufahren.

In der nächsten Situation säße Wolfgang auf einem kleinen Balkon. Er habe sich eine Kerze angezündet, trinke ein Glas Wein, beschäftige sich mit seiner Zukunftsplanung. Dann frage er sich, warum er solch ein gemütliches Beisammensein niemals mit mir zusammen gehabt hätte. Oder habe er die schönen Zeiten möglicherweise vergessen?

Als ich das höre, fährt mir ein Schreck durch die Glieder. Solche Gedanken hatte Wolfgang gehabt? Doch auch darüber möchte ich im Moment mit Toni nicht sprechen. Also schaue ich ihn erwartungsvoll an, er erwidert meinen Blick kurz, fährt fort.

Wolfgang sei in einem Zimmer, in dem er aber nicht wohne. Ich unterbreche Toni, will verstehen, wie diese Sitzungen abgelaufen sind, wie er an diese Informationen gekommen ist. In der Regel hätte der begleitende Therapeut immer wieder nachgefragt, um ein möglichst genaues Bild zu erhalten. Zum Beispiel was Wolfgang gefühlt habe oder, wie in diesem Beispiel, wie er darauf käme, dass Wolfgang dort nicht wohne.

Toni kommt wieder auf die bereits erwähnte Situation zurück: „Wolfgang ist in einer Wohnung zu Besuch. Ihm gegenüber sitzt eine rothaarige, weinende Frau, die ihn fragt: ‚Aber warum? Wir sind doch erst sechseinhalb Wochen zusammen, haben doch gerade erst angefangen!' Wolfgang ist das sehr unangenehm und er weiß nicht, wie er seiner Freundin, genauer seiner Exfreundin, etwas erklären kann, was er selbst nicht versteht. Seitdem Sina eingezogen ist, hat sein Interesse an Cornelia schlagartig nachgelassen. Er fühlte sich in der neuen WG-Konstellation pudelwohl, ist seither außergewöhnlich häuslich. Mit Sina versteht er sich blendend, genießt die gemeinsame

Zeit mit ihr. ‚Jetzt sag doch mal etwas‘, wird Wolfgang aus seinen Gedanken gerissen. Doch er weiß nichts zu sagen. Er steht auf, nimmt Cornelia in den Arm. ‚Es tut mir so leid. Ich kann es dir nicht erklären. Es ist einfach vorbei, vielleicht können wir ja Freunde bleiben‘, mit diesen Worten verlässt Wolfgang sie für immer.“

Toni wartet, ob ich etwas sagen möchte. Nachdenklich sinniere ich: „Das hat er mir nie erzählt. Obwohl ich ja wusste, dass er mit ihr zusammen gewesen ist, als ich in die WG einzog, habe ich niemals danach gefragt, wie es mit ihr weiter- oder eben auch nicht weitergegangen ist. Bis heute ist mir niemals aufgefallen, wie ungewöhnlich dieses Verhalten von mir gewesen ist. Ist es doch, oder?“, schaue ich Toni fragend an.

„Ja, normal war das sicher nicht“, bestätigt dieser. „Normal wäre gewesen, eifersüchtig zu sein, ihn auszufragen, ihm ein Ultimatum zu stellen. Aber die andere Frau völlig zu ignorieren, ja sogar zu vergessen – das ist wirklich *sehr* ungewöhnlich.“

„Alles war so völlig selbstverständlich zwischen uns. Er war einfach von Anfang an *mein* Mann, der Mann, der zu mir gehörte, der Seelenverwandte, mein Prinz. Da war kein Platz, keine Chance für eine andere, derart tief war die Verbindung zwischen uns von der ersten Begegnung an.“

Zwischenzeitlich liegen wir eng umschlungen auf der Couch. Diese detaillierten Erinnerungen von Wolfgang – Gedanken, von denen ich nie etwas gewusst habe – haben mich mehr als beruhigt. Ich schmiege mich an Toni, spüre seinen Herzschlag, rieche seinen Atem, genieße die Berührung. Nach einer Weile fragt er, ob ich auch Hunger hätte. Da ich nichts mehr essen will, verschwindet Toni in der Küche, um sich ein belegtes Brot zu schmieren. Als Toni sich zärtlich an mich kuschelt, murmle ich müde: „Du wolltest doch was essen.“ Verwundert höre ich, dies sei bereits geschehen. „Oh, ich war wohl eingenickt. Bin ich müde! Komm, lass uns schlafen gehen.“ Schlaftrunken wanke ich ins Schlafzimmer und ohne nachzudenken – schließlich bin ich hier zuhause – ziehe ich mich bis auf den Slip aus, um schnurstracks unter der Bettdecke zu verschwinden.

Toni ist mir erstaunt gefolgt. Setzt sich zu mir ans Bett, fragt zuckersüß, ob ich nicht etwas vergessen hätte. Ich bin müde und habe keine Lust auf Rätselspiele. Also fordere ich ihn auf, er müsse schon deutlicher werden, wenn er von einem halb schlafenden Wesen verstanden werden wolle. Toni nimmt mich liebevoll in den Arm, streichelt mir das Gesicht, die Haare, den Hals. „Ist dir klar", flüstert er mir ins Ohr, „wie verführerisch du gerade für mich bist?" Mir wird siedend heiß, trotzdem gelingt es mir, trocken zu antworten: „Wir müssen drei Tage warten!" „Müssen wir das?" Mit funkelnden Augen beugt Toni sich über mich, ironisch fragend: „Haben wir eine Vereinbarung oder hatten wir die Absicht, es heute zu tun?"

Sieg der Hormone?

Ich zwinge mich in die Senkrechte: „Ehrlich gesagt ist mir das im Moment völlig egal. Ich bin einfach nur glücklich, dass meine Zweifel weg sind. Wie ist es mit dir? Du wolltest dich doch auch nicht von deinen Hormonen steuern lassen. Oder?" „Wenn die Hormone zuschlagen, setzt mein Gehirn aus", flüstert Toni heiser, beugt sich über mich und küsst mich liebevoll. Während er zärtlich knabbernd meine Lippen erkundet, mit seiner Zunge sanft zuerst meine Oberlippe, dann meine Unterlippe liebkost, schmelze ich dahin. Als seine Zunge vorsichtig in meinen Mund eindringt, explodiert in meinem ganzen Körper ein Feuerwerk.

Trotzdem schafft mein Verstand das Unglaubliche. Nachdem mein Mund sich befreit hat, entströmen ihm die Worte: „Ich will dich, aber nicht heute." Ich stehe auf, ziehe ein Nachthemd an und schaue in Tonis zuerst verwunderte, dann amüsierte Augen.

„Wow, alle Achtung! Du bist in Sekunden der reinste Vulkan und kriegst den genauso schnell wieder in einen Eisberg verwandelt. In Sachen Selbstbeherrschung kann ich offensichtlich etwas von dir lernen." Dann fügt er lässig, schon fast verächtlich hinzu: „Na ja, vielleicht bist du auch einfach nur eine Frau."

Auf solche Provokationen reagiere ich mit Vorliebe. Ich stürze mich auf ihn, versuche ihn unter mich zu bringen, ihn festzuhalten. Wir ringen im Bett, bis wir schweißgebadet, erschöpft, glücklich und völlig verknotet liegenbleiben. „Okay", seufzt Toni stöhnend, „ich gebe mich geschlagen. Die Vernunft hat gesiegt." Tatsächlich schlafen wir wenig später brav ein, jeder unter seiner eigenen Decke.

Als ich von der Morgentoilette komme, entledige ich mich, ohne nachzudenken, meines Nachtgewandes. Ich liebe es, morgens zu kuscheln, Haut zu spüren, richtig Körperkontakt zu haben. „Alle guten Vorsätze dahin?", murmelt ein verschlafener Toni, bevor mich seine Lippen daran hindern zu antworten.

Nach einer Weile verschwindet sein Kopf unter der Bettdecke, doch ich ziehe ihn sanft zurück, flüstere: „Ich will dich in mir spüren." Er schaut mir fragend in die Augen, will sich vergewissern, ob ich frei von Zweifeln bin. Erst nachdem er die Antwort gefunden hat, dringt er langsam in mich, streichelt gleichzeitig zärtlich mein Gesicht, während wir uns unverwandt in die Augen schauen. „Oh mein Gott", entfährt es mir, als ich seine geballte männliche Kraft in mir spüre. Freude und eine Woge der Erregung durchströmen meinen ganzen Körper. In meinem Gehirn funkeln die Sterne, meine Seele jubiliert. Vorsichtig bewegt Toni sich in einem ruhigen, sanften Rhythmus, wechselt zu schnellen, heftigen Stößen. Dann zieht er seinen Lingam langsam, ganz langsam heraus. Meine Yoni hält ihn fest umschlungen, kurz vorm Verlassen der Höhle ändert er die Richtung, kommt genauso langsam wieder hinein. Die Intensität steigert sich ins fast Unerträgliche. Wir schauen uns in die Augen, lächeln, knabbern an Nase, Mund, Ohren. Es ist ein Spiel, nein, ein Tanz unserer Körper, frei und ungezwungen, wie ich das selten erlebt habe.

Später reite ich auf ihm, doch kurz bevor ich komme, höre ich auf. Nachdem sich diese Abfolge mehrmals wiederholt, fragt mich Toni, warum ich nicht weitermache. „Weil ich nicht will, dass es endet. Wenn ich komme, bin ich häufig wie ein Mann."

„Das passt ja", bekomme ich zur Antwort, ich bin da häufig wie eine Frau." Als er mein Stirnrunzeln sieht, ergänzt er: „Ich kann öfters."

„Oh", rufe ich völlig entzückt aus.

Bis wir endlich genug probiert haben, wer nun Mann und wer Frau ist, steht die Sonne am Mittagshorizont. Wir liegen erschöpft und total glücklich im Bett. Ich locke ihn mit einer gemeinsamen Dusche aus dem Bett.

Frisch von der Dusche in der Küche stehend, frage ich Toni, ob er sich auf das Abenteuer Frühstück bei Sina einlassen wolle. Verwundert will er wissen, worin denn das Abenteuer bestünde. Ich erkläre, dass meine Ernährung nicht gerade üblich sei und mein Tag zurzeit mit Öl-Eiweiß-Kost beginne. Toni kennt das nicht, will sie gerne probieren, denn offensichtlich würde sie mir bekommen. Dabei streichelt er zur Bestätigung über mein Gesicht, Brust, Bauch, Rücken und Po. Dort verweilen seine Hände, bis ich mich lachend befreie, um ans Werk zu gehen. Ob ich denn ein Gesundheitsapostel sei und nach einer strengen Diät leben würde, will er wissen. Ich lache erneut. „So schlimm kann es doch gar nicht sein, das wäre dir doch sonst bereits aufgefallen. Nein, ich esse, was mir schmeckt, ändere immer wieder mal die Ausrichtung, probiere Neues aus. Es kommt auch darauf an, ob ich alleine bin oder in Gesellschaft, nicht alles, was ich esse, mute ich meinen Gästen zu."

Nach dem Frühstück sitzen wir für einen Moment draußen in der Sonne. Ich bin rundherum zufrieden. Toni jedoch ist unsicher, fragt mich, ob ich es bereue, ob wir lieber hätten warten sollen. Erst nachdem ich einen Moment in mich hineingespürt habe, kann ich seine Frage beantworten: „Nein, alles ist okay, jedenfalls im Moment. Wenn du dir sicher sein willst, frage mich in drei Tagen noch einmal, ein emotionaler Kater taucht bei mir häufig mit Verspätung auf." Ein lang gedehntes „Oookaay" von Toni bringt die fehlende Begeisterung und die leichte Sorge zum Ausdruck.

Die Sonne und der Nachgeschmack dieses wundervollen Morgens umhüllen uns schweigend. Da höre ich Toni sagen:

„Ich würde gerne mit dir wegfahren". Kurz darauf folgt ganz verträumt: „Meer, Sonne, blauer Himmel, Berge ..."

„Das klingt nach Gomera, aber in dieser Jahreszeit und dermaßen kurzfristig, da braucht man viel Glück oder der Flug wird teuer, September bis Mai ist die beliebteste Reisezeit für Mitteleuropäer. Hättest du Lust auf Gomera?"

„Ich war bisher noch nie dort, habe aber schon darüber gelesen. Bist du schon mal dort gewesen?"

„Lange habe ich Freunde davon erzählen hören, aber erst letztes Jahr habe ich es endlich geschafft. Zwar war ich nur eine Woche dort, aber immerhin. Und – es hat mir total gut gefallen. Ich fühlte mich sofort heimisch."

„Wie wird jetzt das Wetter auf Gomera sein?"

„Es ist, besonders im Süden, wo ich hinfahren würde, das ganze Jahr über mild. Im Sommer bis 30 Grad, aber jetzt wird es so um die 20 Grad sein."

„Das hört sich gut an. Meinst du, wir bekommen das spontan hin? Das wäre ja der Oberhammer!" Toni ist mittlerweile richtig begeistert.

„Na, dann wollen wir doch mal sehen", antworte ich, während ich aufstehe und ins Wohnzimmer gehe. Ich fahre den Rechner hoch, um nach Last-Minute-Angeboten zu suchen. Toni folgt mir, quetscht sich hinter mich auf meinen Schreibtischstuhl, umfasst meinen Bauch. An ihn angelehnt fällt es mir schwer, mein Gehirn zum Arbeiten zu überreden. Geniale Ideen kommen allerdings mühelos aus der Entspannung, wie eine Eingebung mir sogleich beweist. Ich öffne das Mailprogramm, suche nach der Korrespondenz mit dem deutschen Reisebüro auf La Gomera, bei dem ich letztes Jahr gebucht habe. Schnell ist eine Nachricht geschrieben, ob sie kurzfristig zwei Flüge ab Frankfurt sowie ein Appartement anbieten könnten. Nicht wissend, ob und wann ich eine Antwort erhalten werde, suche ich als Nächstes nach Last-Minute-Angeboten. Alle Abflüge, die ich finde, sind erst nächste Woche, entsprechend spät sind die Rückflüge. Ich frage Toni, ob er seinen Urlaub eventuell verlängern könne.

„Unter Umständen", erhalte ich die vage Antwort, doch dann müsse er vorher noch einiges im Büro erledigen. Ein Blick in meinen Kalender zeigt mir, ich könnte maximal drei Tage anhängen.

Da kommt auch bereits eine Antwort aus Gomera herein: Sie hätten ein Storno für zwei Plätze vorliegen, wenn wir sofort buchen würden, könnten wir morgen um 11 Uhr ab Frankfurt nach Teneriffa Süd mit der *Condor* für 99 Euro pro Person fliegen. Sie hätten mehrere freie Appartements, die Buchung könnten wir vor Ort vornehmen. Der Rückflug für 68 Euro wäre eine Woche später, allerdings nach Frankfurt/Hahn, dafür ebenfalls ein Direktflug. Wow, was für ein Angebot! Ich bin total aufgeregt. Das ist nun selbst für mich etwas zu schnell. Ich drehe mich um, schaue Toni erwartungsvoll an. Wir finden beide, dieses Angebot ist ein derartig deutliches Zeichen, dass wir es tun sollen, ein solches Glück verschenkt man nicht.

Laut resümiere ich: „Abflug 11 Uhr ist super, da bekommen wir am selben Tag die Fähre nach Gomera." Erneut wende ich mich dem PC zu, suche die Verbindungen für den Rückflug. Es könnte alles perfekt funktionieren, wir könnten nachts den letzten Bus vom Flughafen Frankfurt/Hahn nehmen, wären in der Nacht von Dienstag auf Mittwoch ungefähr um 2 Uhr in Frankfurt. Da ich erst Donnerstag wieder arbeiten muss, hätte ich einen Tag zum Ankommen.

Toni hat mir die ganze Zeit über die Schulter geschaut und meine Recherchen genauestens verfolgt. Wir blicken uns fragend an, dann sagt er übermütig: „Vom Frühstücks- zum Urlaubsabenteuer. Los, lass uns buchen!" Per Mail frage ich das Reisebüro, wie wir die Buchung vornehmen können. Prompt kommt die Antwort: Appartement bar oder per EC-Karte vor

Ort, die Flugbuchungen müssten wir sofort über einen zur Verfügung gestellten Link buchen und per Kreditkarte bezahlen. Toni fragt, ob ich meine Kreditkarte nehmen könnte, er werde dafür das Appartement übernehmen. Doch als ich ein Grummeln in meinem Bauch bemerke, bitte ich ihn, mir das Geld noch vor der Abreise in bar zu geben.

Das ging jetzt alles so schnell, dass ich gar nicht weiß, wohin mit meiner aufgeregten Freude. Seit Tonis Urlaubsidee ist *eine* Stunde vergangen.

„Ach du Schreck", vernehme ich von Toni, „brauche ich einen Reisepass?"

„Nein", kann ich ihn beruhigen, „La Gomera gehört zu Spanien, da reicht ein Personalausweis. Außerdem haben sie dort ebenfalls den Euro. Wir werden im *Valle Gran Rey*, im Tal des großen Königs, sein. Dort haben sich seit der Hippiezeit viele Deutsche angesiedelt, auch etliche Geschäfte werden von unseren Landsleuten geführt. Ich hatte zwar ein spanisches Wörterbuch dabei, doch das habe ich gar nicht gebraucht." Toni ist erleichtert.

Nun geht die Reiseplanung los. Was wollen wir dort unternehmen und was müssen wir dementsprechend mitnehmen? Die Wanderschuhe werde ich während des Fluges anziehen, das spart Gewicht im Koffer. Wir beschließen, die Zeit bis zur Abreise getrennt zu verbringen, damit jeder in Ruhe alles Notwendige erledigen kann. Um 9.30 Uhr wollen wir uns auf dem Flughafen am Abfertigungsschalter treffen.

Nachdem Toni sich verabschiedet hat, liege ich wie benommen auf der Couch. Wann endlich wird mein Leben langsamer werden? Die erste Mail von Toni ist nun genau eine Woche her. Gestern noch dachte ich, es sei alles vorbei, morgen fahren wir gemeinsam in Urlaub. Normal ist das nicht!

Die Vergangenheit meldet sich

Als im Flur das Telefon klingelt, denke ich, es wird Klaus sein, der verrückte Kümmerer. Mitnichten – ein Blick auf das Display zeigt mir: Simon ist der Anrufer. Erstaunt frage ich mich, warum er ausgerechnet *jetzt* aus der Versenkung auftaucht. Was war mein letzter Gedanke vor dem Läuten gewesen? *Normal ist das nicht!*

„Hi, hier ist Simon. Na? …!", werde ich begrüßt. Wie ich an der darauf folgenden Pause erkenne, erwartet er tatsächlich, dass ich unser altes Ritual aufgreife. Dabei hätte ich dann ebenfalls mit „Na? …!" geantwortet, damit wäre die Verbindung zwischen uns aufgebaut gewesen, so habe ich es jedenfalls immer empfunden. Egal, was zwischen uns vorgefallen oder wie viel Zeit vergangen war, es brauchte von uns beiden dieses *Na? …!* – welches gleichzeitig Frage und Antwort beinhaltete – und schon war die Welt in Ordnung, der Kontakt hergestellt.

Was bildet sich dieser Kerl eigentlich ein? Glaubt, das würde nach wie vor funktionieren? Um ihn gleich von dieser Illusion zu befreien, antworte ich betont beiläufig: „Hallo Simon." Daraufhin schwafelt er, er wolle sich mal melden, hören, wie es mir so ginge, es sei ja so lange her. Da das überhaupt nicht seine Art ist, bin ich überrascht und frage mich, was er von mir will. „Seit eins, zwei, drei …", fange ich laut zu zählen an, „seit neun Monaten habe ich nichts mehr von dir gehört. Unser geplantes Abschiedsritual hast du per SMS abgesagt, um danach in der Versenkung zu verschwinden." Nach einem tiefen Atemzug fahre ich fort: „Entschuldige meine fehlende Begeisterung, doch ich habe diese Berg- und Talfahrten mit dir satt. Was hat dich veranlasst, mich anzurufen?"

Ich habe den Eindruck, nun ist Simon mindestens genauso überrascht wie ich. Die Worte kamen wie von selbst aus meinem Mund, während meine Ohren sich wunderten, was sie da hörten. Auch Simon ist eine solche Begrüßung von mir nicht gewöhnt. Habe ich ihn doch – zu meinem eigenen Leid – in der Vergangenheit immer wieder mit offenen Armen empfangen.

„Du weißt doch, ich habe mich selbständig gemacht", versucht Simon es nun mit einer eher sachlichen, neutralen Stimme. Offensichtlich habe ich ihm einen Dämpfer verpasst.

Sogleich springe ich knurrend auf seine Worte an: „Klar weiß ich das", schließlich hatte er damals seine nie vorhandene Zeit damit begründet.

„Jetzt ist es so weit", fährt er fort, ohne meinen Unterton zu beachten, „ich könnte Unterstützung gebrauchen und hätte dich gerne für das Marketing. Könntest du dir das stundenweise als Nebenjob vorstellen?"

„Aha", kommt mir gerade noch über die Lippen, bevor ich mich auf die Couch sinken lasse. Muss das jetzt sein? Diese letzte Woche mit Toni reicht mir, warum taucht Simon ausgerechnet jetzt auf? Und das mit dem Job – das ist doch nur vorgeschoben! Für eine Auseinandersetzung mit Simon habe ich gerade keine Ressourcen übrig. Will ich einen Nebenjob? Überdies bei Simon?

„Bist du noch dran?", fragt Simon.

„Ja, allerdings etwas sprachlos. Meine spontane Antwort ist nein, doch ich werde in Ruhe darüber nachdenken, aber nicht heute, im Moment überfordert mich dein Anruf ebenso wie dein Jobangebot. Morgen fliege ich nach Gomera, Ende nächster Woche fange ich nach zweieinhalb Wochen Urlaub wieder an zu arbeiten." In diesem Moment wird mir klar, warum Simon sich ausgerechnet jetzt meldet. So war es in der Vergangenheit immer gewesen: In dem Moment, wo ich ihn losließ, da kam er auf mich zu. Und zwar ausschließlich dann! Ja, ich hatte Schluss gemacht – aber hatte ich mich innerlich wirklich gelöst? Nein. Toni ist der erste Mann, auf den ich mich seit Simon einlassen konnte, das muss Simon gespürt haben. Verdammt, das bedeutet, wir sind immer noch miteinander verbunden! Diese Verbindung muss ich durchtrennen, das muss ein Ende habe. In Gedanken schreibe ich mein Vorhaben auf meine innere To-do-Liste. „Reicht es dir, wenn du meine Antwort Ende des Monats erfährst, oder hat es sich bis dahin für dich erledigt?"

„Uff", entweicht es Simon, „irgendwie bist du ruppig." Himmel hilf – was ist mit diesem Mann los? Ich habe vor neun Monaten die Beziehung beendet, seither hatten wir null Kontakt. Nach neun Monaten taucht er aus der Versenkung auf, tut, als sei nichts gewesen und wundert sich über meine Abwehr. „Ich möchte gerne erfahren, wie es dir geht, was du so machst, was sich verändert hat. Auch, wie du manches aus heutiger Sicht siehst. Würdest du dich mit mir zu einem Gespräch treffen?" ‚Lieber Gott!', beginne ich das nächste stumme Stoßgebet, ‚hören denn diese Überraschungen heute gar nicht mehr auf? Was sind das für seltsame Worte aus Simons Mund?'

„Äh, mir fehlen echt die Worte. Was ist los mit dir? Ist in deinem Kopf und in deinem Kalender noch für etwas anderes Platz als für deine Firma?"

Am anderen Ende der Leitung vernehme ich mehrere laute Atemzüge, danach kommt die größte Überraschung des Tages: „Sina, ich vermisse dich!" Ich sage nichts. Simon ist ebenfalls still. Nach einer Weile ergreift er erneut das Wort: „Die Frage nach dem Job war für mich nur eine willkommene Gelegenheit, mich endlich bei dir zu melden", um mit leiser Stimme zu ergänzen, „ohne direkt mit der Tür ins Haus fallen zu müssen. Du bist mir wichtig!"

„Simon, sage diesen Satz *nie* wieder! Da bekomme ich echt sooo einen Hals! Gehört habe ich ihn viel zu oft, gehandelt hast du selten danach. Lasse deine Handlungen für sich sprechen, dann kannst du dir die leeren Worte sparen." Wie meistens in solchen Situationen, reagiert Simon nicht. Er schweigt, bleibt aber innerlich da. Auf diese Weise fühle ich mich gehört und die Situation eskaliert nicht. Diese wohltuende Präsenz habe ich bei

Simon zum ersten Mal erfahren. Wie jetzt auch, war sie für mich immer etwas ganz Besonderes. Nachdem ich mich beruhigt habe, fahre ich fort: „Lass uns bitte das Gespräch an dieser Stelle abbrechen. Wie ich bereits sagte, ich fliege morgen in Urlaub. Bitte melde dich in zwei Wochen wieder. Okay?"

Aber Simon lässt nicht locker: „Gibt es einen Mann in deinem Leben?" Ich verstehe die Welt nicht mehr. Was ist in diesen Menschen gefahren? So direkt, derart aufdringlich ist er doch bisher nie gewesen. Benimmt sich wie eine Klette. Hat er Angst, wenn er mich *jetzt* nicht festhält, würde ich ihm für immer entgleiten? Doch egal, das interessiert mich gerade überhaupt nicht. Ich will Koffer packen, mich auf den Urlaub mit Toni freuen! Ja, ich bin bereit, mit Simon zu sprechen – aber *jetzt* will ich meine Ruhe. Außerdem – was zwischen Toni und mir ist, geht ihn gar nichts an.

Bevor ich jedoch antworten kann, höre ich: „Sorry, ich will dich nicht ausfragen. Seit wir getrennt sind, hatte ich nur wenige kurze Affären. Ich habe keine Frau wirklich an mich herangelassen." Obwohl das, was ich da höre, mir wie ein Wunder erscheint, stellt es meine Geduld doch sehr auf die Probe, denn ich habe noch ein bisschen was zu tun, wenn ich Morgen um halb zehn auf dem Flughafen sein will.

Scheinbar braucht er doch mehr Informationen von mir: „Simon, das ist jetzt wirklich ganz und gar nicht der richtige Moment. Vor einer Stunde habe ich kurz entschlossen für morgen 11 Uhr einen Flieger gebucht. Mit einem Mann, den ich gerade eine Woche kenne. In dieser einen Woche habe ich vom siebten Himmel bis zu Hölle alles durch. Nun kommst du mit deiner 180° Wende dazu, das übersteigt meine Kapazitäten. Ich danke dir für deinen Anruf und ich weiß zu würdigen, was du mir vorhin anvertraut hast, doch bitte gedulde dich. Du kannst mich in circa zwei Wochen wieder anrufen."

„Dann melde lieber du dich, wenn es dir passt."

„Nein", antworte ich schnell und bestimmt, „das hat mit unserer gemeinsamen Vergangenheit zu tun. Wenn es dir, wie du sagst, wirklich wichtig ist, dann handle. Habe ich in vier Wochen nichts von dir gehört, brauchst du dich *nie* wieder bei mir zu melden." Da war mein Mund mal wieder schneller als mein Kopf, vielleicht war es aber auch mein verletztes Herz, das sich schützen will. Obwohl ich selbst überrascht bin, muss ich zugeben – es gefällt mir: Entweder er hat sich tatsächlich verändert, handelt seinen Worten entsprechend, oder er ist der Alte geblieben, seine Worte sind nur heiße Luft und ich unterlasse den Kontakt zu ihm lieber gleich.

Simons Stimme holt mich aus meinen Gedanken: „Okay, das waren sehr deutliche Worte, ich beginne zu ahnen, welchen Scherbenhaufen ich bei dir hinterlassen habe. Ich melde mich in ungefähr zwei Wochen bei dir. Ich wünsche dir einen schönen Urlaub. Also bis dann?"

„Ja, bis dann", erwidere ich, gefolgt von einem lauten, lang gedehnten „Siiiiimon!", um ihn am Auflegen zu hindern. „Ich danke dir für deinen Anruf und ich freue mich echt über das, was ich gehört habe. Mir ist wichtig, dass du das weißt. Du sollst dir nicht wie ein Bittsteller vorkommen, wenn du anrufst. Wir haben unsere Beziehung nicht sauber beendet, sondern sie stattdessen eingefroren. Ich finde, das ist unser nicht würdig, deshalb bin ich grundsätzlich zu Gesprächen bereit. Gleichzeitig habe ich Angst, das könnte mir nicht guttun. Verstehst du das?"

„Ja, das kann ich nachvollziehen. Ich danke dir", antwortet Simon mit deutlich erleichterter Stimme. „Deine Bereitschaft zu einem Gespräch freut und entspannt mich immens. Alles Gute und bis bald."

„Danke. Dir auch alles Gute, ciao."

Völlig erledigt strecke ich alle viere von mir, schließe die Augen, atme tief durch. Nach den Turbulenzen mit Toni habe ich das jetzt nicht zusätzlich gebraucht. Als ich zur Toilette gehe, sehe ich den Anrufbeantworter blinken. Wer will denn jetzt schon wieder etwas von mir? Offensichtlich hat jemand während des Telefonats versucht, mich zu erreichen. Da es Toni wegen unseres Urlaubs sein könnte, höre ich die Nachricht ab. Klaus hätte Lust, am Sonntag eine größere Tour zu machen, er versuche, spontan ein paar aus unserer Wandertruppe zusammenzutrommeln, ob ich denn mitkommen wolle.

Ich hole mir etwas zu trinken, ein großes Blatt Papier, Stifte, mache es mir auf der breiten Couch gemütlich. Jetzt brauche ich Zeit für mich, diese letzten Stunden wollen erst mal verdaut werden. Erst die Wende mit Toni, eine spontane Urlaubsplanung und dann dieser überraschende Anruf von Simon. In Gedanken lasse ich die gemeinsame Zeit mit ihm Revue passieren. Zuerst die schönen Erinnerungen, danach die Dinge, die mich letztlich veranlasst haben, aus der Beziehung auszusteigen. Sein Anruf, insbesondere das, *was* er sagte, ist mir nach der vergangenen Woche mit Toni zu viel. Was soll ich damit anfangen? ,Nichts', antwortet die *Innere Stimme* in mir, in diesem Moment gibt es nichts, was es zu tun oder zu entscheiden gäbe. Morgen fahre ich in Urlaub, alles Weitere wird sich nach meiner Rückkehr finden. Oh ja, dieser Gedanke fühlt sich richtig gut an! Mit der Welt versöhnt, greife ich zu Stift und Papier, notiere, was ich noch alles bis zur Abreise erledigen will.

Anschließend nehme ich das Headset vom Telefon, erzähle Klaus von meinen Urlaubsplänen, während ich gleichzeitig in der Küche Ordnung herstelle. Den Rest des Tages verbringe ich mit Vorbereitungen für den Urlaub.

La Gomera

Die Schlange am Abfertigungsschalter ist überschaubar, Toni dagegen nicht zu sehen. Gerade als ich die Familie hinter mir vorlassen will, gesellt er sich zu mir. Meine Anspannung weicht einer überschäumenden Freude über unsere gemeinsame Reise.

Nach dem Einchecken setzen wir uns in eines der Lokale, doch die Stimmung ist aufgeladen, Toni sichtlich nervös. Verunsichert frage ich, ob er unseren spontanen Entschluss bereue. Nein, es sei seine Flugangst, antwortet er einsilbig. Leider habe ich mit Flugangst keine Erfahrung, weiß nicht, wie damit umgehen, habe keine Ahnung, was Toni helfen könnte. Ob Toni weiß, dass der Flug fünf Stunden dauern wird? Ich kämpfe innerlich mit mir, ob es fairer wäre, es anzusprechen. Doch dann entscheide ich, den Dingen ihren Lauf zu lassen. Wenn er es wissen wollte, hätte er es in den Flugunterlagen selbst sehen können.

Wenngleich das Flughafen-Flair nicht mehr diese Ausstrahlung der *großen weiten Welt* auf mich hat wie früher, ist der Flughafen nach wie vor etwas Besonderes für mich, hat den Geruch des Fremden, weckt Neugier und Urlaubsgefühle.

Nach dem Aufruf spreche ich in der Wartehalle ein Pärchen an, dessen Reiseziel ebenfalls Gomera sein könnte. Die Fahrt vom Flughafen zum Hafen Los Cristianos ist letztes Jahr zu viert mit einem Taxi nur unwesentlich teurer gewesen als eine Busfahrt, dafür aber wesentlich schneller. Meine Vermutung ist richtig und das Pärchen stimmt meiner Idee freudig zu. Da fällt mir gerade noch rechtzeitig meine Seekrankheit ein, sodass ich mir für die Fähre diese Tabletten gegen Übelkeit besorgen kann. Sicher ist sicher, auf ruhige See will ich nicht spekulieren.

Unser Flug verläuft ohne Schwierigkeiten, wenn auch recht wortkarg. Toni hat tatsächlich nicht gesehen, dass der Flug fünf Stunden dauern wird und ist sichtlich geschockt. Da wir direkt an den Notausgängen sitzen, erkläre ich ihm, selbst wenn etwas passieren würde, was ja nur sehr selten vorkäme, dann hätten wir hier die sichersten Plätze. Ich habe keine Ahnung, ob das stimmt, doch ich kann es kaum aushalten, ihn derartig leiden zu sehen. Er versenkt sich mit seiner Angst in Bücher, Musik oder er schläft. Ich schaue in die Wolken, träume oder schlafe ebenfalls – allerdings tun wir das nie zur selben Zeit.

Erst als wir uns den Kanarischen Inseln nähern, sind wir endlich beide gleichzeitig wach. Ich versuche Toni bei der Landung ein klein wenig zu unterstützen. In der Hoffnung, ihn ablenken zu können, berichte ich, welche kulturellen Angebote uns erwarten, doch leider ohne Erfolg. Toni hört mir kaum zu, hat Schweißperlen auf der Stirn, reagiert auf keine meiner Fragen. Erst als ich über unsere aktuelle Situation spreche, lässt er sich in ein Gespräch verwickeln. Dass wir wohl pünktlich um kurz vor vier landen würden, wie lange es dauern könnte, bis wir unsere Koffer hätten, wie weit es bis zum Taxistand sei, dass wir circa 25 Minuten zum Hafen bräuchten …

Die Zeitverschiebung hatte ich bei meiner Planung allerdings vollkommen vergessen, wie wir nach der Landung feststellen – hier ist es eine Stunde früher. Umso besser. In aller Ruhe suchen wir das richtige Kofferband, treffen dort, wie verabredet, das deutsche Pärchen. Nachdem wir alle vier unser Gepäck in Empfang genommen und das Flughafengebäude verlassen haben, taut Toni endlich auf. Ich bin erleichtert, hatte ich doch im Stillen befürchtet, hinter seinem Verhalten könne neben seiner Flugangst noch etwas anderes stecken. Nun kann unser Urlaub beginnen!

Am Hafen angekommen, erwartet uns eine ruhige See; also wird das Schnellboot um 18.30 Uhr fahren. Was für ein Glück, da bleibt uns nach diesem langen Flug die Alternative, eine Busfahrt quer durch das Land, erspart. Nachdem wir unsere Mitreisenden verabschiedet haben, holen wir uns eine Kleinigkeit zu essen, finden einen schönen Platz mit Blick auf den Hafen, strecken die Füße aus und lächeln uns gelöst an.

„Jetzt kommt auch bei mir Urlaubsstimmung auf", lässt Toni verlauten. Er sei froh, dass er vorher nichts von dem langen Flug gewusst habe, sonst hätte er dieser Reise sicher nicht zugestimmt. Ich atme innerlich auf; meine Entscheidung, es für mich zu behalten, war also richtig gewesen. Wir haben supertolles Wetter: wolkenloser blauer Himmel, Sonnenschein, leichte Brise, angenehm warme Temperatur. Wir beobachten, wie eine große Fähre ablegt und eine andere rückwärts in den nicht sonderlich großen Hafen einfährt. Als das Schnellboot kommt, gehen wir gleich an Bord, suchen uns eine Bank im Freien. Es gibt viel zu sehen, eine frische Brise umspielt die Nase. Wir beobachten, wie Teneriffa langsam am Horizont verschwindet. Doch es kommt noch besser: Ungefähr eine Stunde später – wir haben gerade den zweiten Zwischenstopp *Playa de Santiago* verlassen – sehen wir einen Sonnenuntergang, der den ganzen Himmel und das grenzenlose Meer in wundervolle Farbenspiele eintaucht. Sprachlos halten wir uns an den Händen und bewundern dieses Naturschauspiel, können uns nicht sattsehen an dem grandiosen Wechselspiel der Farben. Was für ein Glück, dass wir an der Westküste entlangschippern! Sonst hätten wir echt was verpasst.

Die Dämmerung hat eingesetzt, als wir gegen halb neun im *Valle Gran Rey* in *Vueltas* ankommen. Toni ist überrascht, wie gewaltig die Berge sind, die zum Teil direkt aus dem Meer in die Höhe ragen. Den Hafen hingegen, den habe er sich wesentlich größer vorgestellt.

Oh, wie schön es ist, abermals hier zu sein! Obwohl ich letztes Jahr das erste Mal auf Gomera gewesen bin, hatte ich schnell das Gefühl, eine zweite Heimat gefunden zu haben. Auch heute wundert es mich, wie heimisch ich mich hier gleich fühle. Zielstrebig unsere Trolleys hinter uns herziehend, manövriere ich uns zum Reisebüro, froh, dass es heute erst um 21 Uhr schließt. Schnell haben wir uns für ein Appartement mit Dachterrasse und Meerblick in *La Calera* entschieden; soweit ich weiß, kommt dort die Sonne morgens etwas früher hinter dem Berg hervor.

Als wir wieder ins Freie treten, sind wir verblüfft, wie schnell es dunkel geworden ist. Ob die Dämmerungszeit hier kürzer ist als bei uns? Kurz überlegen wir, ein Taxi zu nehmen, machen uns dann aber lieber zu Fuß auf den Weg. Es ist ein bisschen mühsam mit unserem Gepäck auf der holprigen Asphaltstraße, doch nach dem langen Flug ist Bewegung an der frischen Luft, wenige Meter vom Meer, genau das Richtige. Die Geräusche und der Duft des Meeres, der Wind in den Haaren, die noch immer warme Luft, die ersten Sterne am Himmel lassen mein Herz vor Freude hüpfen. Dank der präzisen Beschreibung des Reisebüros finden wir das Appartement auf Anhieb. Es ist ein kleines Haus mit insgesamt drei Wohnungen. Den Zugang erreichen wir über einen schmalen Fußweg direkt am Strand. In der obersten Etage schließen wir die uns zugewiesene Tür auf. „Wow, ist das geil!", rufe ich aus. Statt in einer Wohnung stehen wir auf einer Dachterrasse. Das Gepäck lassen wir im Treppenhaus stehen und eilen hinaus, genießen den wundervollen Ausblick auf das unendlich wirkende Meer. An Toni angelehnt, von ihm umfasst, gehalten, schwebe ich im siebten Himmel. Welch eine Idylle! Die Neugier überkommt uns und wir schließen die einzige Tür auf, die von der Dachterrasse abgeht. Zuerst betreten wir die geräumige Wohnküche, von dort gelangen wir in das Schlafzimmer, welches ebenfalls ein großes Fenster zur Dachterrasse hat. Das Bad ist klein, mit einem winzigen Fensterchen, das zur Straße zeigt. Wenn die Fenster und die Eingangstüre geöffnet sind, ist in jedem Raum das Rauschen des Meeres zu vernehmen. Völlig begeistert hüpfen wir wie kleine Kinder umher, laufen von einem Raum in den anderen, dazwischen erhaschen wir immer wieder kurze Blicke auf die Terrasse und das Meer.

Gerade probiere ich das Bett aus, da legt Toni sich zu mir. Er küsst mich auf die Nase, die Stirn, die Wangen, den Mund. Ich sehe ein Leuchten in seinen Augen, während er sagt: „Es ist wunderschön, dich zu erleben. So lebhaft, aufgekratzt und überschwänglich kannte ich dich bisher noch nicht." Er küsst mich zärtlich auf den Mund. Doch als unsere Küsse immer leidenschaftlicher werden, bricht er mittendrin ab, empfiehlt stattdessen, uns erst einmal um die Einrichtung unserer vier Wände und um etwas Essbares zu kümmern. Im Nu haben wir unsere Koffer ausgepackt, während wir uns abwechselnd im Bad erfrischen.

Danach inspizieren wir die Küche nach verwertbaren Resten unserer Vorgänger: eine Flasche Essig, eine Flasche Öl, etwas Salz, Hühnerbrühe, zwei Flaschen Mineralwasser, eine Packung Nudeln, eine Dose Champignons. Ich erkläre Toni, dass wir das Leitungswasser nicht trinken sollten, da es durch die Bananenplantagen verseucht sei. Als ich mich auf die Couch in der Wohnküche ablegen will, hält Toni mich fest: „Halt, halt, ich habe Hunger. Komm, lass uns essen gehen. Meinst du, es gibt jetzt noch etwas Warmes?"

„Auf jeden Fall! Hier ticken die Uhren ganz anders. Na los, ich weiß ein gemütliches Lokal in der Nähe."

Wir feiern unseren ersten gemeinsamen Urlaubsabend mit einem Glas Rotwein, sitzen uns gegenüber, schauen uns verliebt in die Augen. Später frage ich Toni, wie er sich unseren Urlaub vorstellt. „Oh ja, wir wollen deine und meine Wünsche sammeln. Im nächsten Schritt machen wir eine grobe Planung ... Okay, ich fange gleich an." Toni kratzt sich theatralisch hinterm Ohr, um nach einer Pause breit grinsend zu erklären: „Ich möchte gerne Zeit mit dir verbringen."

Ich stehe auf, umarme ihn, hauche ihm kurz ein verliebtes ‚Ich freue mich' ins Ohr. Anschließend setze ich mich, überlasse ihm wieder das Wort.

„Neuer Versuch. Ich möchte auf jeden Fall die Berge hoch. Wir haben unsere Wanderschuhe dabei und könnten einige

Touren machen. Wenn wir morgen eine Karte kaufen, kannst du mir bestimmt interessante Orte und Routen zeigen?", dabei schaut er mich fragend an. Ich nicke bestätigend. „Ich möchte nicht jeden Tag Programm haben. Mal will ich den Morgen mit dir im Bett verbringen, ein anderes Mal früh zu einer Wandertour aufbrechen. Ich möchte nicht jeden Tag essen gehen, aber weder Kochstress haben noch den Gesundheitsapostel raushängen lassen. Unterwegs reichen mal Weißbrot und Käse auf die Hand. Faul am Meer rumliegen muss genauso drin sein. Ich glaube, damit ist die Woche auch schon rum. Jetzt du!"

Ich schaue ihm in die Augen und frage, was er sieht.

„Strahlende Augen …", antwortet er lächelnd, während er mich forschend betrachtet. „Ich sehe Begeisterung", jubelt er dann.

„Ja", bestätige ich, „totale Begeisterung. Genau das Gleiche hätte ich auch gesagt. Hinzufügen möchte ich nur, wir könnten uns für ein oder zwei Tage ein Auto für eine Inselrundfahrt mieten. In der Regel reichen mir zwei Mahlzeiten am Tag, davon die Hauptmahlzeit möglichst nicht abends." Als genau in diesem Augenblick unser üppiges Mahl gebracht wird, lachen wir herzhaft über die Komik der Situation.

Wenn Eifer sucht und findet

Das Essen ist ausgezeichnet und Toni lobt meine Empfehlung. Doch ich antworte ihm: „Ich möchte mich nicht mit fremden Federn schmücken, das war ein Insidertipp, der mich letztes Jahr hierhergeführt hat. Er stammte von einem Deutschen, der seit vielen Jahren die Winter auf Gomera verbringt." Sofort verdunkelt sich Tonis Gesicht. „Bist du eifersüchtig?", frage ich, Schlimmes befürchtend.

„Ja", murmelt Toni in seine Kartoffeln hinein.

„Worauf?", versuche ich mit Humor zu reagieren, „weil du deine Winter in Deutschland verbringen musst?"

„Nein", schmollt er, „wer ist dieser Mann?"

Ich schaue ihn warnend an, aber erwidere nichts, konzentriere mich stattdessen auf das Essen, halte mich zurück, versuche die Beherrschung zu wahren. In mir ist heftiger Widerstand zu spüren, nein, auf eine solche Eifersucht habe ich null Bock. Ich bin überhaupt nicht bereit, mich zu rechtfertigen. Da hat er ein Problem und es ist ausschließlich *sein* Problem. Ich lasse mich da nicht hineinziehen, mit mir nicht! Toni legt sein Besteck zur Seite, redet sich selbst in Rage, während ich innerlich immer mehr auf Abstand gehe.

Diese Distanz hilft mir, gelassener zu werden. Ihm direkt in die Augen blickend, sage ich auffallend ruhig: „Wenn du auf jeden Mann, den ich erwähne, eifersüchtig reagierst, werde ich schneller weg sein, als du gucken kannst. Es geht hier um einen Mann, der mir einen Tipp für ein Restaurant gegeben hat. Merkst du noch was?" Der Teufel muss mich reiten, denn ich füge provozierend hinzu: „Ich habe monogame, aber ebenso polyamore Zeiten hinter mir." Toni hat zu seinem Glück gerade den Mund leer, sonst hätte er sich wahrscheinlich übel verschluckt. Nun weiten sich seine Augen vor Entsetzen, als hätte ich ihm gerade erzählt, ich hätte vier Liebhaber.

Da das Thema nun leider auf dem Tisch ist, fahre ich trotz seines Entsetzens fort: „Ich habe keine Besitzrechte an dir und du hast keine an mir. Wo ich zurzeit stehe, weiß ich nicht. In den letzten Jahren hat sich mein Beziehungsbild verändert. Im Moment bin ich vermutlich monogam, denn ich bin frisch verliebt, da interessieren mich andere Männer nicht." Jetzt fällt mir das gestrige Telefonat mit Simon ein. Stimmt das, was ich gerade gesagt habe, überhaupt? Schnell schiebe ich diesen Gedanken beiseite, um meinen Treuebegriff zu erklären: „Doch wenn wir eine Partnerschaft eingehen ... hallo, wir kennen uns gerade zehn Tage", unterbreche ich mich selbst, „falls wir also eine Partnerschaft eingehen, werden wir eine Vereinbarung treffen. Und glaub mir, dann wirst du der Erste sein, der erfährt, wenn es einen Mann gibt, der zwischen uns etwas ändern könnte. Das ist mein Begriff von Treue. Denn Besitz werde ich niemals von niemandem sein!"

Nun bin auch ich erregt, bin bei einem meiner zentralen Lebensgrundsätze. Ein eifersüchtiger Mann hat darin keinen Platz. Ich lehne mich zurück, trinke einen Schluck Wein, versuche mich zu beruhigen. Bin ich jemals mit einem eifersüchtigen Mann zusammen gewesen? Nein, stelle ich aufatmend fest, das ist mir erspart geblieben. Es gab zwei Männer, die mir nach kurzer Zeit Vorwürfe machten, wegen ganz unterschiedlicher Kleinigkeiten, manchmal auch wegen eines Mannes, der nur am Rande (wie soeben der Tippgeber) auftauchte. Damals reichte mir das, um mich ganz schnell aus dem Staub zu machen. Wieder etwas ruhiger blicke ich auf, Toni sitzt da wie versteinert. „Toni", spreche ich ihn vorsichtig an, „wo bist du?"

Es dauert einen Moment, bis meine Stimme zu ihm durchdringt. Ein leerer Blick trifft mich, mit belegter Stimme erklärt er: „An mir zogen gerade Horrorszenarien vorbei. 70er-Jahre, freie Liebe, Gruppensex. Das ist nicht meine Welt!" Wartend beobachte ich ihn. Er stochert lustlos in seinem Essen. Leise, in seinen Teller sprechend, höre ich: „Ich befürchte, deine Vorstellungen überfordern mich." Ich bereue, das Thema heute Abend angesprochen zu haben. Nach dieser langen Reise und in einem Moment, in dem Toni bereits in einem Eifersuchtsfilm war.

Um jetzt zu einem Ende zu kommen, sage ich diplomatisch: „Toni, wir haben eine weite Reise und einen langen, aufregenden Tag hinter uns. Das ist nicht der richtige Moment für solch schwierige Themen. Es tut mir leid, dass ich mich nicht zurückgehalten habe. Lass uns diese Woche einfach nur zusammen Urlaub machen, eine schöne Zeit haben, uns kennenlernen, aber Grundsatzdiskussionen lieber auf zuhause verschieben." Auf seine Reaktion wartend, schaue ich Toni an.

Zögernd antwortet er: „Ja, der heutige Tag ist sicher total ungeeignet, trotzdem kann ich mich nicht so verhalten, als ob dieses Gespräch nicht gewesen wäre."

Das kann ich verstehen, so tun, als ob nix wäre, das konnte und wollte ich auch niemals. Allerdings habe ich gelernt, dass es oft hilfreich sein kann, im ersten Schritt etwas nur zur Kenntnis zu nehmen, nicht zu reagieren. Durch den Abstand ändern sich unter Umständen nach ein paar Tagen die Gefühle und die Sichtweise. Verbissen an etwas herumzuzerren, etwas erzwingen wollen, hat bei mir niemals zum gewünschten Erfolg geführt. Stattdessen vertraue ich lieber der Instanz, die größer ist als ich. „Betest du manchmal?", frage ich Toni aus meinen Gedanken heraus. Toni sieht mich an wie ein Gespenst, fragt, ob ich ihn jetzt auf den Arm nehmen wolle. „Nein, überhaupt nicht", beteuere ich. „Beten umfasst für mich mehrere Komponenten."

„Da bin ich aber gespannt", wirft Toni sarkastisch ein. Die herangekommene Bedienung unterbricht uns mit der Frage, ob wir noch etwas bestellen möchten. Wir schauen uns kurz an, bitten stattdessen um die Rechnung.

„Was hältst du davon, ich bezahle jetzt zusammen, wir sammeln die Belege und zum Schluss teilen wir uns alle Essensausgaben?" Da Toni zustimmt, begleiche ich die Rechnung.

Anschließend verlassen wir das Lokal in Richtung unseres Appartements. Draußen ist wunderbare, frische Luft, während wir uns dem Strand nähern.

„Beten", greife ich das Thema erneut auf, „ist für mich in erster Linie eine Absichtserklärung. Indem ich eine Bitte formuliere, werde ich mir selbst bewusst, was genau ich jetzt brauche oder glaube, was mir helfen oder guttun könnte. Es hat aber auch etwas mit loslassen zu tun. Ich suche nicht krampfhaft nach einer Lösung, sondern ich öffne mich, lasse die Lösung zu mir kommen. Damit erkenne ich an, dass es etwas gibt, das größer ist als ich. Und es beinhaltet mein Vertrauen in das große Ganze: Das für mich Richtige wird passieren, auch wenn es vielleicht nicht das ist, was ich mir vorstellte oder wünschte. Ich glaub, das reicht erst einmal, oder?", beende ich meine Ausführung. Toni schweigt, ich kann sein Gesicht im Dunkeln nicht erkennen. Er starrt schweigend ins Wasser. Ich habe keine Ahnung, was in ihm vorgeht – in welcher Stimmung mag er sein?

Nach einer schrecklich langen Geduldsprobe fragt er leise: „Glaubst du an Gott?"

Erleichtert aufatmend erwidere ich: „Nicht an den Gott meiner Kindheit, den Gott, der liebt oder straft. Für mich ist Gott Liebe, die Urkraft allen Seins. Ich bin davon überzeugt, wir sind alle miteinander verbunden, nichts geschieht zufällig." Toni legt – laut aufseufzend – seinen Arm um meine Schultern. „Da", platze ich heraus, zeige auf den erglühenden roten Ball, der so schnell aus dem Meer aufsteigt, dass wir die Bewegung mit bloßen Augen verfolgen können. Einen derart wundervollen Mondaufgang habe ich bis jetzt noch nie gesehen. Wir stehen bewegungslos, genießen die Stille, den Wind und den Frieden, der langsam wieder einkehrt.

„Sina", sagt Toni leise, „das waren sehr schwierige Themen heute Abend. Und das alles nach einem solch ereignisreichen

Tag. Komm, lass uns zurückgehen, ich kann jetzt wirklich eine Mütze Schlaf gebrauchen." Im Bett kuscheln wir eine Weile, danach verkrümelt sich jeder auf seine Seite. Ich bin froh, in Toni einen Mann gefunden zu haben, der in einem Moment, in dem ein Konflikt schwelt, keinen Sex braucht (sei es, um sich abzureagieren, oder zur Bestätigung, dass die kleine Beziehungswelt noch in Ordnung ist). Die Sache mit der Eifersucht für heute stehen zu lassen und morgen weiterzusehen, das entspricht genau meinem Bedürfnis. In Gedanken packe ich die Frage, wie wir uns zu dem Thema Treue positionieren werden, in ein Kästchen mit der Aufschrift *Später.* Dort möge sie bis nach unserem Urlaub verbleiben.

Neuer Tag – neues Glück

Liebevolle und offene Augen begegnen sich an diesem Morgen zur Begrüßung. Offensichtlich war unser beider Rückzug gestern Abend hilfreich, keiner scheint den Ärger von gestern mitgenommen zu haben. Entspannt ziehen wir zu unserem ersten gemeinsamen Einkauf los.

Dieses Appartement ist wirklich genial. Wir brauchen nur ein paar Schritte gehen, um auf der *Playa de la Calera*, einer kleinen Strandpromenade, Cafés, Restaurants sowie Geschäfte aller Art zu finden. Beim Einkauf gefällt mir, wie Toni auch an liebevolle Kleinigkeiten denkt: Orangensaft und Eier zum Frühstück, ein Windlicht für die Abendstunden auf der Terrasse, Obst, Paprika, Gurke, Möhren für kleine Zwischenmahlzeiten. Er wiederum ist beeindruckt, dass ich Stoffbeutel für den Einkauf mitgebracht habe. Wir legen beide in den Einkaufskorb, was wir für sinnvoll halten. Auf diese Weise kaufen wir – ohne jede Diskussionen – die Lebensmittel für die nächsten Tage ein. Ich bin begeistert und erstaunt zugleich, wie entspannt, wie selbstverständlich wir das tun. Als ich diesen Gedanken ausspreche, streift mich ein merkwürdiger Blick, während er sagt, ihn wundere das nicht. Auf mein Nachfragen wehrt er jedoch ab: „Bitte keine tieferen Themen vor der ersten Mahlzeit." Ich bin irritiert, doch denke nicht weiter darüber nach. Toni bezahlt den Einkauf, zwanzig Minuten später sitzen wir in der Sonne auf der Dachterrasse bei einem üppigen Frühstück.

Nach einer Weile greift Toni unseren Konflikt von gestern Abend auf: „Meine eifersüchtige Reaktion tut mir echt leid. Du hattest recht, es war ein anstrengender Tag. Die Anspannung aufgrund meiner Flugangst hielt mich sehr lange gefangen. Du warst hier dermaßen vertraut, wirktest sicher, entspannt, unbekümmert. Einerseits habe ich es genossen, dich so zu sehen, andererseits fühlte ich mich zunehmend fremd, alleine, als Anhängsel, Ballast." Ich stehe auf, setze mich breitbeinig auf seine Oberschenkel, damit ich ihn fest umarmen und spüren kann.

Erst nachdem unsere Körper miteinander verschmolzen sind, beginne ich: „Alleine wäre ich nicht hierher geflogen. Mit dir möchte ich hier sein. Ich möchte das, was ich weiß, gerne mit dir teilen, dann haben wir beide etwas von meinem ersten Besuch hier. Trotzdem bietet sich immer noch genug Neues, was wir gemeinsam erkunden können." Mein Kopf liegt auf seiner Schulter und ich genieße die körperliche Nähe. Leise ergänze ich: „Ich danke dir für deine Offenheit", warte auf seine Reaktion.

„Jetzt, wo ich über meine Eifersucht gesprochen habe, fühle ich mich deutlich besser, nicht mehr so getrennt von dir und lebendiger", sagt Toni erleichtert. Anschließend gehe ich wieder zu meinem Platz, und wir frühstücken in stillem Einvernehmen.

„Toni", frage ich etwas später, „was machen wir heute? Ich fände es gut, wenn wir ein paar Tagespläne machen, aber trotzdem kurzfristig entscheiden, wann wir welchen umsetzen."

Toni nickt: „Ja, das hört sich gut an, so können wir immer noch spontan entscheiden, wonach uns ist, aber wir laufen nicht Gefahr, dass wir die Zeit vergammeln, worüber wir uns hinterher möglicherweise ärgern."

„Das sehe ich genauso. Wir könnten jetzt zuerst ein bisschen umherbummeln, dann die Wanderkarte kaufen und anschließend zu einem ausgiebigen Sonnenbad an den Strand gehen. Dort schmieden wir unsere Pläne. Was meinst du?", frage ich unsicher, nicht wissend, ob es besser wäre, mich etwas zurückzuhalten. Doch Toni stimmt meiner Idee zu, ergänzt nur, wir sollten etwas Essbares mitnehmen.

Nach dem Frühstück räumen wir den Tisch ab, packen unsere kleinen Rucksäcke und ziehen los. Vorbei an vielen mir bekannten Orten, erinnere ich mich: Hier hatte ich auf den Klippen gesessen, hier ein Zimmer gemietet. Als ich bemerke, dass ich es nicht ausgesprochen habe, berichte ich Toni von meiner Unsicherheit: „Aufgrund des gestrigen Vorfalls bin ich unsicher geworden, was ich aussprechen oder lieber für mich behalten soll. Ob du Vorschläge von mir hören oder Gomera lieber selbst erkunden willst. Aber mir ständig auf die Zunge zu beißen, das fühlt sich verdammt eng an. Vielleicht ändert sich etwas für dich, wenn du weißt, dass ich mit einer Frau hier gewesen bin. Allerdings wohnten wir nicht zusammen, weil sie bei ihrem Ex unterkommen konnte, jenem Deutschen, der die Winter hier verbringt. Ich hatte ein Zimmer mit gemeinschaftlicher Küchen- und Badbenutzung. Zwischendurch war ich einige Tage für mich alleine; manchmal genoss ich das, aber manchmal fühlte ich mich einsam. Erst jetzt, wo ich mit dir hier bin, realisiere ich, wie viel ich in den wenigen Tagen damals kennengelernt habe, wie vertraut mir das alles geworden ist. Jetzt mit dir hier zu sein, mit dir einen gemeinsamen Urlaub zu gestalten, darüber freue ich mich riesig."

Toni bleibt stehen, schaut mich einen Moment erstaunt an, um mir dann zerknirscht mitzuteilen: „Ich bin ein Hornochse. Ich hatte die Fantasie, du seiest mit deinem letzten Liebsten hier gewesen, würdest nun dauernd an ihn erinnert werden, würdest um ihn trauern und", er stockt, „dachte auch, du …" Ganz sanft unterbreche ich ihn, indem ich seine Lippen anderweitig beschäftige. Nach einer Weile löst er sich seufzend: „Oh Mann, äh, oh Frau, langsam wird mir das Ganze echt peinlich."

Ich beschließe, ihm eine kleine Warnung zu geben: „Solange dein Kino nicht jeden Tag einen neuen Film abspult, kann ich damit umgehen." Damit ist dieses Thema für mich erst einmal beendet. Unternehmungslustig springe ich auf die Kaimauer und laufe los. Als ich an einem meiner Lieblingsorte, einem kleinen Stück Strand, mit großen Felssteinen umsäumt, angekommen bin, drehe ich mich um. Toni sitzt nach wie vor auf der Mauer. Ich winke mit den Armen, aber er reagiert nicht. Obwohl ich nicht sehen kann, in welche Richtung er blickt, lasse ich mich im Sand nieder, strecke meine nackten Füße und Beine dem Wasser entgegen, beobachte das Spiel der Wellen, wie sie kommen und gehen, mal erreichen sie mich, mal sind sie kurz davor. Ob ich wohl meine Füße, vielleicht sogar meine Beine baden kann, ohne einen nassen Rock oder Slip zu bekommen? Eine tiefe Männerstimme lässt mich hochschrecken. Ich war so intensiv auf mein Spiel konzentriert, dass ich niemanden habe kommen hören.

„Junge Frau, ist der Platz an ihrer Seite noch frei?"

„Nein, der Herr, der Platz an meiner Seite wurde vor zehn Tagen besetzt, Sie sind zu spät", antworte ich lachend mit hoher, verstellter Stimme, während ich gleichzeitig Toni ins Bein kneife. Er lässt sich neben mir in den Sand fallen, schnellt aber sofort wieder hoch, als er merkt, dass seine Schuhe nass wurden. Das ist das Zeichen für mich, ebenfalls aufzustehen, ihn zu unserem nächsten Ziel zu führen.

In dem Laden mit den Wanderkarten stöbert jeder eine Weile für sich in den verschiedenen Auslagen. Als Toni auf den ausgehängten Fotografien die bezaubernde Vielfalt sieht, welche die Insel zu bieten hat, ist er völlig begeistert. Nachdem er eine Wanderkarte und einige Ansichtskarten ausgesucht hat, gönnen wir uns in einer Saftbar einen frisch gepressten Fruchtsaft. Gestärkt ziehen wir weiter zum *Playa del Inglés*, dem schönsten Strand auf Gomera.

Ich befürchte das nächste Problem: Dort am Strand besteht kein Textilzwang, stattdessen tummeln sich Nackte und Halbnackte völlig ungezwungen, jeder nach Belieben. Ich liebe diesen Usus, den ich von den Stränden im Osten Deutschlands kenne, kein abgetrennter Nacktbadestrand mit einer Nichtkleidervorschrift, sondern ein angenehmer Raum von Toleranz und Freiheit. Ich behalte erneut meine Gedanken für mich, ziehe mich – als wir einen schönen Platz gefunden haben – stattdessen, ohne ein Wort zu wechseln, einfach aus. Ob er ein Problem hat, wenn andere Männer mich nackt sehen können? Zu meiner Überraschung entkleidet Toni sich ebenfalls und ich hüte mich davor, ihm einen Einstieg in das Thema anzubieten. Die erste Stunde liegen wir entspannt, faul, wortkarg in der Sonne. Als Toni den Impuls zu einem Bad hat, lasse ich mich mitreißen. Vorsichtig eine Zehe nach der anderen ins kühle Nass eintauchend, tasten wir uns vor. „Hm, das Wasser ist eigentlich ganz schön warm", höre ich Toni vor sich hinbrummeln. Eine braungebrannte Frau, die nackt neben uns steht, erzählt, dass die Wassertemperatur im Oktober ihren Höchststand habe, deshalb würde sie immer in dieser Zeit herkommen. Obwohl andere der Meinung sind, das Wasser sei warm, brauchen wir dennoch eine ganze Weile, bis wir uns in das langsam tiefer werdende Nass hineinwagen. Es ist recht windstill, keine großen Wellen fordern uns heraus, auf diese Weise kann ich das Schwimmen richtig genießen, zumal ich nicht gerade eine begeisterte Meerbaderin bin, einen ruhigen Süßwassersee in aller Regel vorziehe.

Hinterher ziehen wir uns an ein schattiges Plätzchen in den Felsenhang zurück. Ich sitze auf einem Stein, beobachte lange Zeit völlig vertieft das Spiel der Wellen, wie sie über den Sand fließen und immer wieder neue Bilder malen. Plötzlich entsinne ich mich, wo ich bin, schaue mich suchend nach Toni um. Mein Herz macht einen Freudenhüpfer, als ich ihn mit geschlossenen Augen in einer kleinen Nische liegen sehe. Gleichzeitig freue ich mich über meine Versunkenheit. Das ist mir bis jetzt niemals gelungen – ich bin mit einem Mann unterwegs, mit dem ich in sexuellem Kontakt bin, und kann trotzdem ganz bei mir bleiben. Erst da fällt mir auf, vorhin am Strand war mir das auch möglich gewesen. Ich konnte ihn auf der Kaimauer sitzen lassen, wusste nicht, ob er mir folgen würde, konnte mich trotzdem – Raum- und Zeitgefühl verlierend – auf das Spiel mit dem Wasser einlassen, so sehr, dass ich nicht einmal sein Herankommen bemerkte. Glücklich und zufrieden lehne ich mich zurück, ich habe offensichtlich etwas Neues gelernt. Könnte es perfekter sein?

Mein knurrender Magen gibt die Antwort. Da ich Toni nicht wecken will, beschließe ich, alleine eine Kleinigkeit zu essen. Ich öffne meinen Rucksack, fördere Brot, Käse, Paprika zutage, als Toni plötzlich neben mir auftaucht. „Ich dachte, du schläfst!"

„Gib's zu", neckt er mich, „du wolltest mich verhungern lassen."

„Nein, schlafende Hunde weckt man nicht", kontere ich, drücke ihm zum Ausgleich einen schmatzenden Kuss auf den Mund. „Wie hast du mitbekommen, dass es Futter gibt?"

„Keine Ahnung, war wohl Intuition, die mich die Augen öffnen ließ. Ich bin mir nicht sicher, ob ich überhaupt geschlafen habe."

Wir breiten das Essen auf einem der Steine aus, drapieren uns so, dass wir dabei halbwegs bequem sitzen können und beginnen unser Mahl. Wie schon öfter bin ich überrascht, wie lecker Weißbrot mit Käse in der Natur schmeckt, dazu etwas Paprika, zum Nachtisch frisches Obst. Eine perfekte Mahlzeit, stimmt Toni mir zu.

Danach sitzen wir eng umschlungen auf einem der Felsen, lassen uns von den Bewegungen der Wellen, den Stimmen des Meeres und des Windes gefangen nehmen. Unser Atem gleicht sich an, bis wir denselben Rhythmus haben. In dieser Bewegungslosigkeit verschwimmen die Grenzen, bis wir uns wie *ein* Wesen anfühlen. Als die Sonne am Horizont zu verschwinden beginnt, es kühl wird, lösen wir uns aus dieser verzauberten Umarmung. Tief bewegt schauen wir uns in die Augen, sinken erneut in einen tiefen Frieden, wortlos schultern wir unsere Rucksäcke, gehen Hand in Hand am Strand entlang zurück.

„Soweit ich weiß, ist es ein altes Ritual aus der Hippiezeit, sich bei Sonnenuntergang am Strand zu treffen. Letztes Jahr war dort richtig was los, ich möchte gerne hingehen." Gemeinsam schlendern wir zum *Playa de la Calera*. Von weitem hören wir Trommeln und Gitarrenmusik, sehen bald gespenstische

Gestalten im Schein der Feuer. Wenig später erkennen wir einen Jongleur, der gerade seine Kunst vorführt, jede Menge Leute, die zuschauen, tanzen, singen, klatschen. Hineingesaugt in diese bunte Welt, suchen wir uns einen Platz, genießen die Vielfalt, das lebendige Treiben. Ich kuschle mich an Toni. „Das verstehe ich unter Leben, im Gegensatz zur Berieselung durch den Fernseher, was für viel zu viele Menschen das Abendprogramm darstellt. An einem Ort wie hier fühle ich mich zuhause, zugehörig."

Toni beobachtet schweigend das Geschehen. Als ich denke, er werde nicht antworten, sagt er, fast flüsternd: „Für dich ist die Hippiezeit mit einem Gefühl verbunden, für mich ist es ein leeres Wort. Und so was wie hier, das habe ich noch nie gesehen. Ein kleiner Ausschnitt davon ist manchmal auf der Frankfurter *Zeil* zu sehen, aber das ist Kommerz, hier handelt es sich um eine eigene Kultur. Ich finde es fremd, aufregend, doch ich kann dir nicht sagen, ob es mich anzieht oder abstößt." Etliche Minuten später ergänzt er: „Zugehörig fühle ich mich gar nicht, nur Zuschauer, ein bisschen wie im Zirkus." Wiederholt entsteht ein Spalt zwischen uns, weil wir nicht die gleichen Wurzeln haben, Toni kommt – durch seine Gedächtnislücke – quasi aus einer anderen Zeit. Meine Jugend, meine ziemlich wilde Jugend, ist ein Teil von mir, für Toni existiert dieser Abschnitt gar nicht.

Entspannt schweigend sitzen wir aneinandergekuschelt, bis es uns zu kalt wird. Den Riten gehorchend, werfen wir ein paar Münzen in die Mütze des zuletzt aufgetretenen Feuerspuckers, machen uns fröhlich singend auf den Nachhauseweg.

„Du bist ja betrunken", lallt Toni.

„Du musst mir allerdings verraten, wovon", lalle ich zurück. Ein uns entgegenkommendes Pärchen macht vorsichtshalber einen großen Bogen um uns. Wir prusten los, hängen laut lachend bäuchlings über der Kaimauer. Ich rufe „Fang mich!", um daraufhin sofort loszulaufen. Schnell holt Toni auf, wir rennen

Seite an Seite, bis wir außer Atem in unserem Appartement ankommen.

Nachdem wir uns unter der Dusche vom Salz des Meeres gereinigt haben, kuscheln wir uns nackt im Bett aneinander. Die Startschwierigkeiten von gestern scheinen fürs Erste überwunden. Dieser entspannte, erholsame Tag lässt mich wieder frei, gelöst, erleichtert sein.

Plötzlich brummt Toni wie eine Kuh, fängt an, mich abzulecken. „Hier muss irgendwo Salz zu finden sein", murmelt er und sucht hinter den Ohren, zwischen den Fingern, zwischen den großen Fußzehen. Dort wird er fündig. „Hm", lässt er unter der Bettdecke verlauten, „lecker, lecker." Er treibt mich bis kurz vor den Gipfel, hält mich aber auf diesem Level, sodass ich es kaum noch aushalten kann, fragt dann: „Bist du heute eher Frau oder eher Mann?"

„Wenn du anschließend schnell genug reinkommst, könnte ich Frau sein." Als er wenig später auf mir liegt, stellen wir fest, Missionare hätten in solch weichen Betten keine Chance gehabt. „Hast du dein Buch der 98 Stellungen dabei?", frage ich gespielt ernst.

Toni richtet sich auf, ich höre eine leichte Verärgerung in seinen Worten: „Ich habe kein Buch der 98 Stellungen!"

Vermutlich ist sein Heimkino angesprungen, also gebe ich schnell Entwarnung: „Das war ein Scherz, mein Liebster."

Er schnappt mich an der Hüfte und ehe ich mich versehe, sitze ich rittlings auf ihm. „Ich bin das Buch der tausend Stellungen", knurrt er bedrohlich, hält inne, guckt mich fragend an: „Redest du immer so viel beim Sex?"

„Immer kann nicht sein, das solltest du selbst besser wissen. Stört es dich? Möchtest du den heiligen Akt lieber in respektvollem Schweigen vollziehen?"

Er kitzelt mich, beschwert sich, ich sei boshaft, ergänzt nach einer Weile: „Ich weiß das gar nicht, es ist ungewöhnlich für mich."

„Ich bin keine Frau für Schwarz-Weiß, liebe es bunt, lebendig, abwechslungsreich. Sex ist für mich nicht Entweder-oder, nach dem Motto: Hier hört das normale Leben auf, dort beginnt der Sex", versuche ich zu erklären, ohne zu wissen, ob ich Worte finden kann. „Es ist ein Kommen und ein Gehen. Ein Miteinander-Fließen. Was immer gerade in uns ist, sollte seinen Platz finden. Auf die Ebbe folgt die Flut ..." Tonis Mund bringt mich zum Verstummen. Unsere Augen treffen sich, die Leidenschaft lodert von Neuem auf. Zu meiner Überraschung ist er Sekunden später in mir. Auf die Flut folgt die Ebbe, auf die Ebbe folgt ... Es beginnt zu dämmern, als wir endlich genug voneinander haben und uns nur noch dem Schlaf hingeben.

Donnerstag, 14.10.2010

Ein Klappern in der Küche weckt mich, der Blick auf den Wecker verrät, es ist bereits halb elf. Erschrocken springe ich aus dem Bett. Toni wirbelt in der Küche, das Frühstück ist fast fertig. Mit einer innigen Umarmung begrüßen wir uns an diesem wundervollen Morgen. Als ich ihm sage, wie peinlich es mir sei, dass er immer das Frühstück mache, schaut er mich nachdenklich an: „Komische Frau. Genieße es einfach!" Recht hat er, das werde ich tun. Ich mache auf dem Absatz kehrt, gehe zur Dachterrasse hinaus, lasse mich gemütlich nieder, um auf das Frühstück zu warten. Toni kommt langsam hinter mir her, schaut mich verwundert an, fragt, ob ich ihn denn immer derart beim Wort nehmen wolle, dann müsse er zukünftig gut überlegen, was er sage. Ich erhebe mich lachend, gebe ihm einen Klaps auf den Po, einen Knutsch auf den Mund, um anschließend beim Decken zu helfen.

„Ist dir auch aufgefallen, dass wir gestern vergessen haben, unsere Tagesaktivitäten zu planen?", erkundige ich mich bei Toni.

„Beim Sex habe ich die ganze Zeit daran denken müssen!" Einen Moment lang stutze ich, erkenne erst jetzt Tonis mühsam zurückgehaltenen Schalk in seinen Augen. „Der Tag war einfach wundervoll. Wir hatten keine Zeit für schnöde Planungen. Aber wenn wir mit Frühstücken fertig sind, lass uns mal auf die Karte gucken, schließlich ist heute schon Donnerstag."

Da wir bereits Mittag haben, wollen wir heute die *Finca Argaga* besuchen. Auf dem Weg dorthin wollen wir bei einer günstigen Autovermietung gleich für Samstag ein Auto bestellen. Wir studieren die Wanderkarte sowie Busfahrpläne, um uns für morgen eine Busfahrt nach *El Cercado* vorzunehmen. Von dort wollen wir eine schöne Wanderung zurück nach *La Calera* machen.

Nach dem Besuch der Finca sitzen wir lange bei Kaffee und Kuchen am Hafen. Zwischendurch tauschen wir ein paar Worte oder Blicke, Gedanken oder Gefühle aus. Satt, zufrieden, glücklich beobachten wir das Treiben im Hafen, Ein- und Ausfahrten der Schiffe, Menschen, die vorbeischlendern oder -eilen, ein buntes Treiben, wo immer man hinschaut. Wir kommen mit anderen deutschen Touristen ins Gespräch. Sie empfehlen uns, an einer Whale-Watching-Bootstour teilzunehmen, auf ihrer Tour habe ein Biologe einiges über die hier lebenden Meeressäuger erzählt. Leider hätten sie jedoch weder Wale noch Delphine gesehen, das könne immer wieder mal passieren. Die Idee begeistert mich dermaßen, dass wir sofort aufbrechen, um zu einem der dafür zuständigen Büros in der Nähe zu gehen. Wir haben Glück, wir können für Sonntag um 11 Uhr zwei Plätze buchen.

Tränen der Freude

Hand in Hand schlendern wir am Hafen entlang, setzen uns auf die Kaimauer, lassen unsere Füße ins Wasser baumeln. „Könnte das doch einfach immer so bleiben", stoße ich seufzend aus.

„Wer oder was könnte uns daran hindern?"

„Vermutlich wir selbst." Tonis forschender Blick ruht lange auf meinem Gesicht.

„Ich wollte, ich könnte dir glaubhaft widersprechen, leider kann ich es nicht, ich habe selbst Angst. Es ist paradiesisch hier, die Landschaft, das Klima – am meisten aber, wie wir miteinander umgehen. Bis auf unseren Einstieg am ersten Abend erlebe ich uns völlig unkompliziert. Wir – wie soll ich das sagen – fließen miteinander. Hm, hört sich blöd an. Also, wir diskutieren nicht lange rum, sondern die Dinge ergeben sich, fügen sich. Und ich habe den Eindruck, es passt immer für uns beide. Oder sehe ich das falsch?"

Mir wird ganz warm ums Herz. „Oh Mann", ich greife nach seiner Hand, suche Halt in seinen Augen. Unsere Blicke scheinen zu verschmelzen, aber sie gehen viel tiefer, als berührten sich unsere Seelen. „Es ist wirklich etwas Besonderes mit uns." Mich an ihn lehnend, lasse ich meinen Blick über das Meer, den Horizont schweifen, schließe die Augen. Toni legt seinen Arm um mich, unsere Köpfe berühren sich. Nach einer gefühlten Ewigkeit ergreife ich das Wort: „Um deine Frage zu beantworten, ja, ich sehe das genauso. Wir haben ähnliche Bedürfnisse, können uns aufeinander einstellen, sind flexibel. Keiner von uns hat ganz genaue Vorstellungen, an denen festgehalten wird. Du hast es Fließen genannt, ich finde, das ist ein treffender Ausdruck. Wir haben zwar eine grobe Planung, aber wir sind im Fluss, die Dinge ergeben sich, je nachdem, was sich uns gerade bietet."

Toni fährt zärtlich mit einem Finger über meine Nase. „Ach, du Süße, glaubst du, ich hätte noch einen Gedanken daran verschwendet, was ich vorhin wissen wollte? Zwischenzeitlich ist ein Feuersturm durch meinen Körper gefegt und hat mein Gedächtnis versengt. Nichtsdestotrotz hört sich das, was du gesagt hast, gut an." Albern wie Teenager kichern wir leise.

Plötzlich wird Toni derartig ernst, dass ich einen Schreck bekomme. „Darf ich dich etwas fragen, auch wenn es sich blöd anhören mag?"

„Logisch, du kannst alles fragen. Ich muss ja nicht auf alles antworten", versuche ich die Situation aufzulockern.

„Du hast vorhin gesagt, es sei wirklich etwas Besonderes mit uns. Was genau macht dieses Besondere für dich aus?" Toni blickt ernst, fast finster.

„Darf ich ehrlich sein oder muss ich lügen?", erwidere ich leicht verunsichert. Sein Kopf schnellt in meine Richtung, ein forschender Blick, er will antworten, aber ich komme ihm zuvor. „Keine Panik, ich finde, die Frage hört sich nach Vergleichen an, das ist ein gefährliches Terrain. Trotzdem", ergänze ich nach einer kurzen Denkpause, „werde ich sie dir beantworten, und zwar ehrlich." Ich richte mich auf, schließe die Augen. „Wie wir die letzten Tage miteinander verbracht haben, dieses unkomplizierte die Tage sich entwickeln lassen, ist etwas Außergewöhnliches. Die Tiefe, die Intensität unseres Augenkontaktes, das Gefühl, ich komme mit dem tiefsten Grund deiner Seele in Kontakt, ist etwas Neues für mich." Bei diesen Worten treffen sich unsere Blicke, eine Welle strömt durch den ganzen Körper, in der Brust breitet sich ein Glücksgefühl aus, kaum aushaltbar, gleichzeitig füllen sich meine und auch Tonis Augen mit Tränen. Synchron strecken wir uns die Hände entgegen, umfassen sie, verharren in diesem geheimnisvollen magischen Raum.

Toni, sich mit dem Handrücken über die Augen wischend, fragt leise: „Verstehst du, warum wir weinen? Das fühlt sich doch total schön an."

„Deshalb vielleicht." Erstaunt starrt er mich an.

„Deshalb?"

„Wie oft im Leben bist du derart glücklich gewesen?"

„Selten. Das erklärt mir aber trotzdem nicht, warum ich weine."

„Irgendwann habe ich festgestellt, dass ich die sogenannten negativen Gefühle besser aushalten kann als die positiven. Dass Trauer, Ärger, Enttäuschung mir vertrauter sind, gleichzeitig mein Herz nicht gewöhnt ist, geöffnet zu sein. Sobald ich im Inneren so tief berührt bin wie eben, weine ich immer. Die einfache Erklärung wäre, es seien Freudentränen. Ich halte es jedoch eher für eine lang gehegte Sehnsucht, die mit jeder Träne ihre Erfüllung feiert. Manchmal allerdings kam es mir vor, die Tränen würden den ganzen Müll, der sich in all den Jahren angesammelt hat, aus meinem Herzen wegspülen." Toni erwidert nichts, schaut nachdenklich zur offenen See hinaus, scheint meine Worte aufzunehmen und mit seinen eigenen Gefühlen und Erinnerungen abzugleichen.

„Manchmal denke ich, du bist viel zu schlau für mich. Jedenfalls komme ich mir – wenn du mir etwas wie eben erklärst – dumm vor, unerfahren, als wäre ich ein Kind. Was mein bewusst erlebtes Leben betrifft, bin ich ja auch gerade erst ein Teenager." Erstaunt spüre ich eine unangenehme Resonanz in mir, die ich nicht verstehe. „Vergiss es, dazu sagst du lieber nichts. Warst du denn mit der Beantwortung meiner Frage fertig?" ‚Welche Frage denn?', schießt mir durch den Kopf. Toni lacht. „Du weißt die Frage gar nicht mehr, stimmt's?"

„Stimmt auffallend."

„Das braucht dir aber nicht peinlich zu sein, schließlich hatten wir gerade zwei Feuerstürme hintereinander. Apropos Feuerstürme, Feuer braucht Wasser zum Löschen, willst du auch etwas trinken?", abwartend steht er hinter mir neben der Kaimauer.

„Ja gerne, bring einfach mit, worauf du Lust hast. Ich lass mich überraschen." Als Toni mit zwei Eis, einem Krug Wasser, einer Flasche Limonaden-Konzentrat und zwei Gläsern wieder auftaucht, bin ich mehr als überrascht. „Wow, die haben dich alles mitnehmen lassen! Kennst du diese Limonade?", will ich wissen.

„Nein, sie hat mich angesehen und gewispert: ‚Nimm mich!' Manchmal sind die Dinge ganz einfach." Breit grinsend befreit er das erste Eis vom Papier, hält es mir hin, schenkt uns ein, setzt sich neben mich, probiert selbst, wie das Eis schmeckt.

„Mhmmm, das Eis ist schön kalt und erfrischend, super, dass es nicht so süß ist", kommentiere ich meinen ersten Bissen.

„Was machen wir eigentlich heute Abend? Hast du eine Idee?"

„Ich würde gerne zuerst deine Frage fertig beantworten, wenn du es jetzt noch hören magst."

„Klar, ich brenne darauf. Leg los!"

„Wie wir uns küssen, ist auch etwas Besonderes für mich. Vielleicht ist es auch nur derart lange her, dass ich mich nicht mehr erinnern kann." Toni schaut verwundert auf, sucht die Antwort einer unausgesprochenen Frage in meinem Gesicht, entschließt sich, nichts zu sagen. Gleichzeitig wird mir klar, da habe ich mehr durchblicken lassen als mir lieb ist. Doch zu spät, für ausgesprochene Worte gibt es keine Löschtaste.

„Vermisst du etwas bei mir?" Während ich über seine Frage nachdenke, erinnere ich mich an das komische Gefühl vorhin, während er von seinem zeitlich beschränkten Erfahrungshorizont gesprochen hat. Tatsächlich vermisse ich die philosophischen Gespräche, aber kann ich ihm das sagen?

„Hm, scheinbar ja", vernehme ich Tonis Stimme, offenbar kennt er mich bereits verdammt gut. Er schaut mich offen an, als wolle er wirklich die Wahrheit hören.

„Es fällt mir schwer, dir das zu sagen", innehaltend stoße ich einen Seufzer aus. „Manchmal fehlen mir die Gespräche über Gott und die Welt, das Fachsimpeln, der Austausch über Sinn und Zweck unseres Daseins, über ganz grundlegende Gedanken, Überzeugungen, Einsichten." Zögernd blicke ich auf, direkt in seine wachsamen Augen.

„Könnte es sein, dass es weitere Punkte gibt?" Jetzt bin ich verblüfft – noch etwas?

„Nicht dass ich wüsste. Jedenfalls habe ich an nichts sonst weiter gedacht."

„Wie ist das mit der Eifersucht?", fragt Toni nach.

„Oh ja, das hatte ich ganz vergessen. Das ist als ein gutes Zeichen zu werten, oder?" Toni schaut mich aufmerksam an, wartet. Worauf? Mist, ich habe seine Frage nicht beantwortet. Ist der heute ekelhaft hartnäckig! „Ehrlich gesagt, habe ich das Thema schlichtweg verdrängt, nicht mehr darüber nachgedacht. Die Welt ist wunderbar mit uns, wenn ich darüber nicht nachdenke und auch nicht über Wolfgang." Ich halte inne, schaue ihn Hilfe suchend an.

„Jetzt gibt es kein Zurück mehr, lass es raus."

„Ich hatte bisher niemals eine Beziehung mit einem eifersüchtigen Mann; sobald sich etwas in dieser Richtung zeigte, habe ich die Flucht ergriffen."

„*Bisher* war das so. Scheinbar hat sich etwas verändert, denn jetzt bist du nicht auf der Flucht, sondern sogar mit mir im Urlaub." Toni wirkt nachdenklich. „Aber es passt nicht in dein Lebenskonzept, nicht wahr?"

„Das ist korrekt. Aber – ich will jetzt nicht mehr darüber sprechen. Wir haben vor zwei Tagen, glaub ich jedenfalls, beschlossen, dass wir hier Urlaub machen und auf die schwierigen Themen lieber nach unserer Rückkehr zurückkommen." Vier forschende Augen sind aufeinander gerichtet, taxieren sich, bis Toni schließlich nachgibt.

„Du hast recht, wir haben hier eine einmalige Chance, die wir auch nutzen sollten. Jede gelungene Minute stärkt uns, schafft die Basis, um die Themen zuhause anzugehen. Also, was machen wir heute Abend? Hat unser Königstal Kultur zu bieten?"

„Kultur ist eine Frage der Definition. Letztes Jahr war ich mit jener Freundin bei einem Trancedance-Angebot und es gab interessante Vorträge. Gehören Bars auch zu Kultur?" Toni schubst mich mit dem Ellenbogen, unser Kulturbegriff sei wohl eher unterschiedlich. Er springt auf, zieht mich hoch. „Wir haben hier eh bereits Wurzeln geschlagen, wird Zeit für einen Standortwechsel. Lass uns die Gläser zurückbringen."

„Ich bin für eine Sightseeingtour zu Fuß. Da können wir nach Angeboten Ausschau halten, und auch nach einem Lokal für unser Abendessen, mein Hunger hat sich bereits angekündigt."

„Gute Idee, lass uns ein bisschen bummeln und sehen, was sich uns so bietet. Wahrscheinlich treibt uns der Hunger in ein Lokal, wir bleiben dort hängen und – schwupps – ist der Abend um."

„Wäre das schlimm?"

Toni lässt einen lauten Seufzer vernehmen. „Ach Sina, es ist mir sowas von egal. Vorhin hatte ich Lust auf Kultur, nachher will ich vielleicht lieber in Ruhe ein Glas Rotwein mit dir genießen. Es kommt, wie's kommt." Erleichtert atme ich auf, die Leichtigkeit des Seins durchströmt mich. Ich bleibe stehen, drücke mich kurz an Toni, umarme und küsse ihn, ziehe ihn eiligen Schrittes fort in einen wunderbaren Abend.

Glückseligkeit der Delphine

Ich kann kaum glauben, dass heute bereits Sonntag ist. Die letzten Tage sind wie im Flug vergangen. Es kam zu keiner Eifersuchtsszene mehr, die Themen Treue und Monogamie schlummern weiterhin im Kästchen *Später*. Wir sind beide begeistert von der Insel, die wir zu Fuß, mit dem Auto und mit dem Bus erkundet haben, mit wunderschönen Natureindrücken, Momenten der Stille, pulsierendem Leben.

Heute haben wir die Beobachtungstour gebucht. Mehrmals schon habe ich von der Wirkung der Delphine auf den Menschen gehört, sie würden die Herzen der Menschen berühren. Ich bin aufgeregt und in freudiger Erwartung, was wir erleben werden. Toni lässt sich davon anstecken, gemeinsam beobachten wir gespannt die See, lauschen den Erklärungen der Crew. Zuerst tut sich gar nichts und wir befürchten schon, wir müssen zurückfahren, ohne einen einzigen Meeressäuger gesehen zu haben. Als sich jedoch tatsächlich ein Schwarm Delphine nähert, verlangsamt das Schiff seine Geschwindigkeit. Die Delphine schwimmen eine ganze Weile neben uns her, ändern immer wieder sowohl ihre Richtung als auch ihren Schwimmstil. Man erklärt uns, dies seien die ersten Hinweise auf eine Interaktion mit uns. Einige ragen aus dem Wasser, lassen Töne in unsere Richtung verlauten, wie man es aus Filmen kennt. Wir haben total Spaß daran, das unterschiedliche Verhalten dieser quietschfidelen Säugetiere zu beobachten, mal taucht ein Tier unter uns hindurch, ein anderes schwimmt dicht an der Bootswand nebenher. Da die See ruhig ist, kann ich mich auf den Bauch legen und mich vorsichtig zum Bootsrand schieben. Toni hält mich an den Füßen fest. So kann ich die Delphine ganz nah beobachten, ab und zu werde ich von ihnen nass gespritzt.

Einer ist besonders neugierig und nähert sich meiner im Wasser hängenden Hand. Mehrmals schwimmt er zuerst knapp an ihr vorbei, dann kann ich ihn sogar kurz berühren. Vor Glück laufen mir die Tränen die Wangen hinunter.

Leider ist die Tour viel zu schnell um, das Boot dreht und nimmt Kurs Richtung Hafen. Die Delphine schwimmen weiterhin neben uns, erst kurz vor dem Hafen wenden sie und verschwinden gen offene See.

Nach diesem berührenden Erlebnis machen wir uns einen ruhigen Abend am Meer. Mit etwas Brot, Paprika, Käse und einer Flasche Rotwein setzen wir uns auf einen der großen Steine am Strand, beobachten die untergehende Sonne und lassen den Tag langsam ausklingen.

Montag, 18.10.2010

Mir ist wehmütig zumute, heute ist unser letzter Urlaubstag. Doch ausgiebiger Frühsport im Bett, das anschließende ausgedehnte Frühstück auf der Terrasse und der ewig blaue Himmel lassen mich auch die verbleibenden Stunden genießen. Ich habe noch nie mit einem Partner einen so harmonischen, abwechslungsreichen, stressfreien und glücklichen Urlaub verlebt. Mit Überraschung stelle ich fest: Wir haben während des ganzen Urlaubs kein Wort über Wolfgang gewechselt! Ohne diese Vergangenheit hatten wir eine wunderschöne, unbeschwerte Zeit. Sofort meldet sich eine zweifelnde Stimme in mir, das sei viel zu schön, um von Dauer sein zu können.

Traurigkeit steigt in mir auf – heute reisen wir ab, und damit endet unser Zusammenleben. Bisher haben wir nicht darüber gesprochen, wo genau wir uns trennen werden. Fährt jeder vom Flughafen alleine nach Hause? Eine schmerzliche Vorstellung, aber was wäre die Alternative? Wir werden mitten in der Nacht zurückkommen und dann noch einen Tag haben, bevor wir arbeiten müssen. Will ich diese Zeit bei Toni verbringen? Oder er bei mir? Oder will ich vielleicht lieber alleine sein?

„Hey Süße, von wem träumst du?", ruft mich Tonis Stimme in die Gegenwart zurück.

Verwirrt öffne ich die Augen, um mich herum war alles ausgeblendet gewesen. Wir sitzen im Bus nach San Sebastián, das Schnellboot fährt nicht, der Wind ist zu stark. Ich schaue Toni an: „Wo werden wir uns trennen?"

„Ich weiß nicht. Unser Zusammensein war hier dermaßen selbstverständlich … wenn wir zurück sind, werden wir wieder getrennter Wege gehen. Und ich habe keine Ahnung, wie wir deinen und meinen Alltag verbinden können. Das beunruhigt mich, macht mich unsicher und unzufrieden." Toni versinkt in Gedanken. Ich schiebe meine Hand in die seine, lehne mich an ihn, schließe die Augen und überlege, ob ich einfach mit zu ihm fahre. Es sind nur zwei Arbeitstage, danach ist Wochenende, auf diese Weise hätten wir kein derartig abruptes Ende. Oder würde er von mir aus zur Arbeit fahren? In diesem Moment wird mir bewusst, ich weiß nach wie vor nicht, was dieser Mann beruflich macht. Das kann ich selbst kaum glauben, wie konnte das passieren? Erschrocken öffne ich die Augen.

Toni ist eingeschlafen und ich packe meine Gedanken in das Kästchen *Später*. Froh, dass sie noch hineinpassen, denn langsam wird es reichlich voll darin. Wovor habe ich Angst? Welcher Beruf könnte derart schlimm sein, dass ich ihn lieber nicht wissen möchte?

Die Rückreise verläuft reibungslos. Auf dem Hinflug ahnte ich nicht, dass unser Schweigen noch schlimmer werden könnte. Jetzt wirkt diese Stille zwischen uns schon fast beängstigend. Da es Nacht ist und wir schlafen, ist es *eigentlich* normal, doch es hängt etwas Unangenehmes im Raum, etwas anderes außer Tonis Flugangst. Nachdem wir in Frankfurt/Hahn gelandet und in den Bus umgestiegen sind, spreche ich meine Wahrnehmung aus.

Toni nimmt meine Hand, schaut mir in die Augen, seufzt laut auf: „Ich sagte es bereits, ich habe Angst, wie es jetzt mit uns weitergeht. Kommst du heute Nacht mit zu mir und morgen sehen wir weiter?", fragt er mich mit bittenden Augen, schnell hinzufügend, „ich kann aber auch genauso gut mit zu dir fahren!"

„Lass uns bei dir schlafen, ich kann mir auch nicht vorstellen, dir am Flughafen Lebewohl zu sagen. Das würde mich, glaube ich, zerreißen." Während ich diese Worte ausspreche, spüre ich sofort eine große Erleichterung, zufrieden kuschele ich mich an Toni. Jetzt schweigen wir genauso wie vorher, allerdings lächeln wir uns entspannt an, wenn wir zwischendurch die Augen öffnen.

Am Frankfurter Flughafen bekommen wir im Nu ein Taxi, das uns gegen halb drei bei Toni absetzt. Völlig müde und erledigt gehen wir sofort ins Bett, verknoten uns regelrecht ineinander, um unverzüglich in den Schlaf zu fallen.

Getrennte Welten

Zu meiner Überraschung liegen wir beim Erwachen noch immer in dieser Stellung. Als wollten wir einander nie wieder loslassen! Diese merkwürdige Spannung, die wir beide nicht verstehen, haben wir ebenfalls mit in den heutigen Tag genommen. Was ist eigentlich los? Wovor haben wir Angst? Wir sind beide erwachsen, können unser Leben gestalten, wie wir wollen, wir haben beide ein Auto, wohnen nicht weit voneinander entfernt. Wo also ist das Problem? Warum sind wir beide – nach einem solch tollen Urlaub – derart mies drauf? Ich versuche, diese merkwürdige Stimmung in mir zu verstehen, Worte dafür zu finden, doch es gelingt mir nicht. Jeder stiert betrübt vor sich hin, Toni findet ebenfalls keine Erklärung. Deshalb beschließe ich nach dem Frühstück, nach Hause zu fahren. So haben wir beide diesen letzten Urlaubstag für uns alleine, können in Ruhe in unseren eigenen vier Wänden ankommen. Außerdem versäume ich nicht die Chorprobe.

Ich verabschiede mich mit einem Trennungsschmerz, der mich zu zerreißen droht. Es fühlt sich an wie ein Abschied für immer. Obwohl mein Kopf mir erklärt, dass dies Schwachsinn sei, kann ich dieses beklemmende Gefühl nicht abschütteln. Der Hals ist wie zugeschnürt, der ganze Brustkorb fühlt sich eng an, wie von einem eisernen Ring zusammengepresst, vom Magen kommt eine leichte Übelkeit. Den ganzen restlichen Tag bleibe ich in einer traurigen, leicht depressiven Stimmung. Innerlich fluche ich, da hatte ich einen wunderschönen Urlaub und muss morgen mit einem dermaßen schrägen Gefühl zur Arbeit gehen? Ich weiß gar nicht, wie ich das leisten soll!

Später beim Chor geht es mir langsam besser. Das Singen befreit meine Brust und meinen Hals, Spannungen lösen sich. Erleichtert fahre ich nach Hause, froh, morgen nicht mit einer miesen Laune arbeiten zu müssen; verstanden, was passiert ist, habe ich allerdings nicht.

Donnerstag, 21.10.2010

Der erste Arbeitstag beginnt mit einem überquellenden Postfach, schlecht gelaunten Kollegen sowie etlichen Aufgaben, die längst erledigt sein müssten. Den ganzen Tag bin ich intensiv gefordert, komme nicht dazu, über die letzten Stunden mit Toni nachzudenken. Abends liege ich völlig erledigt auf der Couch, mit einem Film zum Abendessen versuche ich etwas abzuschalten. Danach kuschle ich mich auf der Dachterrasse gemütlich in meinen warmen Schlafsack, lang ausgestreckt auf der Liege schaue ich in den sternenklaren Himmel. Keiner von uns beiden, weder Toni noch ich, hat sich seit unserer schmerzlichen Trennung gestern Vormittag gemeldet. Will ich ihn am Wochenende sehen? Ich bin mir nicht sicher. Hatte ich auf Gomera noch Angst gehabt, wie die erste Zeit ohne ihn werden würde, bin ich jetzt froh, für mich allein zu sein. Ich genieße die Zeit, die Ruhe, die Muße. Nichts tun, einfach nur liegen, den Wind und die kalte Luft spüren, am Himmel beobachten, was sich dort bewegt.

Eine Stunde später schreibe ich Toni eine Nachricht, erzähle von meinem ersten Arbeitstag, von meiner Mußestunde unter dem Himmel. Auch darüber, wie verwundert ich bin, dass ich das Alleinsein genießen kann.

Toni antwortet prompt, das gehe ihm ähnlich, er habe sich jedoch schwergetan, mir das mitzuteilen, er habe befürchtet, ich könne gekränkt sein. Erleichterung breitet sich in mir aus. Schön, dass es uns beiden ähnlich ergeht.

Seit unserer Trennung am Mittwoch haben wir kein einziges Mal miteinander telefoniert; über Handy und Mail halten wir zwar Kontakt, haben jedoch bisher beide ein Treffen nicht angesprochen. Gestern noch fühlte ich mich richtig wohl damit, heute beginnt das Wochenende und ich könnte mir gut vorstellen, dass wir uns zwischendurch für ein paar Stunden sehen.

Was habe ich gestern eigentlich gemacht? Der Tag verstrich ohne ein besonderes Ereignis. Ein bisschen einkaufen, Wäsche, Haushalt, telefonieren, lesen, Mails scheiben, am Computer spielen. Na ja, richtig verdaddelt. Offensichtlich habe ich ihn, genau so, wie er gewesen ist, gebraucht. Doch es fällt mir schwer, einen scheinbar sinnlosen Tag zu akzeptieren. Zum Ausgleich habe ich mich heute zum Wandern verabredet, so kann ich mein schlechtes Gewissen beruhigen.

Das Handy unterbricht meine Gedanken, meldet eine Nachricht von Toni. Er fragt, wie ich mich fühle, ob alles in Ordnung sei, er vermisse mich, gleichzeitig genieße er die Zeit für sich allein. Mir ginge es ähnlich, antworte ich ihm, wunsche ihm einen schönen Tag.

Dass wir mit diesem Abstand derart entspannt umgehen, freut und überrascht mich, fühlte sich der Trennungsschmerz nach unserem Urlaub doch deutlich anders an. Offensichtlich brauchen wir beide Zeit für uns alleine, können uns das zugestehen, ohne dadurch Stress miteinander zu bekommen.

Nachmittags sitze ich Gerhard gegenüber, erzähle von meinem Urlaub sowie von der Distanz zu Toni in den letzten Tagen. Seine Einschätzung ist weniger positiv als meine. Nach Simon wirke diese Distanz zwar wie eine Weiterentwicklung von mir, allerdings sehe er in diesem extremen Wechsel von Nähe und Distanz, dass ich nach wie vor gewisse Schwierigkeiten hätte, mich auf eine verbindliche Partnerschaft einzulassen. Von dieser Sichtweise wenig begeistert, argumentiere ich, Toni und ich hätten gerade einen intensiven, relativ unproblematischen Urlaub gemeistert, obwohl wir uns erst drei Wochen kennen würden. Statt dem Ärger zu folgen, den ich in mir aufsteigen spüre, frage ich ihn, was eigentlich in der Psychologie unter Beziehungsfähigkeit verstanden werde. Gerhard erklärt mir, immer stünde man in dem Spannungsfeld zwischen Autonomie und Verbindung, zwischen diesen beiden Polen bewege man sich und müsse sich immer wieder neu entscheiden.

Ich bin nicht überzeugt von diesem Gegensatz, vielmehr glaube ich, dass Verbindung und Freiheit gleichzeitig möglich sind, wenn beide Partner die hierfür notwendige Reife erreicht haben. Gerade wird mir – wieder einmal – klar, wie wichtig Autonomie für mich ist.

Später ruft Toni an, er möchte mich gerne sehen und morgen Abend zu mir kommen. Zu meiner eigenen Verblüffung lehne ich spontan, ohne jedes Nachdenken, ab. Mir ist das unangenehm, doch da hilft auch kein Schönreden mehr. Wir verabreden uns für das Wochenende, direkt vom Büro werde ich am Freitag zu ihm fahren.

Ein Teil von mir fühlt weiterhin diesen Trennungsschmerz, gleichzeitig wünsche ich mir eine gewisse Zeit des Abstands. Warum? Um mir meine Unabhängigkeit zu beweisen? Oder ist diese Distanz, nach einer solch turbulenten gemeinsamen Zeit, eine gesunde Rückverbindung zu mir selbst? Obwohl ich mir über meine Gründe nicht im Klaren bin, freue ich mich auf weitere Tage für mich alleine, und auch darauf, anschließend ein gemeinsames Wochenende mit Toni zu haben.

Die Vergangenheit lässt nicht locker

Das Klingeln des Telefons reißt mich aus meinen Gedanken, Simon ist dran. Ihn hatte ich völlig vergessen. Mir wird bewusst, dass unser letztes Gespräch genau zwei Wochen zurückliegt. Von Simon bin ich eine solche Zuverlässigkeit nicht gewöhnt, das stimmt mich milde. Wir plaudern eine Weile über die Arbeit, das Wetter und Gomera. Ich spüre sein Zögern, warte, ohne ihm eine Brücke zu bauen.

„Sina", vernehme ich, dabei kann ich deutlich seine Anspannung wahrnehmen, „habe ich noch eine Chance?" Obwohl diese direkte Frage für Simon ungewöhnlich ist, kann ich mit einer solchen Klarheit gut umgehen.

„Ist das wirklich etwas, was wir am Telefon besprechen sollten?", frage ich zurück. Halte ich ihn hin? Warum sage ich ihm nicht einfach, dass es einen anderen Mann gibt? Will ich mir etwa einen Geliebten zulegen? Ein verlockender Gedanke – das wäre eigentlich die perfekte Rolle für Simon, das habe ich schon immer gedacht.

„Eigentlich hätte ich gerne, wenn möglich, eine Orientierung. Du warst gerade mit einem Mann in Urlaub, also wirst du vermutlich wissen, ob du eine Beziehung hast?!" Simon lässt nicht locker.

Diese direkte, offene Art gefällt mir gut und verdient eine klare Antwort. „Ja, ich bin in einer Partnerschaft." Ich warte, während ich förmlich spüren kann, wie es in ihm arbeitet.

Nach einer Weile vernehme ich: „Dann brauche ich mir wohl keine Hoffnungen mehr machen?"

„Nein, du brauchst dir keine Hoffnungen mehr zu machen", behaupte ich. Von meinem Gedanken über einen Geliebten lasse ich ebenso wenig verlauten wie über den undefinierten Status zwischen Toni und mir.

„Hast du über mein Job-Angebot nachgedacht?", möchte Simon wissen. Darüber habe ich mir nun wirklich keine Gedanken gemacht. Ich schlage ein Treffen vor, um persönlich in Ruhe über alles zu sprechen. Wir vereinbaren einen Termin für Dienstag der darauffolgenden Woche.

Nachdem wir das Telefonat beendet haben, strecke ich mich auf der Couch aus, schließe die Augen. Was will ich noch von diesem Mann? Eines ist klar: Seinen Platz in meinem Herzen behält er womöglich für immer. Verwirrend ist, dass mein ganzer Körper wie früher auf ihn reagiert – obwohl ich in Toni frisch verliebt bin, gerade einen wunderschönen Urlaub mit ihm verlebt habe. Gab es eine solche Situation jemals in meinem Leben? Ich glaube nicht.

Simon hat mich heute zum zweiten Mal überrascht. Zu hören, er vermisse mich, hat mich bereits beim letzten Telefonat gefreut. Er kommt auf mich zu, lässt nicht locker, fragt mich, ob er noch Chancen hat – das alles habe ich bei den bisherigen Trennungsversuchen niemals erlebt. Darüber hinaus ruft er nach genau zwei Wochen erneut an, wir finden zügig einen gemeinsamen Termin, der meinen Vorstellungen entspricht. Früher musste ich mich *seinen* Terminen anpassen, sonst kam kein Treffen zustande.

Diese Veränderungen erscheinen mir wie ein Wunder, üben eine gewisse Magie auf mich aus, aber nach und nach kommen ebenso die anderen Erinnerungen. Meine Angst vor Simons harter Abgrenzung, wenn er sich – manchmal ohne ein Wort – Tage oder Wochen zurückzog, nicht erreichbar war. Die fehlende Kontinuität, der nicht vorhandene gemeinsame Alltag kommen mir genauso in den Sinn wie die spärlich gesäten gemeinsamen Urlaubstage.

Jetzt kehren meine Gedanken zu Toni zurück. Da will er mich besuchen, ich lehne ab, denke stattdessen über einen Geliebten nach. Sofort rührt sich mein schlechtes Gewissen. Wie ein Geistesblitz taucht das Gespräch an unserem ersten Urlaubsabend auf. Zeit, Toni von Simon zu erzählen und eine klare Vereinbarung mit ihm zu treffen.

Als ich erwache, liege ich frierend auf der Couch, schnell putze ich die Zähne und verkrieche mich ins Bett.

Dienstag, 26.10.2010

Der heutige Arbeitstag ist weniger stressig, die Aufgaben gehen mir leichter von der Hand. Angenehm, wieder in eine gewisse Normalität zu kommen. In den letzten Wochen gab es Aufregung genug. Auf dem Weg nach Hause rufe ich Klaus an, frage, ob dienstags immer noch sein freier Abend sei. Wie nicht anders erwartet, liege ich richtig. Im Gegensatz zu mir ist er ein Mensch von Beständigkeit. Wir verabreden uns zum Abendessen bei mir, mit anschließendem Spaziergang.

Kaum habe ich den Tisch gedeckt, läutet die Türglocke. Während des Essens haben wir uns jede Menge zu erzählen. Klaus findet auch, dass wir uns viel zu lange nicht gesehen haben.

Gerade als wir vor die Haustür treten, sehen wir die Sonne untergehen. Klaus kann sich eine neckische Bemerkung nicht verkneifen: „Da haben wir ja wieder mal Sina Spezial."

„Wovon sprichst du?"

„Du bist die einzige Frau, nein, der einzige Mensch, den ich kenne, der im Dunkeln durch den Wald spaziert."

„Ich finde, du übertreibst. Erstens ist das keine Dunkelheit, sondern Dämmerung. Zweitens war vor drei Tagen Vollmond, der Himmel ist wolkenfrei, es wird heute überhaupt nicht dunkel. Hast du denn Angst, oder vertraust du mir, dass ich dich beschütze?", frage ich ihn provozierend.

„Ja, ja, alles ist gut", brummelt Klaus ausweichend vor sich hin. „Was hältst du davon, wenn du mir jetzt endlich von Toni erzählst? Wie war euer Urlaub, hast du neue Erkenntnisse gewonnen?"

Nachdem ich die letzten Ereignisse berichtet habe, sagt Klaus eine ganze Weile nichts. Das kenne ich nicht von ihm. Unsicher geworden, frage ich nach.

Er schaut mich prüfend an, sucht nach Worten: „Da kennen wir uns nun so viele Jahre und ich dachte, du könntest mich nicht mehr überraschen. Doch ich finde dein momentanes Verhalten absolut untypisch."

Jetzt ist die Verwunderung auf meiner Seite. Mit großen Augen schaue ich ihn an. Was meint er? In diesem Moment sehen wir eine kleine Herde Damwild, die uns nicht gewittert hat. Wie angewurzelt bleiben wir stehen. Wir können sie in aller Ruhe beobachten, wie sie auf einer Lichtung grasen, immer wieder prüfend die Nase in den Wind heben, um anschließend beruhigt den Kopf zu senken. Ich bin überglücklich, diese kleinen Momente sind es, die mein Herz nähren. Plötzlich schrecken die Tiere hoch und laufen davon. Was mag sie erschreckt haben?

„Was hast du vorhin gemeint, was findest du untypisch für mich?"

„Es ist mehr ein Gefühl als ein Gedanke. Sonst nehme ich dich immer sehr klar wahr, du weißt, was du willst, stehst dafür ein, scheust die Konsequenzen nicht. Bei Toni allerdings wirkst du gänzlich anders. Du setzt ihm ein Ultimatum, aber deiner Erzählung kann ich weder entnehmen, was genau du ihm für Wahlmöglichkeiten gegeben hast, noch, für welche er sich entschieden hat."

Erschrocken bleibe ich stehen. Mein Kopf wird heiß, ich fühle eine innere Leere, der Verstand ist vernebelt, kein klarer Gedanken ist möglich. Wie lautete denn mein Ultimatum? Ich kann mich tatsächlich nicht erinnern. „Jetzt ist das passiert, was ich aus der Therapie kenne. Plötzlich ist alles leer, wie tot in mir. Kein Gefühl, kein Gedanke, alles ist verschwommen. Erinnern kann ich mich, wie er daraufhin sofort zu mir gekommen ist. Zuerst war ich ärgerlich, ungeduldig mit ihm. Nachdem er von den Hypnose-Sitzungen erzählt hat, war mein Misstrauen weg."

Nach einigen Schritten fragt mich Klaus, was ich denn nun mit dieser Reinkarnationsgeschichte anfangen würde. Mir fällt auf, wie sehr ich dieses Thema verdrängt habe, dementsprechend erwidere ich ganz offen: „Ich weiß es nicht. Auf Gomera habe ich die Zeit mit Toni einfach nur genossen, war froh, dass wir kein Wort über Wolfgang gesprochen haben. Am Anfang war ich sehr interessiert, viel zu erfahren, hoffte, offene Fragen der Vergangenheit klären zu können." Nachdenklich unterbreche ich mich. „Im Moment weiß ich allerdings nicht, ob ich das weiterhin möchte."

„Du kannst dir Zeit lassen, es gibt nichts, was dich drängt."

„Ja", antworte ich zögernd, „eigentlich muss ich ja nicht mit Toni über Wolfgang sprechen." Schweigend versuche mir über meine Gefühle klar zu werden, danach sage ich mit fester Stimme: „Da ist ein komisches Gefühl, das ich allerdings nicht fassen kann." Erneut konzentriere ich mich auf mein Inneres, spüre Widerstand, Unruhe. „ Ich möchte das für heute gerne so stehen lassen. Geht das?"

Er zuckt mit den Schultern, verweist darauf, dies sei meine Entscheidung, schließlich gehe es um mich. Schweigend gehen wir weiter, genießen die Atmosphäre des Waldes. Der Alltag fällt von mir ab, ebenso die Gedanken an Toni, eine wohltuende Ruhe breitet sich in mir aus. Obwohl mir der Weg bestens vertraut ist, gibt es viel zu beobachten und wahrzunehmen: die beginnende Färbung des Laubes, der Geruch nach Pilzen, die gefällten Bäume, der intensive Duft nach frischem Holz.

„Wirst du mit Adrian über Toni sprechen?", unterbricht Klaus die Stille.

„Ich finde, ich muss das tun, er soll die Möglichkeit haben, für sich selbst zu entscheiden." Meine spontane, unüberlegte Antwort überrascht mich, bisher hatte ich diese Frage erfolgreich verdrängt. Offensichtlich hat sich die Klarheit darüber von alleine eingestellt. Aber wie konnte ich auch das verdrängen?

„Klaus, ich muss dir recht geben – ich verhalte mich wirklich untypisch, nämlich ziemlich unbewusst, verdränge wichtige Themen, anstatt für Klarheit zu sorgen." Dann spreche ich laut seufzend über meine Angst vor dem Gespräch mit Adrian. „Ich habe keine Ahnung, wie ich ihm das erklären soll, und noch weniger, wie er damit umgehen wird. Vielleicht hält er das alles für Blödsinn? Schließlich ist er eher der naturwissenschaftliche Typ. Reinkarnation ist in seinen Augen sicher Aberglaube."

„Davon gehe ich auch aus, aber die tiefe Sehnsucht nach dem verlorenen Vater könnte in ihm den Wunsch wach werden lassen, in Toni einen oder gar *seinen* Vater zu suchen." Erschrocken blicke ich auf. An diese Möglichkeit habe ich nicht gedacht. Will ich wirklich das Leben meines Sohnes durcheinanderbringen? Hoffnungen wecken, die vielleicht nicht erfüllt werden? Doch, kann ich ihm das vorenthalten, für ihn entscheiden? Ich nehme mir vor, bald mit ihm zu sprechen. Da es spät geworden ist, verabschieden wir uns vor der Haustür.

Klaus hat einen wunden Punkt berührt, der mich an diesem Abend nachdenklich ins Bett gehen lässt. Was ist los mit mir, mogle ich mich jetzt durchs Leben? Bin ich wirklich noch ehrlich und offen? Wo ist meine Stärke geblieben, mich der Wahrheit um jeden Preis zu stellen, egal, was sie kostet? Habe ich meine vielgepriesene Konsequenz, die mir die Kindererziehung so leicht gemacht hat, aufgegeben?

Mittwoch, 27.10.2010

Sobald ich im Büro bin, rufe ich sofort Adrian an; denn erledige ich unangenehme Dinge nicht gleich, schiebe ich sie auf die lange Bank. Wir können uns für morgen verabreden, das passt, weil ich da sowieso in Frankfurt bin. Wir wollen uns im *Rosengarten*, einem Lokal mit vielen Pflanzen in gemütlicher Wintergartenatmosphäre, zum Essen treffen.

Dem Treffen mit meinem Sohn sehe ich mit Unruhe entgegen. Wird es mir gelingen, ihm die Geschichte schonend genug beizubringen? Was werde ich auslösen? Sofort nach der Begrüßung fragt Adrian mich, was es denn derart Wichtiges zu besprechen gäbe. Wieder einmal überrascht mich die Wahrnehmung meines Sohnes. Offensichtlich spürt er meine Nervosität. War er deshalb sofort bereit, sich kurzfristig mit mir zu treffen? Ich schaue ihn an: „Lass uns bitte erst bestellen, danach erzähle ich dir, worum es geht."

Nachdem die Bedienung gegangen ist, ringe ich nach Worten: „Adrian", beginne ich zögernd, ihn dabei genau beobachtend, „glaubst du an ein Leben nach dem Tod?"

Er schaut mich sichtlich irritiert an: „Hä, was is'n jetzt los? Du triffst dich mit mir, um über Reinkarnation zu plaudern?"

Da er genervt reagiert, nähere ich mich dem Thema schneller, als ich beabsichtigt hatte: „Ja, aber nicht im Allgemeinen, sondern über die Wiedergeburt eines Menschen, den du gekannt hast." Jetzt sieht mich ein blaues Augenpaar mitleidig an, begleitet von der spöttischen Frage, wer mir denn da einen Bären aufgebunden habe.

Ich nehme all meinen Mut zusammen, erzähle alles, was ich weiß. Die rasante Entwicklung zwischen Toni und mir sowie den gemeinsamen Urlaub erwähne ich nicht. Adrian unterbricht mich kein einziges Mal. In seinem Gesicht kann ich ein Wechselbad der Gefühle beobachten, wobei die Skepsis die meiste Zeit zu überwiegen scheint. Nachdem ich geendet habe, warte ich geduldig auf seine Reaktion.

Zu meiner Verblüffung ist er jetzt weniger ablehnend. „Das hört sich wirklich sehr abenteuerlich an. Im ersten Moment überzeugen diese Beispiele, von denen nur Wolfgang und du etwas wusstet, allerdings könnte Wolfgang sie zu Lebzeiten erzählt oder aufgeschrieben haben."

„Auf diese Idee bin ich gar nicht gekommen", unterbreche ich ihn aufgeregt, um sofort wieder zu verstummen.

Adrian wirkt nachdenklich. „Ich bin über mich selbst erstaunt, weil ich mir vorstellen kann, an der Geschichte könnte tatsächlich etwas Wahres dran sein." Adrian schaut mir in die Augen: „Mom, ich möchte diesen Toni gerne kennenlernen. Könntest du das bitte arrangieren?" Wir sinnieren über ein geeignetes Setting, beschließen, dass ich ebenfalls dabei sein soll. Dann schauen wir in unsere Kalender, notieren mögliche Termine. Mir kommt die Idee, auch Klaus zu diesem Treffen einzuladen. Adrian ist begeistert, greift zu seinem Mobiltelefon und schickt Klaus eine Nachricht. Wir gönnen uns einen Nachtisch, während Adrian von seinem Studium berichtet. Eine halbe Stunde später verabschieden wir uns.

Daheim erwartet mich ein blinkender Anrufbeantworter mit einer Nachricht von Klaus. Bei meinem Rückruf überschüttet er mich mit seiner Begeisterung, er könne sich dann endlich ein eigenes Bild von Toni machen, das finde er richtig gut. Ich halte mich kurz, gleiche nur die notierten Termine mit ihm ab. Heute möchte ich endlich mal wieder ausgedehnt meditieren und früh schlafen gehen.

Überraschung

Freitag, 29.10.2010

Als ich meine Tasche für das Wochenende bei Toni packe, spüre ich endlich in jeder Faser meines Körpers Sehnsucht nach ihm. Das ist der Grund, warum ich Toni nicht sehen wollte, wird mir schlagartig klar. Da hätte ich auch früher drauf kommen können, habe ich das doch schon so oft erlebt. Wenn ich einige Tage ununterbrochen mit einem Mann zusammen bin, kann ich weder mich noch meine Gefühle für ihn wahrnehmen. Aber ich muss mein tiefes Ja für ihn spüren! Und das immer wieder neu. Froh, mein Bedürfnis nach Abstand jetzt besser zu verstehen, fahre ich, gut gelaunt und voller Vorfreude auf das gemeinsame Wochenende, zur Arbeit.

Freitags ist immer ein kurzer Arbeitstag, aber mit den Gedanken bereits im Wochenende, vergeht er rasend schnell. Überglücklich kann ich sogar eine Stunde früher als geplant losfahren. Soll ich Toni Bescheid geben? Nein, ich werde ihn überraschen!

Die Einfahrt betretend, sehe ich Toni vor seiner Haustür. Er schraubt an einem größeren Schild, einem Firmenschild ähnlich. Ich schleiche mich an ihn heran, umarme ihn von hinten. Toni zuckt am ganzen Körper zusammen, kann das Schild mit Mühe auffangen, das Werkzeug kracht auf den Weg. „Sorry, ich wusste nicht, dass du derart schreckhaft bist. Da hätte ich mich besser nicht so angeschlichen. Was hängst du denn da für ein Schild auf?"

„Das ist für den neuen Mieter, aber es passt nicht, ich muss mir was anderes einfallen lassen", antwortet Toni brüsk und verschwindet mit der Tafel, bevor ich erkennen kann, was auf ihr steht. Verwirrt bleibe ich vor der Tür stehen, starre gedankenverloren auf die Wand, wo die Umrisse der Metallplatte noch zu sehen sind. Was war denn das? Was ist sein Problem?

Im Flur begrüßt er mich mit einem riesigen Strauß selbst gepflückter Blumen, darin verstecken sich Schoko-Küsschen, dazu ein großes Lebkuchenherz mit der Inschrift *Ich liebe dich.* Oh, deshalb war er so komisch, ich hätte ihm fast die Überraschung vermasselt! Ich bin zutiefst gerührt über diesen Mann, falle ihm – mit dem unpassenden Ausruf „Du Verrückter!" – um den Hals. Ganz fest drückt er mich an sich, eine heiße Welle ergießt sich über meinen Körper, Begehren flammt auf. „War das eine lange Zeit ohne dich!"

„Erstaunlich lange dafür, dass es nur zehn Tage gewesen sind", neckt Toni, löst sich und zieht mich an einer Hand in Richtung Küche. „Hast du Hunger? Der Gemüseeintopf wird bald fertig sein. Gut, dass du so früh bist, da ist das Gemüse noch schön knackig." Und ob ich Hunger habe! Schnell decke ich den Tisch, während Toni sich um das Essen kümmert.

Später legen wir uns mit unseren vollen Bäuchen, genüsslich aneinandergeschmiegt, vor den Kamin. Das Feuer knistert, eine romantische Musik verströmt sich im Raum, unsere Körper erinnern sich. Wie konnte ich nur freiwillig zehn Tage lang darauf verzichten?

Samstag, 30.10.2010

Aromatischer Kaffeeduft weckt mich. Toni sitzt neben mir auf der Bettkante, eine dampfende Tasse in der Hand. Leuchtende Augen fangen meinen Blick auf, er stellt die Tasse ab, schlüpft unter meine Decke, umschlingt mich mit seinen Armen. Wir pressen uns aneinander, begrüßen uns mit einem Kuss, der sofort erneut die Lust entfacht. „Oh nein, nicht schon wieder", vernehme ich entsetzt.

„Wie bitte?"

Toni zieht mich an sich. „Reg dich ab, ich habe Muskelkater. Jeder Sportler weiß, dass man nach einer Unterbrechung mit dem Training langsam anfängt, aber nein, du ..." Toni fängt sich einen Schlag meiner Faust auf seinem Oberarm ein. Er versucht sich zu revanchieren, ich bin allerdings schneller, sitze auf ihm, versuche seine Handgelenke festzuhalten. Ehe ich mich versehe, werde ich mit einem Ruck beiseite katapultiert, falle fast aus dem Bett, Toni kann mich gerade noch ergreifen, liegt quer über mir.

„Sagtest du nicht etwas von Muskelkater?"

„Biest!" Er versucht nun, mich komplett bewegungsunfähig zu machen, doch das gelingt ihm nicht. Er ist kitzelig und das nutze ich schamlos aus.

„Wenn du mich schon als Biest bezeichnest, will ich es auch sein. Ergibst du dich?" Ich mache eine Kitzelpause, damit Toni eine Chance hat zu antworten. So viel Fairness war ein Fehler, denn sofort wendet sich das Blatt. „Okay, dann ergebe ich mich. Ich kann nicht mehr."

Toni gibt mir einen Kuss auf die Nasenspitze. „So meine Liebe, stehst du jetzt endlich auf?" Ehe ich denken kann, ist mein Fuß vorgeschnellt, doch Toni ist schnell und steht blitzartig neben dem Bett.

„Gott sei Dank, sorry, das war ein unkontrollierter Reflex." Er reicht mir seine Hand, zieht mich hoch.

„Nix passiert."

Zu meiner Überraschung liest Toni beim Frühstück in einer Zeitung. Das hat er bisher noch nie gemacht und ich mag das auch nicht. Als ich es anspreche, erfahre ich, er studiere das Kinoprogramm. „Wow, geil, *Avatar* läuft nochmals, die haben weitere ausschließlich computeranimierte Szenen eingefügt, der Film ist ein paar Minuten länger, na gut, wie dem auch sei, ob nun länger oder nicht, das interessiert mich gar nicht. Hauptsache er läuft überhaupt! Warst du drin?"

Ich bin Feuer und Flamme. „Ich war drin und würde ihn wahnsinnig gerne erneut sehen. Diese Farben, die Pflanzen, die Tiere, die Kultur der Menschen von Pandora haben mich tief berührt! Ich mag Filme, die mein Herz erreichen und erwärmen. Obwohl *Avatar* mir stellenweise zu brutal gewesen ist, besonders als sie den Heimatbaum fällen, an der Stelle breche ich garantiert wieder in Tränen aus."

„Weißt du was? Wir machen uns heute einen richtig schönen Tag!" Toni ist ganz aufgeregt, plötzlich legt er die Stirn in Falten, fasst seine Lippen mit Daumen und Zeigefinger, wie beim angestrengten Denken, rollt die Augen. Ich muss laut lachen, bin gespannt, was er da gerade ausbrütet. „Ich hab's! Wir fahren nach Frankfurt rein, bummeln durch die City, setzen uns ins Café, beobachten die Leute und lästern über sie. Oder gehen in die Sole-Therme. Oder ins Museum, ich war ewig nicht im Filmmuseum. Und anschließend gehen wir in *Avatar*. Worauf hast du Lust?"

„Im Café sitzen und lästern, durch die Stadt bummeln, ins Filmmuseum gehen … Nein, das wird gerade umgebaut. Hm, letztens hatte ich einen Artikel gelesen, dachte, da könnte ich ja mal hingehen. Verdammt, was war das noch?" Ich gehe um den Tisch, will in der Zeitung nachsehen, als mir das Kommunikationsmuseum einfällt.

„Das kenne ich nicht, ich weiß nur, es ist aus dem Postmuseum entstanden." Gemeinsam suchen wir in der Zeitung nach der Adresse, leider ergebnislos. Toni holt sein Smartphone. „Es ist am Schaumainkai. Los, lass uns gleich aufbrechen, mit der S-Bahn fahren und zuerst über den Flohmarkt gehen. Das habe ich schon ewig nicht mehr gemacht." Seinen fragenden Blick beantworte ich mit heftigem Kopfnicken, unsere spontane Aktivität begeistert mich. Schnell wird der Frühstückstisch abgeräumt, eine Flasche Wasser und etwas zu knabbern eingepackt, dann stylen wir uns noch ein bisschen und schon starten wir wie zu einem unserer Urlaubstage.

Wir liegen gemütlich auf der Couch, draußen fällt das Wasser vom Himmel, im Kamin prasselt das Feuer. An Toni geschmiegt lasse ich laut Revue passieren: „Ich habe den Tag gestern total genossen, derartig viel habe ich an einem Tag, glaube ich, bisher niemals gemacht. Heute hingegen bin ich faul und träge."

„Stimmt, in der Küche steht nach wie vor das Frühstücksgeschirr", lästert Toni. „Mir geht es genauso wie dir, unseren Aktionismus fand ich irre, hat richtig Spaß gemacht. Aber bin ich faul? Nein, nicht wirklich." Er beugt sich über mich, leckt zärtlich meine Lippen, knabbert daran, begehrt mit der Zunge Einlass. Bereitwillig öffne ich mich ihm, überlasse mich unserem Reigen, dem Tanz unserer Körper.

Abends liege ich wehmütig in Tonis Armen: „Nun, was machen wir die kommende Woche? Wollen wir sie erneut getrennt verbringen?"

Er lacht: „Seit wann stellst du komische Wir-Fragen? Was möchtest *du*?"

Ich dränge mich dicht an ihn, würde am liebsten in ihn hineinkriechen. Aus seiner Achselhöhle murmle ich: „Ich weiß nicht. Das Wochenende war wie eine Woche Urlaub und ich habe jede Sekunde genossen. Jetzt fühlt es sich an, als wolle ich nie wieder weg, doch wenn ich in meiner Wohnung bin, kommt mir unsere Vertrautheit eher unwirklich vor. Auch das Alleinsein die letzten Tage habe ich gebraucht. Dieser Kontrast verwirrt mich." Ich richte mich auf, um in Tonis Gesicht zu lesen, doch er hat die Augen geschlossen und ich kann nicht erkennen, was in ihm vorgeht.

Als er mich anschaut, sehe ich eine große Traurigkeit. „Ich habe auch keine Ahnung, warum das so ist. Wenn wir zusammen sind, haben wir eine bemerkenswerte Fähigkeit, uns aufeinander einzulassen. Andererseits, wenn wir uns trennen, scheint etwas zwischen uns zu stehen. Bisher begreife ich überhaupt nicht, was das zu bedeuten hat, aber es macht mich traurig." Wir kuscheln uns zusammen. „Morgen und übermorgen bin ich auf Dienstreise. Ich melde mich, sobald ich auf der Rückfahrt bin, dann können wir spontan entscheiden, ob ich bei dir vorbeikomme. Wie findest du das?"

„Oh ja, das hört sich gut an", stimme ich zu. „Mist, das hätte ich fast vergessen. Dienstagabend bin ich mit Simon verabredet."

Tonis Antwort ist ein unangenehmes Schweigen. Ich spüre seinen emotionalen Rückzug, vermute, er unterdrückt eine Eifersuchtsreaktion. Daher bin ich ruhig, gebe ihm Zeit und halte diese Spannung aus. Als nichts passiert, erhebe ich mich und gehe ins Bad. Gerade als ich fast fertig bin, kommt Toni, umfasst mich von hinten, drückt sich fest an mich. Mein Herz pocht vor Freude, dass er diesen Schritt geschafft hat, offenherzig auf mich zugekommen ist. Aufatmend entspanne ich mich ihn seinen Armen.

„Es tut mir leid, in mir tobte die Eifersucht. Damit ich sie nicht an dir auslasse, war in diesem Moment die einzige Alternative, mich zurückzuziehen. Ich möchte gerne wissen, was da wirklich ist zwischen dir und Simon anstatt wilde Fantasien zu hegen, die vielleicht oder wahrscheinlich nichts mit der Wirklichkeit zu tun haben. Gib mir trotzdem bitte etwas Zeit, wir sprechen demnächst darüber. Okay?" Toni schaut erwartungsvoll in meine Augen.

In Gedanken sehe ich den Deckel von unserem Kästchen *Später* hochspringen, etwas verschwindet darin und danach geht der Deckel nicht mehr zu, weil es voll ist. Ausweichend antworte ich: „Ja, das können wir machen, wie du wünschst. Du sagst mir Bescheid, wenn du so weit bist." Mit diesen Worten befreie ich mich aus seinen Armen, gehe ohne ein weiteres Wort ins Bett. Wenig später schmiegt Toni sich leise an mich.

Erst auf dem Weg zur Arbeit erinnere ich mich an das Treffen mit Adrian und Klaus; Toni darauf anzusprechen, habe ich völlig vergessen. Ich greife zum Handy, erreiche ihn sofort. Ich erkläre, Adrian sei ziemlich unsicher, wie er mit der Situation umgehen solle, einerseits sei er neugierig, andererseits sei ihm die ganze Geschichte absolut suspekt. Um die Situation zu entspannen, schlage ich ein Abendessen bei mir unter Freunden vor, in diesem Fall bliebe es Adrian überlassen, ob er das Thema Wolfgang ansprechen wolle oder nicht. Toni scheint wenig begeistert, fragt nach, wen ich denn außerdem einladen wolle. Mit einem Seufzer stimmt er wenig später einem Vierertreffen am kommenden Mittwoch zu. Kurz überkommen mich Zweifel, ob ich ihn jetzt überrumpelt habe, aber schließlich ist er alt genug, um für sich selbst zu sorgen.

Obwohl Montag ist, habe ich einen angenehmen Tag, außerdem kann ich früh Feierabend machen. Für den ersten November ist es ungewöhnlich warm. Da es zudem trocken und windstill ist, ergreife ich die Gelegenheit und genieße eine ausgiebige Runde auf Inlinern.

Abends erhalte ich eine Nachricht von Toni, die ich kühl, betont belanglos empfinde. Er erzählt von seiner Fahrt, dem Wetter, wünscht mir eine schöne Woche. Obwohl ich zuerst etwas betroffen bin von dieser Distanz, fühlt es sich stimmig an. Nachdenklich macht mich, dass er kein Wort über seinen Job spricht oder schreibt. Noch merkwürdiger ist allerdings mein eigenes Verhalten: Immer wieder fällt mir auf, dass ich nichts darüber weiß, trotzdem spreche ich ihn nicht darauf an.

Als mir das bevorstehende Treffen mit Simon einfällt, wird mir bewusst, dass ich mir dringend Gewissheit verschaffen sollte, was ich nun wirklich von diesem Mann will. Beim ersten Anruf war ich absolut kompromisslos, dachte, entweder er hat sich verändert oder ich will keinen Kontakt. Der, wenn auch nur kurzweilige, Gedanke während des zweiten Gesprächs, ich könne mit Simon ein Verhältnis eingehen, macht mir Sorgen.

Aber wie komme ich damit jetzt weiter? Wie kann ich mir Klarheit über alle Gedanken und Gefühle verschaffen, auch über die unbewussten? Ratlos setze ich mich auf die Couch, nehme ein Blatt Papier zur Hand. Vielleicht hilft es, alles aufzuschreiben, was mir spontan in den Sinn kommt? Ich starre auf das leere Blatt, erhalte keinen Impuls. Nein, das scheint heute nicht das Richtige zu sein.

Auf dem Fußboden breite ich einen Flipchart-Block aus, lege mir verschiedenfarbige Stifte daneben. Wieder sitze ich eine Weile vor dem leeren Blatt, bis ich erkennen muss, auch das ist heute nicht die richtige Methode. Alleine kann ich dieses Durcheinander nicht lichten. Ich greife zum Telefon, rufe Beate an, doch sie ist nicht zuhause, auf dem Handy habe ich Glück. Leider hat sie keine Zeit für ein längeres Gespräch, stattdessen hat sie eine Idee: Ich könnte ein Rollenspiel versuchen, bei ihr selbst habe das erstaunliche Ergebnisse gezeigt. Man könne dabei unbewussten Gefühlen und Gedanken zu einem Ausdruck verhelfen und sie dadurch sichtbar machen. Als ich Interesse bekunde, beschreibt sie mir kurz, was ich zu tun hätte.

Herz-Verstand-Dialog

Damit ich vom Telefon nicht gestört werden kann, schalte ich zunächst den Anrufbeantworter ein. Danach stelle ich zwei Stühle auf den Teppich in der Mitte des Wohnzimmers. Auf dem ersten Stuhl sitzend, betrachte ich den leeren, mir gegenüberstehenden. Wie soll ich in einen Dialog kommen? Ich habe eine Idee: Zur Unterstützung schreibe ich auf einen DIN-A4-Zettel *Herz*, auf einen zweiten *Verstand,* lege sie jeweils unter einen der beiden Stühle. Diese Zettel sollen ähnlich einer Aufstellung wirken, sie verkörpern die Qualitäten des *Herzens* bzw. des *Verstandes*. Jetzt nehme ich als *Verstand* Platz. Um mich mit diesem Rollenspiel vertraut zu machen, beginne ich einen belanglosen Wortwechsel.

„Guten Tag, *Herz*. Ich bin der *Verstand* von Sina. Sie möchte, dass wir beide uns darüber unterhalten, wie wir zu Simon stehen. Kann ich mal mir dir reden?" Ich setze mich auf den anderen Stuhl, gespannt wartend, ob sich tatsächlich ein – von innen kommender – flüssiger Dialog ergibt.

„Hallo *Verstand*." Fühlt sich das merkwürdig an! Da unterhalte ich mich laut in den Rollen von zwei Personen mit mir selbst. Doch die Neugier siegt, ich kann ein Unbehagen, Gefühle der Beklemmung und des Befremdens beiseiteschieben. Das Herz scheint nichts mehr sagen zu wollen, also wechsle ich erneut die Seite.

„Sehr redselig bist du nicht", meldet sich der *Verstand,* hüllt sich anschließend allerdings selbst in Schweigen. Also muss ich erneut die Position verändern. Da habe ich mich auf etwas eingelassen, diesen häufigen Stuhlwechsel halte ich nicht lange durch. ‚Geduld!', ermahne ich mich selbst, ich habe schließlich gerade erst begonnen. Ich schließe die Augen, warte, welche Worte aus meinem Mund kommen werden.

„Lass mich in Ruhe. Du hast mich geärgert." Überrascht über diese Aussage meines *Herzens*, bin ich gespannt, wie es weitergeht.

„Oh je, das fängt ja gut an. Sag mir, *Herz*, wieso ich dich geärgert haben soll."

„Nachdem du mit Simon Schluss gemacht hast, war meine Tür monatelang zu. Ich fühlte mich schrecklich eingesperrt, habe darunter gelitten! Außerdem hast du die Entscheidung völlig ohne mich getroffen, das war nicht in Ordnung."

„*Herz*, du hast vorher, als Sina mit ihm zusammen gewesen ist, ebenfalls gelitten, deshalb habe ich mich für Trennung entschieden. Um *dich* zu schützen!"

„Du glaubst, du hättest es für *mich* gemacht?", fragt das *Herz* skeptisch.

„Logisch! Ich kam mit Simon bestens aus. Mit ihm hatte ich super Gespräche. Seitdem er weg ist, fehlt mir ein vernünftiges Gegenüber, das mir sowohl folgen als auch mich inspirieren kann. Unsere Diskussionen haben mir riesigen Spaß gemacht und mich gleichzeitig gefordert. Wir hatten richtig tolle Höhenflüge miteinander", kommt der *Verstand* regelrecht ins Schwärmen.

„Dennoch hast du den Kontakt zu ihm abgebrochen!" Das *Herz* hält inne, es dauert einen Moment, bis es fortfährt. „Wie kommst du zu der Ansicht, du hättest meinetwegen Schluss gemacht?"

„Weil es dir oft elend ergangen ist. Wenn er sich zum Beispiel wieder einmal zurückgezogen hatte, hast du ständig auf eine Nachricht von ihm gewartet, hattest Herzklopfen, sobald das Telefon klingelte. Hattest an nichts Freude, hast depressiv die Zeit am Computer totgeschlagen."

„Ja, solche Reaktionen sind tatsächlich vorgekommen, allerdings hatte *ich* nichts damit zu tun."

„Wie, du hattest nichts damit zu tun? Wo kamen sie denn deiner Meinung nach her?", erwidert der *Verstand* aufgebracht. Gerade als ich den Stuhl wechseln will, kommt ihm ein anderer Gedanken: „Nein, ich will das gar nicht wissen. Erkläre mir lieber, was bei dir passierte, wenn er unerreichbar war."

„Nichts, er war einfach nicht erreichbar. Ich wusste, er hat seine Gründe, er hat Angst und er liebt Sina."

Ungläubig ruft der *Verstand* aus: „Das hat dich völlig kaltgelassen? Das soll ich dir glauben?"

Ich sitze auf dem Herzstuhl, warte. Keine Antwort. Schon befürchte ich, der Dialog ist zu Ende, da entweicht meiner Brust ein tiefer Seufzer, während gleichzeitig aus dem Mund leise Worte kommen: „Warum ist das bloß derartig schwer mit dir?" Als daraufhin eine Pause eintritt, harre ich unschlüssig aus, bis meine Geduld belohnt wird: „Mir tut das weh, wenn die Tür zugeht, wenn ich abgeschnitten, ohne Verbindung bin, nichts spüren kann. Leider sind der Körper und du diejenigen, die diese Tür sowohl öffnen als auch schließen. Ich habe darauf keinen Einfluss. Das Einzige, was ich tun kann, ist von Innen dagegenzuklopfen, immer und immer wieder, bis ..."

„Das verstehe ich nicht. Wie kann ich die Tür zu dir öffnen oder schließen?", unterbricht der *Verstand* gereizt.

„Zum Beispiel durch den Vorwurf, er müsse erreichbar sein. Du ließest Sina glauben, sie sei im Recht, Forderungen zu stellen. Genauso wie sie in der Folge ebenfalls glaubte, sie habe das Recht, ärgerlich zu sein, wenn ihre Vorstellungen nicht erfüllt wurden. In solchen Situationen ist Sina in einem Zustand, in dem sie ihr Herz nicht fühlen kann." Ich bin ausgesprochen fasziniert, wie unterschiedlich sich der Körper anfühlt, je nachdem, auf welchem Stuhl ich gerade sitze. Das *Herz* verströmt zunehmend Ruhe, Geduld, Offenheit, Gelassenheit, Liebe. Während ich beim *Verstand* Aufregung, Unruhe, Ungeduld und Ärger verspüre.

„Du sprichst echt in Rätseln", stöhnt der *Verstand*, „wenn ich denke, Simons Verhalten sei nicht richtig und schädlich für Sina, dann fühlst du dich abgeschnitten, ja? Meintest du das so?"

„Ja, in der Auswirkung ist das richtig", antwortet das *Herz*.

„Zwar verstehe ich bisher nicht wirklich, wie das funktioniert, aber egal, darüber werde ich mir ein andermal in Ruhe Gedanken machen. Was allerdings hat der Körper damit zu tun? Du sagtest, er könne ebenfalls die Tür auf- und zumachen."

„Der Körper reagiert häufig direkt auf viele Situationen, in Sekundenbruchteilen, schneller als du. Das geschieht insbesondere, wenn die aktuelle Situation Ähnlichkeiten mit einer Erfahrung aus der Vergangenheit hat, die damals allerdings nicht ausgelebt werden konnte. Zum Beispiel, ein Kind wurde zu den Großeltern abgeschoben und dort vernachlässigt. In der Regel kann das Kind die Trauer, die Ohnmacht, die Verzweiflung ohne den Beistand eines Erwachsenen nicht fühlen, es würde daran zerbrechen. Deshalb werden die Gefühle – natürlich unbewusst – verdrängt und im Körper abgespeichert. Sobald der Erwachsene eine Situation erlebt, die ihn an eine ähnliche Situation aus der Kindheit erinnert, reagiert der Körper oft besonders impulsiv, heftig, überschwemmt den Menschen mitunter geradezu. Nach außen zeigt sich dies häufig in Form von Ärger. Menschen, die keinen Ärger zulassen können, reagieren eher mit Depression. Kannst du mir so weit folgen?"

„Ja, das kann ich wohl", entgegnet der *Verstand* leicht schnippisch.

„Der Erwachsene fühlt sich wie damals als Kind und reagiert, als handele es sich um eine existenzielle Bedrohung. Denn ein Kind ist auf die Versorgung und auf die Fürsorge durch die Erwachsenen angewiesen! Die dadurch entstehenden mächtigen Gefühlswallungen sind der aktuellen Situation in keiner Weise angemessen. Die Stärke dieser Reaktionen ist gleichzeitig eine Art Selbstschutz, denn dadurch können die verdrängten darunterliegenden Gefühle, wie zum Beispiel Angst, nicht gefühlt werden. Damit sind wir wieder bei meinem Abgeschnittensein. Sobald Angst aufkommt, kann keine Liebe mehr durch mich fließen. Handelt es sich um Überlebensangst, bin ich sogar wie ein-gemauert, hungere und durste. Bist du noch im Boot?", will das *Herz* wissen.

„Ja, ja", brummelt der *Verstand*, „bist du bald durch mit dei-nem Vortrag?"

„Gleich. Das war jetzt ein Beispiel, wie die Reaktionen des Körpers automatisch, jenseits des Bewusstseins ablaufen. Dar-über hinaus reagiert der Körper grundsätzlich auf deine Gedan-ken, er ist sozusagen das ausführende Organ, welches durch Anspannung verhindert, dass Gefühle spürbar werden. Bildlich gesprochen: meine Tür verschließt."

„Das ist zwar alles sehr interessant, allerdings sind wir vom Thema abgekommen. Was hat das Ganze mit Simon zu tun?"

„Oh, stimmt. Wir kamen darauf, weil ich sagte, wenn du denkst, Simon hätte sich melden müssen, dann verschließt sich meine Tür und es kann keine Liebe fließen."

„Ich habe gehört, du fandest es okay, wenn er nicht erreich-bar war. Das nehme ich hin. Was genau ist dann aber dein Prob-lem, dass ich Schluss gemacht habe?"

„Zum einen vermisse ich die Momente überfließender Liebe sowie die Herzverbindung mit Simon. Zum anderen hast du ri-goros alles dicht gemacht, um diese Entscheidung treffen zu können. In der Folge war nicht nur die Tür zu, sondern alles war eingefroren, taub, tot. Wäre Toni nicht aufgetaucht …"

„Ich musste Sina schützen!", verteidigt sich der *Verstand*, „in der Art und Weise ging das auf keinen Fall mehr weiter! Du wolltest ebenfalls eine tiefe Verbindung, dazu braucht es das entsprechende Vertrauen, regelmäßigen Kontakt, genug Zeit miteinander, Verbindlichkeit. Das Rumgeeier, das Vor und Zu-rück brachte doch nichts. Eine Partnerschaft, wie Sina sie sich wünscht, wäre unter diesen Umständen niemals zustande gekommen, deshalb fand ich es besser, die Beziehung zu beenden. – Aber was machen wir uns überhaupt so viele Gedanken über Simon, ich denke, du liebst jetzt Toni?!"

„Ja, das ist wahr, und Simon liebe ich auch."

„Verstehe ich nicht, du kannst nur einen lieben!"

„Blödsinn. Man liebt oder man liebt nicht."

„Das musst du mir genauer erklären!"

„Ein *Verstand* ist tatsächlich dämlich", revanchiert sich das *Herz* für die Selbstgefälligkeit des *Verstandes* im bisherigen Verlauf des Dialogs. „Das ist ganz einfach. Entweder bin ich offen oder zu. Wenn ich geöffnet bin, liebe ich. Wenn ich geschlossen bin, liebe ich nicht. Völlig digital, Strom oder nicht Strom – ist das etwa so schwer zu verstehen?"

Der *Verstand* versucht, seine Ehre zu retten: „Nein. Aber *wen* liebst du nun? Toni oder Simon?", um nach einer Denkpause hinzuzufügen, „oder Adrian oder Wolfgang oder …?"

„*Verstand*, du lernst schnell. Deine Frage verrät mir, du hast gemerkt, dass ich mindestens zwei lieben muss, nämlich Adrian und den gerade aktuellen Mann. Was jedoch ist aus der Liebe zu Wolfgang geworden? Ist sie wirklich mit ihm gestorben? Was passierte, als er in Form von Toni plötzlich vor Sina stand?"

„Also, bei mir im Gehirn kam an, dass ihr da mächtig der Puls ging. Von der Liebe zu Wolfgang muss demnach noch etwas lebendig gewesen oder erneut geweckt worden sein."

„Halt, halt!", unterbricht das *Herz* den *Verstand*, „das stimmt so nicht. Sina hat zunächst auf Tonis braune Augen, oder das, was sie in ihr ausgelöst haben, reagiert. Zu diesem Zeitpunkt wusste sie gar nicht, in wessen Augen sie da blickte. Diese Frage können wir nun nicht mehr klären."

„Meinetwegen, lassen wir das fallen. Stattdessen gehe ich zurück zu deiner Aussage ‚Du liebst oder du liebst nicht'. *Wen* du liebst, ist dabei wohl gar nicht entscheidend, wichtig ist, *dass* du liebst. Klar! Jetzt fällt mir auf: Wenn Sina verliebt ist, versprüht mein Gehirn Energie pur. Sie umarmt glückstrahlend die ganze Welt; wendet sich der Kerl allerdings ab, versinkt alles in dunkle Traurigkeit. Das Unverständliche daran ist – es betrifft dann wirklich jeden und alles. Nein, ich verstehe es trotzdem nicht", der *Verstand* sinkt förmlich in sich zusammen. „Ich denke, sie liebt jetzt diesen Toni, hat richtig rumgezickt, als Simon sich gemeldet hat, von Liebe war da nichts zu spüren. Warum behauptest du also das Gegenteil?"

„Lieber *Verstand*, du lässt dich sehr leicht täuschen. Natürlich liebt sie Simon, gerade *deshalb* hat sie ihn abgewehrt. Eine reine Schutzmaßnahme."

„Was ist dann mit Toni? Was will sie denn mit zwei Männern?"

„Wenn jemand zwei oder mehr Kinder hat, erwartet jeder völlig selbstverständlich, dass man alle seine Kinder liebt. Liebt man hingegen zwei Sexualpartner, spielt man in dieser Kultur hier total verrückt. Allerdings – in diesem speziellen Fall Simon – plädiere ich für einen Sicherheitsabstand."

„Du wolltest ihn zum Geliebten?!", ruft der *Verstand* anklagend aus.

„Nein, das war nicht ich, das kam vom Körper."

Stille tritt ein, ich warte. „Sicherheitsabstand", wiederholt der *Verstand* nachdenklich, „jetzt kommen wir der Sache näher. Bevor du mir den genauer erläuterst, deine Aussage ‚Du liebst oder du liebst nicht' habe ich noch nicht begriffen."

„Liebe ist immer da. Liebe ist die Urkraft. Liebe ist Gott. Liebe ist unendlich, bedingungslos. Wenn ich liebe, liebe ich jeden und alles. Du *Verstand* bist derjenige, der den Unterschied macht, der die Liebe zu dem macht, was die Menschen darüber denken."

Der *Verstand* protestiert empört: „Hey, das ist nicht fair, wieso schiebst du mir jetzt schon wieder die Schuld zu?"

„Mal ganz langsam, das hier ist keine Frage von Schuld. Wir alle sind, was wir sind, und das ist auch gut so. Du bist nun mal für das Denken zuständig. Sag mir, was hast du gedacht, als Sina Toni das erste Mal getroffen hat?"

„Hm, was habe ich da gedacht?", überlegt der *Verstand* laut. „Ich fand ihn ausgesprochen attraktiv, gute Figur, sympathisches Kerlchen. Er hat eine angenehme Stimme, ist überaus einfühlsam, sogar ausgesprochen rücksichtsvoll. Hat sich fürsorglich um Sina gekümmert, als sie mit der Information, Wolfgang habe sich in ihm inkarniert, total überfordert gewesen ist. Ich dachte, super, endlich mal wieder einer, der sich um sie sorgt, dann könnte ich ab und zu die Kontrolle abgeben. Als sie allerdings mit ihm nach Hause gefahren ist, hatte ich Bedenken. Aber das Haus fand ich klasse! Hab gedacht, in einem solchen Haus, da würde Sina sich wohl fühlen. Außerdem wäre ein Mann mit ein bisschen mehr Geld ausgesprochen angenehm, da bräuchte ich mir weniger Gedanken über Sinas Finanzen zu machen."

„Siehst du", unterbricht ihn das *Herz*, „genau das ist es. Außer der Liebe, die einfach nur durch mich hindurchfließt, gibt es von deiner Seite jede Menge Gründe, warum Sina mit diesem Mann eine dauerhafte Beziehung eingehen sollte. Allerdings hat das mit Liebe gar nichts zu tun, das ist Besitz- und Sicherheitsdenken. Wenn etwas schön ist, möchten die Menschen es festhalten, am liebsten für immer. *Deshalb* gehen sie Beziehungen ein, nicht wegen der Liebe. Die Liebe freut sich über jeden Moment – wie er ist und wie er nicht ist."

„Gut, gut", der *Verstand* wird ungeduldig, offensichtlich passt ihm das Gehörte nicht, „da ich das wahrscheinlich nie verstehen werde, möchte ich lieber von dir hören, warum du für einen Sicherheitsabstand plädierst."

„Das, was ich vorhin beschrieben habe, ist eine bedingungslose Liebe, die mühsam von dir und mir erarbeitet werden muss. Davon sind wir aber zurzeit weit entfernt."

„Von dir und mir erarbeitet werden?", wundert sich der *Verstand*.

„Lass uns das bitte auf ein andermal verschieben, ich halte nicht mehr lange durch, derartig viel habe ich seit langem nicht mehr gesprochen. Wie ich vorhin bereits sagte, bestimmen deine Gedanken, ob ich geöffnet oder verschlossen bin. Im Kontakt mit Simon gab es einen ständigen Wechsel von Tür auf, Tür zu. Das war für mich echt anstrengend, das möchte ich nicht mehr haben."

„Erwischt", kontert der *Verstand*, „am Anfang hast du dich beschwert, dass ich Schluss gemacht habe! Gerade hast du genau das begrüßt."

„Nein, das stimmt so nicht ganz. Ich habe gesagt, ich fühlte mich eingesperrt, das hätte nicht sein müssen, das hätte auch anders ablaufen können."

„Okay, akzeptiert. In Bezug auf Simon haben wir jedenfalls schon mal eine klare Aussage von dir. Und jetzt lass uns überlegen, warum Sina wieder Kontakt zu Simon haben sollte. Was hat er ihr gegeben?"

„Ich würde sagen, am Anfang, vielleicht das erste halbe Jahr, da war sie richtig glücklich mit ihm. Es veränderte sich, als er den neuen Job hatte, beruflich viel unterwegs war und deutlich weniger Zeit mit Sina verbringen konnte. Du fingst an, ihr lauter Blödsinn einzureden: Seine häufige Abwesenheit sei ein Zeichen dafür, dass er sie nicht mehr lieben würde. Sie müsse mehr von ihm einfordern, dürfe nicht so nachgiebig sein, dürfe nicht immer Zeit haben, wenn er einen Terminvorschlag machte, sie müsse sich öfters rarmachen. Es sei wichtig zu lernen, ihn nicht zu vermissen, unabhängig zu sein. Auf mich hat sie dabei überhaupt nicht gehört, Simon bei der Umstellung auf den neuen Job zu unterstützen und in der schwierigen Anfangs-zeit Rücksicht auf ihn zu nehmen. Wenn es nur mich gäbe, wäre das Leben der Menschen erheblich einfacher." Selbstzufrieden, die Arme vor der Brust verschränkt, lehnt sich das *Herz* zurück.

„Das glaube ich nicht", widerspricht der *Verstand* nach einer Weile. „Was war denn damals, als Sina Simon kennenlernte? Warum heulte sie da ständig? *Ich* hatte damit nichts zu tun. Das musst du gewesen sein."

„Oh je, stimmt", bekennt das *Herz* nun kleinlaut, „das war tatsächlich ich. Wie soll ich das erklären?" Still verharre ich auf dem Stuhl, warte, bis das *Herz* fortfährt: „Simon war für Sina ein Türöffner. Durch ihn war sie bereit, wieder ihr Herz zu öffnen. Dummerweise war ich voller Trauer. Du weißt selbst, was sie alles durchgemacht hat. Als sie mit Adrian alleine gewesen ist, musste sie stark sein, konnte sich nicht fallen lassen. Außerdem schützte sie sich nach dem Tod von Wolfgang, ließ keinen Mann wirklich in ihr Herz. Simon war der Erste, dem sie wieder ihr ganzes Ja schenkte. Dadurch konnte viel Aufgestautes heraus-fließen. Deshalb heulte sie oftmals – scheinbar ohne Grund. Wusste dabei oft selbst nicht, ob vor Glück oder Schmerz. Wo ich gerade dabei bin: Das ist auch gar nicht wichtig – wichtig ist nur, dass die Gefühle *gefühlt* werden, dass sie *fließen*. Trauer wird erst zu einer Belastung, wenn sie zurückgehalten wird oder wenn du mit deinen Bewertungen dazukommst. Du sagst, Glück ist gut, Trauer ist schlecht. Um einen Verlust zu trauern, ist jedoch notwendig, befreiend. Genauso befreiend, wie ein Lachen sein kann." Erschöpft lehnt das *Herz* sich zurück. „Ich schweife ab, sorry. Wir sind immer noch keinen Schritt weiter in Bezug auf Simon."

„Ich sehe das anders. Wir wissen jetzt, durch Simon hat Sina alte, verschüttete Trauer ausleben, heilen können. Das rechne ich ihm hoch an. Außerdem hast du für einen Sicherheitsabstand plädiert, damit ist deine Position doch klar, oder nicht?"

„Ja, eigentlich ist sie klar", antwortet das *Herz* zögernd, „*eigentlich* deshalb, weil ich nicht genau definieren kann, wie viel Nähe möglich, beziehungsweise wie viel Distanz nötig wäre. Ich möchte gerne wieder in Kontakt sein mit ihm, wünsche mir diese wunderschöne Verbindung zu seinem Herzen, die machte mich lebendig und weit, gab mir Kraft. Wenn dieser Kontakt allerdings abrupt abbrach, war das immer sehr schmerzhaft."

Der *Verstand* bestätigt aufgeregt: „Genau, diese krassen, unvorhersehbaren Wechsel machten die Beziehung ausnehmend anstrengend. Man wusste einfach nie, woran man war. Damit wissen wir jetzt klar, dass wir auf keinen Fall eine Beziehung zu ihm wollen, auch keinen Geliebtenstatus. Weil wir diese Wechsel nicht wollen, außerdem würde das mit Toni sowieso nur den totalen Stress geben. Stimmst du mir zu?"

„Ja, das sehe ich ganz genauso. Was bleibt also übrig? Was haben Sina und Simon für gemeinsame Interessen?", fragt das *Herz*.

„Sie sind gerne in der Natur, oft und ausgiebig, bei Tag und bei Nacht, Schach spielen, Filme gucken, meditieren, Qi Gong machen, zusammen kochen, miteinander oder mit Freunden philosophieren, über spannende Bücher neuer spiritueller Lehrer diskutieren, Billard spielen, in die Sauna gehen. Das sind die Aktivitäten, die mir ganz spontan gekommen sind, mir würden bestimmt noch mehr einfallen."

Das *Herz* stimmt ein: „Ja, sie konnten viel gemeinsam tun, genauso wie einfach nur sein, ohne zu tun. Wenn Sina mit ihm Zeit verbracht hat, war das ausgesprochen erholsam für sie. Sowohl die intellektuellen Gespräche als auch seine konzentrierte, achtsame Art haben ihr sehr gutgetan."

„Ich finde, wir sind bereits richtig weit gekommen. Da du zum Ende kommen willst, fasse ich zusammen:

Erstens: Sina sollte ihn auf keinen Fall zu nah an sich heranlassen, also nur eine unverbindliche Freundschaft mit ihm pflegen, keine Abhängigkeit, nicht für ihn arbeiten.

Zweitens ergibt sich daraus zwingend: Sie sollte auf keinen Fall Sex mit ihm haben.

Drittens: Vorsicht mit Körperkontakt! Immer auf der Hut sein; sobald eine erotische Spannung entsteht, auf Distanz gehen.

Viertens: Wenig auf ihn zugehen, stattdessen ihn kommen lassen; sonst geht er krass auf Abstand und das war immer unangenehm.

Fünftens: Sich nicht wirklich auf ihn einstellen, sich nicht auf ihn verlassen. Verabredungen locker zustande kommen lassen, aber keinen regelmäßigen Kontakt mit ihm haben wollen, das gibt nur Frust."

„Das hört sich ausgezeichnet an. Aber was ist *nicht zu nah*? Wie könnten wir das definieren?", überlegt das *Herz*.

„Vielleicht muss Sina das ausprobieren. Es ist wie mit einem Feuer: Wenn du zu nah dran bist, wird dir heiß, also gehst du zurück. Das Entscheidende ist vielleicht, sich nicht emotional zu binden, möglichst wenig Erwartungen zu haben."

„Leben im Hier und Jetzt. Akzeptieren, was ist und akzeptieren, was nicht ist. Einfach nur mit dem sein, was geht, nicht mehr wollen."

„*Einfach nur* ist leicht gesagt", wendet der *Verstand* ein. Daraufhin fällt ihm ein: „Zurzeit ist sie mit Toni zusammen, das ist allerdings eine ganz andere Situation ..."

„Ich hab's", fällt ihm das *Herz* aufgeregt ins Wort, „sie orientiert sich an den Vorsichtsmaßnahmen, die du vorhin aufgezählt hast. Sobald du zumachst und mich einsperrst, klopfe ich ganz laut an die Tür. Wenn du mich hörst, wirst du wissen, dass es Zeit ist, den Kontakt mit Simon abzubrechen, jedenfalls für eine Weile. Ja, das fühlt sich richtig toll an!" Ich spüre, wie das Herz vor Begeisterung glüht. Ein wundervolles Ende! Ein guter Moment, um den Dialog erstmal zu beenden.

Erschöpft bleibe ich auf dem Herzstuhl sitzen. Ich bin erstaunt über die Dynamik, die aufgekommen ist. Ein Blick auf die Uhr bestätigt meine Befürchtung, Mitternacht ist durch. Zeit, schlafen zu gehen. Ich werde mich ein anderes Mal in Ruhe mit diesem Dialog und dem Fazit beschäftigen. Im Moment fühle ich mich klarer, gestärkt für das morgige Treffen. Im Umgang mit Simon werde ich vielleicht spüren können, wie realistisch die genannten Vorschläge sind.

Als ich wenige Minuten später mit frisch geputzten Zähnen im Bett liege, gehen die Gedanken immer wieder zu dem Dialog zurück. Es gab viele spannende Ansätze, die ich gerne vertiefen möchte. Zum Beispiel, wie das mit dem Verschließen der Tür genau funktionieren soll, denn ich kann nicht glauben, dass das Herz dabei überhaupt keine Handlungsmöglichkeit haben soll. Und wie mag die Aussage des *Herz*ens zu verstehen sein, bedingungslose Liebe müsse durch *Verstand* und Herz gemeinsam erarbeitet werden? Das Fazit des *Verstandes* hat mich allerdings geschockt: *unverbindliche Freundschaft!* Das hört sich hammerhart an, das muss erst einmal verdaut werden. Ich sollte mir die verschiedenen Punkte gleich aufschreiben …

Treffen mit dem Ex

Dienstag, 02.11.2010

Bei diesem Vorsatz ist es geblieben, dabei muss ich eingeschlafen sein. Mist, ich hätte den Dialog mitschneiden sollen, jetzt habe ich keine Zeit, etwas zu notieren. Nachdem ich einmal kräftig durchgeatmet habe, schiebe ich alle Gedanken an mein gestriges Experiment beiseite, darauf vertrauend, dass alle für mich wichtigen Dinge im Gedächtnis bleiben werden. Raus aus den Federn, ab unter die Dusche und durchstarten in den Tag, das ist jetzt die Parole.

Heute ist ein anstrengender Arbeitstag, ich habe viele Besprechungen, sogar die Mittagspause fällt einer Präsentation zum Opfer. Gerade noch rechtzeitig kann ich Simon Bescheid sagen, um unser Treffen eine Stunde zu verschieben. Als es dann endlich so weit ist, habe ich riesigen Hunger und freue mich auf das gemeinsame Essen.

Pünktlich treffe ich am vereinbarten Treffpunkt ein, werde von Simon mit einem ungewohnten Handschlag begrüßt, dabei schauen mich seine blaugrauen Augen begeistert und erwartungsvoll an. Mir ist das nicht geheuer, also versuche ich, ihm einen Dämpfer zu verpassen. Er habe verstanden und akzeptiere vollkommen, dass ich in festen Händen sei, bekomme ich zur Antwort, er freue sich total, mich zu sehen und Zeit mit mir zu verbringen, das sei doch wohl noch erlaubt. Ich kenne ihn gut genug, um zu wissen, dass er sagt, was er wirklich meint. Da er mit der Bestellung auf mich gewartet hat, studieren wir die Speisekarte. Simon erwähnt, die Nudelgerichte seien hier echt empfehlenswert. Beide entscheiden wir uns für eine überbackene Pasta-Pfanne und vorweg – für meinen knurrenden Magen einige Antipasti.

Mir sind die beiden letzten Telefonate nach wie vor sehr genau im Gedächtnis, diese stehen im krassen Gegensatz zu seinen Worten bei der heutigen Begrüßung. Ich muss von ihm wissen, welche Erwartungen er an mich hat. Zuerst plaudern wir eine Weile über Alltagsgeschichten. Nachdem die Getränke gebracht wurden, spreche ich meine Wahrnehmung aus: „Simon, bei unseren Telefonaten habe ich mich sehr über dich gewundert. Dein Verhalten war deutlich anders, als ich dich kenne. Du hast indiskret gebohrt, dabei warst du offensiv, bedrängend. Ich konnte dich nicht abschütteln, du klebtest wie eine Klette an mir." Ich schaue ihm offen in die Augen: „Was war da los mit dir?"

Simon erwidert meinen Blick nur einen kurzen Moment, wendet sich unruhig ab, nippt an seinem Whiskey. „Okay", beginnt er etwas schwerfällig, „das ist mir echt peinlich. Also zuerst mal – sorry, doppeltes Sorry, ich war wirklich nicht ganz ich. Wenn ich dir erzähle, wie es dazu gekommen ist, versprichst du mir, dass du mich nicht auslachst?"

Mit Mühe unterdrücke ich ein Lachen, derart zerknirscht wirkt er urkomisch. „Ich tue mein Bestes. Wenn ich allerdings wegen der Komik lachen muss, dann ist das kein Auslachen!"

„Also – ich habe eine Therapie begonnen. Dem Therapeuten ist ein sehr unterschiedliches Verhalten bei mir aufgefallen. In beruflichen Zusammenhängen kann ich sehr zielgerichtet agieren. In persönlichen, besonders in intimen Beziehungen *reagiere* ich hingegen fast nur …"

„Upps", kann ich mir nicht verkneifen. *Das* hätte ich ihm auch sagen können. Dieses Verhalten war eines der Dinge, die mich tierisch an ihm genervt haben.

„Immer wieder fühle ich mich als Opfer, ohnmächtig, ausgeliefert. Statt für mich einzutreten und aktiv zu werden, warte ich, was von der Frau kommt. Der Therapeut hatte mir die Aufgabe gestellt, ich solle mir ein Beispiel überlegen, wo ich mich so wie beschrieben fühle, und aktives Handeln üben. Ich erzählte ihm von dir, dass du die Beziehung beendet hast, ich mich von dir aber nicht gelöst hätte, darauf wartete, dass du dich melden würdest."

164

Ich halte die Luft an. Simon hatte gewartet? Erstaunt, gleichzeitig beeindruckt von seiner Offenheit, höre ich gespannt zu.

„Dass ich einerseits wartete, andererseits nichts unternahm, wurde mir allerdings erst in jenem Moment bewusst, als ich mit dem Therapeuten darüber sprach. Auch die Traurigkeit über den Verlust habe ich erstmals in dieser Situation spüren können. Genau genommen ist mir die ganze Tragweite – welche Möglichkeiten wir gehabt haben, was wir miteinander geteilt haben, was ich vermasselt habe – zum ersten Mal in der Therapie klar geworden. Das hat mir mächtig zugesetzt." Simon wird unterbrochen, weil die Vorspeise gebracht wird. Als der Kellner wieder weg ist, blicke ich ihn an, warte, damit er zu einem Abschluss kommen kann. „Zurück zu unserem Telefonat, warum ich mich auffallend ungewöhnlich verhalten habe. Motiviert von dem Schmerz über den Verlust und der Aufgabe, ich solle mein Privatleben in die Hand nehmen, aktiv werden, habe ich dich angerufen. Es tut mir aufrichtig leid, dabei übers Ziel hinausgeschossen zu sein. Ich hoffe, du trägst mir das nicht nach." Er schaut mich erwartungsvoll an.

Ich erwidere seinen Blick lächelnd, lege die Hand auf seine und sage beruhigend: „Simon, alles ist gut. Außer einer Sache – ich habe jetzt echt Kohldampf." Wir lachen und wenden uns den leckeren Häppchen zu. Simons Worte haben mich erleichtert. Wer weiß, vielleicht ist der heutige Tag der Beginn einer wundervollen Freundschaft.

„Ehe ich es vergesse", brummelt Simon mit vollem Mund, „ich habe gar keine Zeit für eine Beziehung." Okay, denke ich, ganz der Alte, damit schließt sich der Kreis.

Während des Essens streifen wir die Frage nach dem Nebenjob nur ganz kurz. Ich sage ihm, dass ich keine Zeit habe, aber vor allem kein Abhängigkeitsverhältnis zu ihm eingehen wolle. Dieser Gedanke sei ihm ebenfalls gekommen, schließlich sollten wir vorsichtig miteinander umgehen. Wir vereinbaren, er werde mich anrufen, wenn er eine konkrete Frage habe, bei der ich ihm vielleicht kurzfristig behilflich sein könnte.

Es wird ein total schöner Abend. Wir scherzen und lachen, philosophieren und spekulieren. Mal verfallen wir in eine hitzige Diskussion, bei der mich seine Fähigkeit, ein Thema aus ganz unterschiedlichen Perspektiven zu betrachten, aufs Neue begeistert, dann wiederum blödeln und witzeln wir über Kleinigkeiten. Diesen Wechsel der Ebenen genieße ich besonders, denn früher hat uns diese Leichtigkeit oftmals gefehlt. Obwohl ich gerne mit ihm über Tonis Inkarnationsgeschichte sprechen würde, verkneife ich mir das. Zuerst müssen wir jetzt eine neue Basis aufbauen.

Als die Zeit bereits weit fortgeschritten ist, beginnt Simon, erneut über unsere gemeinsame Vergangenheit zu sprechen: „Bevor wir uns bald verabschieden, ist mir wichtig, ein paar Dinge anzusprechen, vertiefen möchte ich sie lieber ein andermal. Ich lege großen Wert darauf, zuerst wieder in Kontakt zu kommen, voneinander zu erfahren, wo wir gerade stehen im Leben. Nach deinem Freund habe ich absichtlich nicht gefragt, das kann zurzeit kein Thema zwischen uns sein. Vorher sollten wir herausfinden, ob es möglich ist, statt einer Beziehung eine platonische Freundschaft zu haben."

Verwundert schaue ich Simon an: „Jetzt hast du mich erneut total überrascht. Deine Worte hören sich – besonders im Vergleich zu unseren Telefonaten – sehr abgeklärt an."

„Danke für die Lorbeeren, abgeklärt mag ich mich anhören, aber davon bin ich noch weit entfernt. In den letzten Monaten sind mir durch die Therapie die Schuppen von den Augen gefallen. Ich habe dir gegenüber alle Fehler gemacht, die *Mann* nur machen kann. Also Mann groß und mit zwei N geschrieben. Dass unsere Beziehung überhaupt so lange halbwegs funktioniert hat, habe ich deiner Geduld, deiner Toleranz, deiner Liebe zu verdanken." Bei diesen Worten schaut er mir unverwandt in die Augen und ich sehe Wärme, Güte, sogar Liebe, wie niemals zuvor. „Aber mir ist völlig klar, trotz all der neuen Erkenntnisse würde ich es heute nicht viel besser hinkriegen. Bevor ich mich wirklich auf eine Partnerschaft einlassen kann, habe ich viel zu lernen, wird jede Menge Heilung nötig sein. Dies wird in kleinen Schritten erfolgen, deshalb wird die eine oder andere Unsitte von mir unvermeidlich sein. Dir würde ich das auf keinen Fall zumuten wollen." Simon holt tief Luft, lehnt sich zurück. Unsere Augen treffen sich und ich sehe ihn dermaßen verdutzt an, dass ihm ein gereiztes „Was ist?" entfährt.

„Alles ist gut. Ich bin nur ausgesprochen perplex. Bin froh, dass hier keine Mücken sind, sonst hätte ich wohl eine extra Portion Eiweiß zu verdauen", sage ich schmunzelnd. Nun schaut Simon verdattert drein. „War ein Scherz", erkläre ich, „weil ich, seitdem du über dich sprichst, mit offenem Mund dasitze, jedenfalls gefühlt."

„Ich möchte gerne meine Gedanken zu Ende bringen, danach aber bald aufbrechen, es ist schon spät." Ein fragender Blick trifft mich, den ich mit einem Nicken beantworte. „Geholfen hat mir ebenfalls das Buch *Jein*, welches du mir zu unserem letzten Weihnachten geschenkt hast. Da wurde mir mein Muster sehr deutlich vor Augen geführt. Wenn der Abstand groß ist, habe ich Sehnsucht, sobald er hingegen enger wird, haue ich ab. Das auf diese Weise gespiegelt zu bekommen, war richtig unangenehm! In den letzten Monaten ist mir klar geworden, auf wie vielen Ebenen du mir gefehlt hast. Ich genieße die intellektuellen Diskussionen, sie machen einfach irre Spaß und bereichern mich. Über viele Dinge kann ich nur mit dir sprechen, oft zeigst du einen völlig anderen Blickwinkel auf. Wenn ich ein Problem hatte, hast du dich auf eine besondere Art in mich eingefühlt und wir haben zusammen Lösungen entwickelt, die keiner von uns alleine gefunden hätte." Simon sieht mich forschend an.

„Das ist jetzt merkwürdig, diese Worte habe ich über dich, über unsere Gespräche genauso gesagt."

„Genial, dann haben wir sie offensichtlich beide gleich erlebt. Ich kann dir noch mehr aufzählen, was ich an unserem Miteinander geschätzt habe: eine absolute Offenheit und Ehrlichkeit, was eine unglaubliche Klarheit erzeugt; das Vertrauen, die Tiefe unserer Begegnungen, unseren unkomplizierten Spaß, den Körperkontakt, na ja ... und den Sex natürlich auch." Simon holt tief Luft und richtet sich auf. „Aber der ist jetzt out, das haben wir geklärt, trotzdem habe ich ihn sehr genossen." Er kommt ins Stocken, spielt mit seinem leeren Glas. „Obwohl ich durch die Therapie endlich merkte, was ich alles verloren hatte, brauchte ich eine ganze Weile, bis ich meinen Stolz überwinden konnte, um dich anzurufen." Jetzt kann er mir wieder offen in die Augen schauen, offensichtlich froh, diese Hürde genommen zu haben.

„Simon, ich kann dir gar nicht sagen, wie sehr mich deine Offenheit berührt. Da regt sich Dankbarkeit und Groll schwindet. Wer weiß, vielleicht kriegen wir in diesem Leben tatsächlich eine Freundschaft hin, das würde mich ungeheuer freuen."

„Dein Überschwang ist toll, ich bin allerdings skeptisch bezüglich der praktischen Umsetzung der Erkenntnisse. In der Therapie wurde ebenfalls deutlich, wie sehr ich mich im Kontakt mit anderen Menschen verliere. Deshalb habe ich mich immer in den Extremen bewegt – ganz da oder ganz weg – und wahrscheinlich tue ich das immer noch. Immer wieder brauchte ich diesen Abstand, um erneut mit mir in Kontakt zu kommen, um mich zu spüren. In Freundschaften ist dies weniger ausgeprägt. Ob ich in unserem Kontakt, wenn wir keine Liebesbeziehung mehr haben, in Zukunft besser bei mir bleiben kann, wird sich erst noch zeigen. Zwischen uns besteht nun mal eine tiefe Verbundenheit."

„Simon, das lassen wir auf uns zukommen. Danke, einfach nur danke! Ich kann dir gar nicht sagen, wie sehr ich mich über deine Worte, deine Erkenntnisse freue!"

Wir gucken uns in die Augen und ich genieße die starke Vertrautheit, eine fast unendlich tiefe Verbundenheit. Zu meiner großen Freude ist sie ohne jede sexuelle Regung. „Nach deinem merkwürdigen Verhalten am Telefon habe ich niemals mit einer solchen Wende gerechnet. Lass uns bitte den Abend mit diesem schönen Gefühl abschließen."

Simon steht auf, kommt um den Tisch herum, setzt sich neben mich: „Darf ich dich in den Arm nehmen?"

„Wie zwei Igel", antworte ich leise. Wir umarmen einander, und tauchen für einige Momente in tiefen Frieden. Es sind jene magischen Momente, in denen die Zeit stillzustehen scheint. Das ist eine ganz besondere Qualität, die mir wahnsinnig viel bedeutet und die ich ebenso mit Toni erlebe. Simon löst sich, winkt dem Kellner, während er sich auf seinen Platz zurücksetzt.

Als der Kellner kommt, fragt Simon, ob er mich einladen dürfe. Gerne nehme ich dieses Angebot an. Nach dem Verlassen des Lokals gehen wir einige Schritte nebeneinander, bis sich unsere Wege trennen. Voreinander stehend, fassen wir uns an den Händen. Simon ergreift das Wort: „Wir sollten nichts überstürzen, uns beiden Zeit geben, diesen Abend wirken zu lassen. Alles Weitere wird sich finden."

„Ja, das hört sich gut an." Nach einer kurzen Umarmung gehe ich in Richtung Auto.

Telefonterror

Als ich beim Gehen das Handy anschalte, werde ich sofort von Benachrichtigungen überflutet – versuchte Anrufe, Nachrichten auf der Mailbox, jede Menge Textnachrichten. Alle von Toni. Nachdem ich zwei Nachrichten abgehört habe, schalte ich das Gerät kurzerhand aus, das brauche ich jetzt wirklich nicht. Er muss völlig durchgedreht sein, einen Horrorfilm nach dem anderen kreiert haben. Vielleicht hätte ich ihm sagen sollen, dass wir in der Stadt in einem Lokal zum Essen verabredet waren?

Später im Bett spüre ich eine große Erleichterung über den Abend mit Simon. Es fühlt sich an, als habe sich etwas geklärt, gelöst, was bis dahin aus unserer Beziehung offen geblieben war. Bin ich froh, dass Simon sich gemeldet hat! Wie könnte ich eine neue Beziehung eingehen, wenn die alte noch nicht wirklich abgeschlossen ist?

Mittwoch, 03.11.2010

Die weiteren Nachrichten von Toni mute ich mir erst nach dem Frühstück zu. Gerade als ich die letzte Nachricht lese, klingelt das Telefon – Toni. Wenig begeistert nehme ich seinen Anruf entgegen. Statt einer Begrüßung überfällt mich ein Vorwurf nach dem anderen. Kommentarlos lege ich auf, schicke ihm aber kurz darauf eine Nachricht: ‚Vergiss es! Geh mit Deiner Eifersucht zu einem Therapeuten. Wenn der Film zu Ende ist, Du aus deinem Kino draußen bist, dann melde Dich. You are welcome. Sina.‘

Wow, ich bin von mir selbst begeistert! Klare Abgrenzung, ohne die Tür ganz zu schließen. Vielleicht ist mir dies möglich, weil ich mir jetzt in Bezug auf Simon sehr klar bin. Den Abend habe ich genießen können, weil wir wirklich wie alte Freunde miteinander umgegangen sind. Deshalb habe ich keinerlei schlechtes Gewissen, kann Tonis Eifersucht bei ihm lassen.

In der Mittagspause erhalte ich eine Nachricht von Toni, unter diesen Umständen könne er sich nicht mit Adrian und Klaus treffen. Ohne weiteren Kommentar bestätige ich die Absage und sage gleich Adrian und Klaus Bescheid. Wir beschließen, uns ohne Toni einen gemütlichen Abend zu machen.

Früher hätte mich die Situation mit Toni total blockiert, mir wäre die Konzentration bei der Arbeit schwergefallen, hätte ständig überlegt, was ich tun könnte, hätte in Gedanken Gespräche mit ihm geführt oder Nachrichten formuliert, vielleicht sogar die Schuld bei mir gesucht. Heute hingegen kann ich die Angelegenheit bei ihm lassen. Erst wenn er aus diesem Kopfkino ausgestiegen ist, wird eine Unterhaltung möglich sein. Vielleicht kann ein Gespräch die Spannung zwischen uns dann verringern, zur Auflösung der tatsächlichen Ursache kann ich jedoch vermutlich wenig beitragen. Toni hat ein Problem, das nur er überwinden kann. Ich bin nicht bereit, sein inneres Gefängnis zu meinem äußeren Gefängnis zu machen, denn das wäre nur eine Verlagerung, aber keine Lösung. Ich erinnere mich an seine letzte Eifersuchtsattacke auf Gomera, da kam er am nächsten Tag kleinlaut angekrochen, weil ihm bewusst geworden war, dass er mich grundlos angegriffen hatte. Also warte ich ab, wann er dieses Mal wieder zu sich kommen wird. Direkt von der Arbeit fahre ich zu meinem geliebten Chor. Wie immer, ist das Singen unsagbar entspannend, beruhigend und zentrierend für mich.

Später kommen Adrian und Klaus. Zuerst wird zusammen gekocht und gegessen. Den Abschluss bilden ein paar Runden Skat. Die Anrufe von Toni nehme ich nicht entgegen, stattdessen bekommt er eine Nachricht, heute sei keine Sprechstunde mehr, er könne es gerne morgen nach 18 Uhr erneut probieren. Erst absagen, dann aber ständig anrufen, damit kommt er bei mir nicht durch.

Donnerstag, 04.11.2010

Im Büro ist alles entspannt, Toni hat seinen Terror eingestellt, es ist ein angenehmer, ruhiger Tag. Um fünf Minuten nach sechs, ich habe gerade das Abendessen beendet, ruft er erneut an. Betont gut gelaunt und lässig melde ich mich. Toni scheint sich beruhigt zu haben. Wir plaudern zunächst über Belangloses, als wäre nichts Außergewöhnliches vorgefallen. Erst nach einer Weile entschuldigt Toni sich kleinlaut. Es täte ihm leid, er wisse auch nicht, welcher Teufel ihn da geritten habe. Ich höre mir das alles geduldig an, die innere Abwehr löst sich dadurch keineswegs auf. Das Einzige, was mich interessiert, ist, was er zu tun gedenkt, um zukünftig solche Attacken zu vermeiden. Doch er hat keine Antwort auf diese Frage, hat scheinbar keinen Plan, zieht keine Konsequenzen aus seinem Verhalten. Ich sage ihm, dass ich konkrete Vorschläge benötige, und beende das Gespräch. Nachdenklich gehe ich ins Bett.

Lange liege ich wach. Will ich mir das wirklich antun? Diese Eifersucht passt überhaupt nicht in meine Vorstellungen einer Beziehung. Ich brauche das Gefühl von Offenheit und Freiheit, sonst erstickt jede Liebe in mir.

Warteschleife

Freitag, 05.11.2010

Düster, schlecht gelaunt, schwer, in Gedanken verstrickt sitze ich vor einem Becher mit Kaffee. Obwohl heute bereits Freitag ist, haben Toni und ich bisher keine Verabredung für das Wochenende getroffen. Soll ich auf ihn zugehen? Ihm eine Brücke bauen? Wir haben uns die ganz Woche nicht gesehen, soll ich jetzt auch das Wochenende ohne ihn verbringen? Ich beschließe, keine voreilige Entscheidung zu treffen, sondern zuerst zur Arbeit zu fahren, mich auf etwas anderes zu konzentrieren. Auf diese Weise kann ich vielleicht diesen Gedankenstrudel unterbrechen und ich bekomme etwas mehr Klarheit.

Während des Tages kehren meine Gedanken häufiger zu Toni zurück, allerdings kann ich sie jedes Mal rasch beiseiteschieben und die anstehenden Aufgaben mit Freude und Elan erledigen. Auf der Heimfahrt bin ich stolz, dass ich es geschafft habe, mich nicht bei Toni zu melden.

Zurück in meinen vier Wänden beschließe ich, mir etwas richtig Gutes zu gönnen. Im Badezimmer stelle ich mir eine Kerze, köstliche Schokoladenleckereien, eine Duftlampe sowie schöne Musik bereit. Entspannt in der Wanne liegend, der Musik lauschend, ab und zu den Gaumen verwöhnend, kehrt langsam tatsächlich Ruhe und Frieden ein.

Die Sonne scheint freundlich zum Fenster herein, auch in mir ist wieder alles sonnenklar: Ich habe Toni vor zwei Tagen gefragt, was er gegen seine Eifersucht zu tun gedenke. Nun ist er an der Reihe, die Initiative zu ergreifen.

Allerdings kippt die Stimmung schnell, ich hänge in einer Warteschleife fest. Ich kann mich schwer auf etwas anderes konzentrieren, habe an nichts wirklich Freude. Schlau wäre, wenn ich Sport machen, mich verabreden oder sonst etwas Sinnvolles tun würde – aber ich kann mich nicht aufraffen. Wie oft in ähnlichen Momenten meldet sich ausgerechnet jetzt niemand bei mir, und ich versacke.

Mühsam quäle ich mich aus dem Bett, das Wochenende war furchtbar. Würde jemand mich fragen, wie ich meine Zeit verbracht habe, ich könnte es nicht sagen. Weil ich mich schäme, dass ich mich nicht aufraffen konnte, aber auch, weil ich es gar nicht mehr weiß. Das war die Sorte von furchtbaren Tagen, die sich anfühlen, als begänne ich morgens zu warten, dass sie endlich vorbei sind.

Von Toni habe ich seit unserem letzten Telefonat am Donnerstag nichts mehr gehört.

Nach Feierabend liege ich stumpfsinnig auf der Couch, fühle mich entsetzlich.

Jetzt jemanden anrufen oder treffen? Ich kann mich niemandem zumuten, ich würde vermutlich nur rumjammern.

Klaus ruft an – ich gehe nicht dran.

Es kostet mich unglaublich viel Kraft, meinen Job zu machen, nett und zuvorkommend zu sein, zu tun, als wäre alles bestens.

Chor habe ich abgesagt – wie soll ich jetzt fröhlich trällern?

Keine Nachricht, kein Anruf, keine Mail von Toni.

Beate ruft an – ich gehe nicht dran.

So darf das nicht weitergehen mit mir.

Ich gehe früh mit einer Wärmflasche schlafen.

Donnerstag, 11.11.2010

Zeit, dass ich handle – so darf das nicht weitergehen mit mir.

Freitag, 12.11.2010

Der erste Gedanke: Jetzt ist Schluss mit Warten! Kurz entschlossen greife ich zum Handy und tippe: ‚Möchtest Du heute zu mir kommen?‘ Die Antwort lässt nicht lange auf sich warten, er freue sich sehr über diese Einladung, habe er doch befürchtet, ich wolle mich zurückziehen. Allerdings sei der Tag bereits verplant, er könne vermutlich frühestens gegen acht bei mir sein. Ob es recht sei, wenn er mir, sobald er Genaueres wisse, Bescheid gäbe. Nach einem kurzen ‚Okay‘, mache ich mich gut gelaunt auf den Weg zur Arbeit. Durch meinen Kopf rattern die Gedanken. Wie blöd ist das eigentlich? Da kriege ich tagelang nichts auf die Reihe, doch kaum bin ich mit Toni verabredet, bin ich wie ausgewechselt. Ich finde das weder normal noch gesund.

Heute arbeite ich länger als sonst an Freitagen, so kriege ich die Wartezeit, bis Toni kommt, besser rum. Nachmittags überkommt mich Lust zum Laufen, jetzt muss ich mich sputen, um der Dämmerung zu entgehen.

Froh, endlich wieder mal zu joggen, genieße ich die Luft, die Bewegung, die Atmosphäre im Wald. Warum habe ich das die letzten Tage nicht gemacht?

Will ich jetzt hier hocken und warten, bis Toni kommt?, frage ich mich unter der Dusche. Nein, das will ich nicht, gehe stattdessen in die kleine Pizzeria in meiner Straße. Alle Tische sind besetzt, ich steuere auf den leeren Platz am Tresen zu, da entdecke ich eine Nachbarin, die mir zuwinkt. Ich begrüße Lisa und ihren Mann, will mich zum Tresen begeben, aber sie bitten mich zu bleiben. Für solche Möglichkeiten liebe ich dieses kleine Lokal, hier treffe ich oft Menschen aus der Umgebung, ergeben sich unkomplizierte Gespräche. „Hi Sina, lange nicht gesehen. Wie geht es dir?", begrüßt mich Francesco, der Inhaber. Wir wechseln ein paar Worte, er empfiehlt mir, Pasta zu bestellen, dann könnten Lisa, Peter und ich zusammen essen.

Es ist bereits halb acht, als wir aufbrechen und ich feststelle, dass ich das Handy nicht dabeihabe, also gar nicht weiß, wann genau Toni nun kommen will. In dem Moment sehe ich die Antwort wenige Meter vor mir auf der Straße warten. „Tut mir leid, ich hatte mein Handy nicht dabei. Wartest du schon lange?", begrüße ich Toni. Dieser ist sichtlich erleichtert, zuckt mit den Schultern, es seien nur zwanzig Minuten gewesen. *Nur* zwanzig Minuten! Der Mann ist gut, ich wäre verzweifelt in dieser Zeit! „Mist, tut mir wirklich leid."

Die ausgefallene Umarmung holen wir nach dem Betreten der Wohnung nach. Vorsichtig zurückhaltend, bleiben einfach stehen, bis unsere Anspannung nachlässt. Nach einer gefühlten Ewigkeit lösen wir uns voneinander. Ich sehe Tonis feuchte Augen.

Er hält mich auf Armeslänge fest, betrachtet mich: „Ich danke dir. Ich hatte Angst, alles wäre vorbei. Als du vorhin nicht da warst, befürchtete ich, du hättest es dir anders überlegt." Wir schauen uns einen weiteren Moment in die Augen, gehen anschließend ins Wohnzimmer. Etwas ungewohnt und fremd sitzen wir uns ohne Berührung gegenüber, sprechen über belanglose Themen. Zu meiner eigenen Verwunderung ist mir das heute angenehm, oft fand ich mich in solchen Situationen falsch oder sogar verlogen, das Ungeklärte hängt in der Luft und man tut so, als ob nichts wäre. Heute spüre ich, das Unausgesprochene ist zwar da, wir nähern uns jedoch in kleinen Schritten. Auf die Weise, wie es uns möglich ist.

Gehört Eifersucht zur Liebe?

Nach einer Weile fragt Toni, ob ich auch Lust hätte, ein bisschen zu kuscheln. „Oh ja, nichts lieber als das!"

Er kommt zu mir und wir schmiegen uns auf der Couch aneinander. „Sina, es tut mir leid. Meine Eifersuchtsanfälle sind nicht in Ordnung. Ich greife dich an, ohne zu wissen, ob es dafür überhaupt einen Grund gibt." Ich erwidere nichts, denn offensichtlich sucht er nach Worten, versinkt allerdings trotzdem in Schweigen.

„Toni …", beginne ich vorsichtig.

Er aber legt seinen Finger auf meinen Mund: „Psst, du brauchst nichts zu sagen. Die ganze Woche wollte ich mich melden; da ich Angst vor einer Abfuhr hatte, habe ich auf ein Zeichen von dir gewartet."

„Das habe ich genauso", platze ich heraus.

Mein Gesicht studierend, schaut Toni mich lange an, versucht, in meinen Augen zu lesen. „Ich möchte im Moment noch nichts über Simon hören. Nur um eines bitte ich dich: Sagst du mir, wenn sich zwischen uns etwas ändert?"

Mit Überraschung und Freude betrachte ich ihn. Was für eine Wende! „Wow", rutscht mir von den Lippen, „das ist aber eine gewaltige Veränderung! Anstatt hier HB-Männchen zu spielen, bleibst du ruhig, hast den Blick auf uns gerichtet." Gar nicht über Simon zu sprechen, finde ich keine Dauerlösung, für eine Weile jedoch kann auch dieses Thema im Kästchen *Später* bleiben. Ich berichte Toni, dass seine Szenen bei mir immer wieder zu einem inneren Rückzug geführt haben, dass – wie er selbst bemerkt habe – Eifersucht nicht in mein Lebenskonzept passe. Dann gebe ich mir einen Ruck, spreche die für mich entscheidende Frage erneut aus: „Was willst du tun, um deine Eifersucht aufzulösen?"

Jetzt ist die Überraschung auf Tonis Seite: „Du glaubst, das ist möglich?"

„Ja", bestätige ich, „da bin ich mir sogar sehr sicher, vorausgesetzt, du willst dich wirklich verändern. Es würde ein längerer, tief greifender Prozess werden, denn die Gründe für dein Verhalten sind in deiner Persönlichkeit verankert, dafür bräuchtest du professionelle Unterstützung." Männer und Therapie scheinen oft ein Widerspruch zu sein, ich bin gespannt auf seine Reaktion.

„Du hast mich letzten Donnerstag bereits gefragt, ich wusste darauf keine Antwort. Ich habe die ganze Woche nach Lösungen gesucht, dabei ebenfalls eine Therapie in Betracht gezogen. Allerdings bezweifelte ich, mein Verhalten schnell genug ändern zu können, befürchtete, dass du längst über alle Berge wärst, bis sich tatsächlich ein Erfolg abzeichnen könnte."

„Upps, das habe ich nun gar nicht erwartet. Du kannst dir wirklich vorstellen, eine Therapie zu machen?", frage ich verwundert nach.

Tonis Blick zeigt deutlich, dass er mehr von mir erwartet hat. „Hältst du mich für einen Überflieger, Macho oder dummköpfigen Schwarz-Weiß-Denker? Nachdem ich aus dem Koma erwacht war und nicht in ein normales Leben zurückfand, hatte ich auch therapeutische Begleitung. Damals standen andere Themen im Vordergrund, aber das spielt keine Rolle, relevant ist: Ich brauchte Hilfe, also nahm ich sie mir." Wir schweigen beide einen Moment. Dabei ertappt worden zu sein, in welche Schublade ich ihn vorschnell gepackt habe, ist mir unangenehm. Toni spricht, in Gedanken versunken, mehr zu sich als zu mir: „Ja, ich möchte etwas für uns tun." Er blickt auf, mir direkt in die Augen und fährt fort: „Es kann nicht angehen, dass ich dich immer zur Zielscheibe meines Misstrauens mache. Du musst ausbaden, wofür du überhaupt nichts kannst. Hast du einen heißen Tipp für mich? Ich würde gerne einen Therapeuten aufsuchen, für den ich eine Empfehlung habe, über den ich vorher bereits etwas weiß."

„Willst du zu einem Mann oder ist dir das egal?"

„Lieber zu einem Mann, ich kann mir allerdings auch eine Frau vorstellen."

„Ich könnte meinen Therapeuten fragen, ob er ein oder zwei Gespräche mit dir führen würde, um dir danach eine Empfehlung zu geben; bei ihm selbst könntest du nicht anfangen, da er grundsätzlich keine Personen nimmt, die einem Klienten nahestehen." Laut spreche ich meine Überlegungen aus: „Egal – ob Empfehlung oder nicht, du wirst nicht umhinkommen, verschiedene Erstgespräche zu führen. Denn letztlich muss der Therapeut zu dir passen, das kannst nur du selbst fühlen. Trotzdem werde ich überlegen, wen ich auf eigene Erfahrungen ansprechen könnte."

Toni bedankt sich für diese Ideen. „Super, das sind schon mal etliche Ansätze. Da ich privat versichert bin, erweitert sich der Kreis der infrage kommenden Therapeuten, da sollte sich schon ein passender finden lassen. Ich werde sehen, wen ich im Telefonbuch oder im Netz finden kann. Wenn du dich zusätzlich umhören könntest – das wäre total lieb."

Meine Gedanken sind bei „privat versichert" hängen geblieben. Also entweder verdient er gutes Geld oder er ist selbstständig. Entgegen diesem nicht erklärbaren Widerstand will ich jetzt endlich erfahren, was er beruflich macht.

„Bei mir regt sich der Hunger, wollen wir etwas bestellen?", kommt Toni mir zuvor. Ich zögere – und lasse dieses Vorhaben wieder einmal fallen.

„Ich habe vorhin schon gegessen, lass uns lieber ein paar Schritte zu Fuß gehen und bei *Paolo* einkehren. Dort können wir gemütlich sitzen und ich nur etwas trinken."

„Oh ja, eine Runde an der frischen Luft ist eine super Idee."

Nach einem kleinen Spaziergang kehren wir in eines meiner Lieblingslokale ein. Bei einem Glas Wein, einem kleinen beleuchteten Springbrunnen inmitten des Lokals sowie Klaviermusik live fühle ich mich Toni genauso nahe wie im Urlaub auf Gomera

Samstag, 13.11.2010

Beim Frühstück greift Toni das Thema Eifersucht erneut auf: „Früher glaubte ich, Eifersucht gehöre zur Liebe; jetzt, im Kontakt mit dir, fühlt sich das irgendwie falsch an. Allerdings weiß ich nicht, was sich verändert hat. Auf Gomera hast du Ansichten geäußert, die für mich wie das rote Tuch für den Stier gewesen sind, genau so bin ich darauf losgegangen. Heute habe ich keine Ahnung mehr, was du eigentlich gesagt hast." Er schaut mich eine Weile forschend an, scheint auf eine Reaktion zu warten.

Ich bin mir nicht sicher, ob ich mich auf dieses Thema einlassen will. Hat er genug Distanz, um mit halbwegs klarem Kopf ein vernünftiges Gespräch führen zu können? Sollte er sich nicht lieber erst einmal um seine Therapie kümmern? Ein tiefer Seufzer macht der Enge in meiner Brust Platz. Ich schaue Toni fragend in die Augen: „Bist du sicher, dass wir nicht gleich den nächsten Streit vom Zaun brechen?"

Bedächtig nickt er: „Es ist an der Zeit, uns offen über dieses Thema auszutauschen. Ich möchte deine Position kennen und verstehen; einfach die Augen davor zu verschließen ist keine Lösung."

Trotz aller Zweifel fasse ich mir ein Herz. „Du hast vorhin von dieser gängigen Meinung gesprochen, Eifersucht gehöre zur Liebe …", ich unterbreche mich. „Wollen wir uns nicht lieber hinlegen? Wenn ich dich spüren kann, fallen mir schwierige Themen leichter."

Toni zögert einen Moment: „Ich bin mir nicht sicher, ob das für mich stimmt; ich kann mir nicht vorstellen, eine derart kritische

Problematik beim Kuscheln zu besprechen, doch ich bin bereit, es zu versuchen." Damit nimmt er mich an der Hand und zieht mich auf die Couch.

Nachdem ich eine Weile seine Nähe genossen habe, versuche ich, den Faden erneut aufzunehmen. „Ich weiß gar nicht, wo ich anfangen soll."

„Eifersucht gehört zur Liebe", gibt Toni mir das Stichwort.

„Oder eben gerade nicht", fange ich den Ball auf: „Eifersucht entwickelt sich meines Erachtens aus Besitzansprüchen, Verlustängsten, mangelndem Selbstwertgefühl, Unsicherheit. Als wichtigsten Aspekt bei alledem sehe ich das Gefühl eines Mangels oder die Angst, ein Mangel könnte entstehen. Mit Liebe hat Eifersucht jedenfalls nichts, rein gar nichts zu tun!" Ich warte einen Moment; als Toni jedoch nicht reagiert, fahre ich fort: *Liebe ist ein Kind der Freiheit.* Hast du von diesem Buch schon mal gehört?" Toni schüttelt stumm den Kopf. Er weicht meinem Blick aus, wirkt angespannt, nachdenklich. „Hey", ich kuschele mich an ihn, hoffend, dass er sich auf diese Weise besser entspannen kann. Er bleibt dessen ungeachtet steif, unnahbar. „Was befürchtest du?", frage ich ihn leise.

Eine gefühlte Ewigkeit später stößt Toni einen tiefen Seufzer aus, sucht nach Worten. Erst nach mehreren Anläufen höre ich leise: „Ich weiß es nicht." Ich warte, mehr kommt dennoch nicht aus ihm heraus. Er geht mir langsam auf die Nerven, gereizt setze ich mich auf, frage, ob er darüber reden wolle oder nicht. Sein gequälter Blick trifft mich, bläst den Verdruss wie ein welkes Blatt im Wind hinfort. Ihm in die Augen schauend lege ich mich hin, frage vorsichtig: „Hast du möglicherweise Angst, derartig unterschiedliche Einstellungen könnten sich herauskristallisieren, dass wir sie nicht vereinbaren können?"

Eine leichte Röte durchzieht sein Gesicht. „Ja, ich glaube, so in etwa."

„Geht mir, ehrlich gesagt, ähnlich. Doch nun mal Butter bei die Fische! Ich finde, wir sollten das Paket öffnen. Lieber jetzt eine unangenehme Überraschung als …", ich stocke, „… als wenn es zu spät ist." Ich spüre deutlich, dieser Satz verwirrt mich, denn gleichzeitig wird mir klar: Es ist bereits zu spät! Bei diesem Gedanken wird mein Körper von einer heißen Flutwelle überrollt und ich schließe die Augen. Tief in die Empfindung des Körpers eintauchend kann ich spüren, wie sehr ich mich in diesen wenigen Wochen bereits auf Toni eingelassen habe.

Da dringen einzelne Worte in mein Ohr: „Wo bist du denn jetzt?", die erst nach einer Weile einen Sinn ergeben und mich schließlich an die Oberfläche zurückholen. Tonis Blick sucht die Antwort auf seine unbeantwortete Frage in meinem Gesicht.

„Sorry, ich bin abgeschweift. Das Thema ist heikel."

„Wollen wir unser Gespräch verschieben?"

„Nein!", entfährt mir schnell und heftig. „Upps, das kam aber aus einer großen Tiefe. Weißt du, auf Gomera habe ich in Gedanken ein Kästchen mit der Aufschrift *Später* angeschafft. Letztens quoll es über, ließ sich kaum noch schließen. Jetzt muss endlich was heraus, egal, wie schwer uns das fällt."

Leicht erschöpft lege ich den Kopf auf Tonis Arm. Doch dann, um dem Gespräch eine Wende zu geben, setze ich mich auf. „Ich versuch's lieber im Sitzen, heute geht das im Liegen irgendwie gar nicht."

Auch Toni verändert seine Haltung, positioniert sich im Schneidersitz direkt mir gegenüber. Wird es uns jetzt gelingen, das Gespräch in die gewünschte Richtung zu lenken? Wieder einmal bestätigt sich mir, wie wichtig die passende Nähe ist und es keine Allgemeingültigkeit gibt. In jeder Situation muss der für beide passende Abstand neu ermittelt werden. Mit Simon hatte ich schwierige Gespräche oft eng zusammengekuschelt geführt und die Nähe dabei sehr genossen. Energisch unterbreche ich diese Gedanken, mich zurechtweisend, sinnfreie Vergleiche zu unterlassen.

Liebe, die alles umfasst

„Du hast vorhin das Buch *Liebe ist ein Kind der Freiheit* angesprochen. Dieses Buch sagt mir allerdings nichts", versucht Toni einen neuen Einstieg.

„Um ehrlich zu sein, ich kann mich gar nicht mehr so genau an den Inhalt erinnern, aber mir gefällt die Aussage des Buchtitels. Wer wirklich liebt, will den anderen nicht in einen Käfig sperren. Das heißt natürlich nicht zwangsläufig, dass man *Juchhu!* schreit, wenn der Andere sich verliebt." Abrupt beende ich den Satz, Erinnerungen überfallen mich. „Willst du eine eigene Erfahrung hören, die ich diesbezüglich mit Simon gemacht habe?"

Toni zögert, er sei sich nicht sicher, stimmt aber nach einer Weile mit der Einschränkung zu, er werde mich unterbrechen, wenn es ihm zu viel werde.

„Eines Tages rief Simon nicht wie vereinbart an. Ich hatte bereits mehrere Stunden auf seinen Anruf gewartet, meine Nachrichten auf seinem Anrufbeantworter waren unbeantwortet geblieben. Schließlich hatte ich ihn endlich an der Strippe, doch er war abweisend, kalt, kurz angebunden. Er sei im Stress, hörte ich auf Nachfragen. Ich bohrte weiter, was ihn denn stresse. Gerade räume er seine Küche auf und er wolle noch dieses und er wolle noch jenes. Völlig ungläubig wollte ich wissen, worin denn dabei der Stress bestünde.

Mein Gefühl, dass da irgendetwas nicht stimmte, bestätigte sich prompt, denn im weiteren Verlauf kam heraus, was wirklich passiert war. Am Vorabend war er einer Frau begegnet, die eine unwiderstehliche Anziehungskraft auf ihn ausübte. Er wollte dem aber nicht nachgeben, war stattdessen den ganzen Tag im Kampf mit sich selbst, wie er dieses Gefühl loswerden könne, habe sich nicht in der Lage gefühlt, Kontakt mit mir aufzunehmen. Er wolle gleich etwas meditieren und war einverstanden, dass ich später vorbeikommen würde. Mir war wichtig, mit ihm in Kontakt zu sein und ihn spüren zu können."

Beim Sprechen habe ich Toni die ganze Zeit in die Augen gesehen, immerhin spreche ich über eine recht intime Angelegenheit. Offensichtlich ist ihm nicht wohl in seiner Haut, dennoch beantwortet er meinen fragenden Blick mit einem Kopfnicken. „Du willst sicherlich wissen, wie ich mich dabei gefühlt habe?" Erneut ernte ich ein stummes Nicken. „Meine Reaktion hat mich selbst völlig überrascht, ich war nämlich überhaupt nicht eifersüchtig. Bereits am Telefon konnte ich Simon unglaublich intensiv wahrnehmen. Ich spürte seine Verwirrung, spürte die starke sexuelle Erregung, spürte seinen inneren Kampf, selbst den Drang nach dieser Frau konnte ich körperlich spüren. Wenn ich jetzt sage, er tat mir leid, hört sich das wahrscheinlich ziemlich bescheuert an, aber so ähnlich war das. Was da in ihm passierte, hatte nichts mit mir, ebenso wenig wirklich etwas mit ihm zu tun. Da war eine unbändige Kraft, die mächtiger war als er. Ich will da nicht tiefer in Details gehen, weil ich die Intimsphäre von Simon wahren möchte. Deshalb nur so viel: Mir war wichtig, dass er dieser Kraft nachgab, dass er seine Sexualität auslebte und damit einen Heilungsprozess ermöglichte."

Toni scheint hin- und hergerissen zu sein. Ich habe eine Vermutung, in welcher Ambivalenz er sich jetzt befindet. Ich spreche die Seite an, die nicht mit Eifersucht beladen ist: „Du bist ein Mann und kannst ihn sicher viel besser verstehen, als ich das je könnte." Toni nickt bedächtig, schweigt aber weiterhin. „Vermutlich wünscht sich jeder Mann eine solche Reaktion seiner Liebsten." Nach diesen Worten verstumme ich, will ihn nicht bedrängen.

Toni braucht eine ganze Weile, bis er mühsam anfängt nach Worten zu suchen: „Hört sich zwar faszinierend an, aber … ich weiß nicht … irgendwie auch erschreckend. Also, ich sag mal so, das ist eine Liga, da kann ich nicht mithalten. Ich würde wahnsinnig werden, würde dich ein anderer Mann derartig reizen … ja, du hast recht. Was kann es Schöneres für einen Mann geben, als eine Frau, die in einer solchen Situation mit liebendem Verständnis reagiert?" Toni hält inne, scheint erst jetzt zu begreifen, was er gerade gesagt hat. „Liebendes Verständnis", wiederholt er, lässt die Wörter einzeln auf der Zunge zergehen, scheint dabei die gleiche Wirkung zu spüren wie ich. Er schaut mich überrascht an: „Das ist ja echt verrückt! Ich kann Liebe und überdies etwas anderes spüren, wofür ich gar keine Worte finde."

„Vielleicht kannst du deine Empfindung beschreiben?"

Toni sucht nach Worten: „Hm … hell, weit … Jetzt hab ich ein Bild. Wenn die Wolken am Himmel weiterziehen und plötzlich helles Sonnenlicht erstrahlt, wird einem oft erst bewusst, dass es vorher dunkler gewesen ist. Plötzlich war etwas weg, von dem ich vorher gar nicht gespürt hatte, dass es da gewesen ist. Verstehst du, was ich sagen will?"

„Ja, ich kenne das. Hattest du den Eindruck, die Tür deines Herzens sei aufgegangen?" Toni nickt, sein Gesicht wird starr, sein Blick verdunkelt sich.

Bevor er sich in etwas hineinsteigert, schreite ich ein. „Für mich ist das die universelle Liebe. Nicht die Liebe, die wir für einen anderen Menschen empfinden, sondern die Liebe Gottes. Die Liebe, die immer da ist und für die wir nur unser Herz zu öffnen brauchen. Sobald ich damals ohne Eifersucht, ohne Angst seine Bedürfnisse fühlen und annehmen konnte, wurde mein Herz groß, weit, leicht. Die Liebe ging weit über den Mann hinaus, der sie ausgelöst hatte. Das war für mich eine neue, außergewöhnliche Erfahrung." Nun ist's genug aus dem Intimleben des Vorgängers, ich möchte das Thema von Simon weg bringen.

Toni hingegen will jetzt alles ganz genau wissen: „Wie ist es weitergegangen? Bist du zu keinem Zeitpunkt eifersüchtig geworden?" Ich habe Bedenken, jetzt mag ihn vielleicht die Neugier gepackt haben, aber morgen könnte daraus ein Katzenjammer, das nächste Eifersuchtsdrama erwachsen.

Trotzdem möchte ich seine Frage beantworten, schließlich habe ich damit angefangen. „Die Angelegenheit wurde leider trotzdem etwas komplizierter, weil Simon glaubte, er müsse sich entscheiden. Er könne nicht gleichzeitig mit zwei Frauen zusammen sein, wenn beide davon wüssten. In seiner Vergangenheit gab es ähnliche Konstellationen, allerdings in Form des üblichen Geliebten-Versteckspieles. Für mich war seine Haltung völlig unverständlich, so als wolle er sich zwischen Essen und Trinken entscheiden. Mit jeder von uns lebte er andere Anteile von sich aus, er führte zwei völlig unterschiedliche Beziehungen, ich sah keinen Grund für eine Entscheidung." Jetzt geht mir das doch zu sehr in den Bereich von Simon, der Toni wirklich nichts angeht. Zeit, zu einem Ende zu kommen. „Weil er mit der Situation nicht klarkam, hat er Mist gebaut, was ich nicht vertiefen möchte; auch Simon hat ein Anrecht auf seine Intimsphäre."

Toni schaut mich prüfend an. Offensichtlich passt die Vorstellung, dass es scheinbar zu den üblichen Komplikationen und Verletzungen gekommen ist, viel besser in sein Weltbild. Entgegen meines Wunsches bohrt er weiter: „Das ist doch schmerzhaft, wenn der Partner mit einer anderen …"

„Nein, es war nicht schmerzhaft für mich, dass er Sex mit einer anderen Frau hatte." Allerdings kann ich mir eine kleine Bemerkung nicht verkneifen: „Ganz im Gegenteil, so etwas kann bereichernde Impulse geben." Befürchtend, dass ich zu weit gegangen sein könnte, setze ich schnell hinzu: „Was mich letztlich verletzte, war sein Verhalten mir gegenüber. Aber damit möchte ich diese Geschichte nun wirklich abschließen. Ist das möglich?"

Toni wirkt unschlüssig, stimmt nach kurzem Zögern zu. „Ja, von mir aus, aber ich kann nicht ausschließen, dass ich das erneut anschneide, weil mich brennend interessiert, was da in dir abgegangen ist. Hast du nicht Angst gehabt, sie könnte besser sein als du?"

Leicht gereizt entgegne ich: „Hm, das war jetzt zuerst ein Ja, was aber zum Ende des Satzes zu einem Nein wurde."

„Oh, sorry, stimmt. Kannst du mir diese letzte Frage trotzdem beantworten?"

Mir ist das recht, solange Toni keinen Koller kriegt, weil ich über Sex mit einem anderen spreche – auch wenn es sich um die (mehr oder weniger) abgeschlossene Vergangenheit handelt. „Über meinen Anteil dabei kann ich gerne sprechen. Die Kurzfassung ist: Nein, ich habe mich nicht verglichen; nein, ich hatte keine Angst, Simon zu verlieren. Ich habe keine Ahnung, warum nicht. Am Anfang haben Simon und ich sehr offen über alles gesprochen, ich wusste einige Details über das Sexualleben mit seiner Geliebten, warum ich mir das zugemutet habe, weiß ich heute nicht mehr. Das Gefährliche dabei ist nämlich, je mehr man weiß, desto mehr Bilder können entstehen, die einem nicht mehr aus dem Kopf gehen. Zu meiner eigenen Verblüffung hat es mich nicht belastet oder in irgendeiner Weise getriggert."

In diesem Moment wird mir klar, warum ich ohne Eifersucht reagieren konnte. Ich will die Gelegenheit nutzen, ein paar grundsätzliche Worte über die Beziehung mit Simon zu sagen. „Du wolltest vorhin nichts über Simon und mich hören. Nun hast du ungeachtet dessen reichlich viel über die Vergangenheit mit ihm erfahren. Ich möchte dir gerne etwas Grundsätzliches zu Simon sagen, damit du weißt, was uns heute noch verbindet, wenn das den Bogen jetzt nicht überspannt." A propos Spannung, jetzt ist mir nach Entspannung, ich strecke mich der Länge nach aus, vergrabe den Kopf zwischen meinen Armen. Geduldig warte ich, bis Toni Klarheit über seine Bedürfnisse gewonnen hat.

Vorsichtig berührt Toni mich an der Schulter, mit leichter Anspannung in seiner Stimme vernehme ich: „Ja, sage, was du für wichtig hältst. Das war jetzt zwar bereits grenzwertig für mich, gleichzeitig empfand ich es allerdings als extrem hilfreich, diese offene, weite Liebe zu spüren. Ich hatte eine eher theoretische oder sogar hitzige Diskussion über Eifersucht erwartet; mich in eine tatsächlich geschehene Situation einzufühlen, dabei sogar beide Seiten verstehen zu können, das hat mich jetzt wirklich überrascht. Puh, das war echt anstrengend, ich glaube, bald ist es genug."

Mit diesen Worten legt er sich neben mich. Ich kann spüren, wie er sich entspannt. Erleichtert, ihn zu fühlen, die körperliche Ebene mit in das Gespräch einzubeziehen, habe ich den Mut, auszusprechen, was mich aktuell noch mit Simon verbindet.

„Soeben wurde mir bewusst, warum ich damals möglicherweise keine Eifersucht verspürt habe. Trotz alledem, was nicht gestimmt hat, gab Simon mir ein Gefühl der Sicherheit, auf einer ganz tiefen Ebene." Ich muss kurz innehalten, weil mir die Absurdität eines Gedankens bewusst wird. „Gerade wollte ich dich fragen, ob du an Reinkarnation glaubst, aber das ist wohl überflüssig. Ich weiß, dass Simon und ich in mindestens drei vergangenen Leben ebenfalls in einer Partnerschaft gelebt haben. Vielleicht ist das der Grund, warum zwischen uns eine Verbindung besteht, die über den normalen engen Rahmen von Beziehung hinausgeht. Obwohl sich das total verrückt anhört: Mein Vertrauen zu Simon hat, auf einer gewissen Ebene, nie aufgehört, trotz allem, was passiert ist– auch unabhängig davon, dass die Partnerschaft endgültig beendet ist. Vielleicht kommt dieses Verbundenheitsgefühl dem zwischen einem Bruder und einer Schwester gleich, etwas, was bleibt, egal was passiert. Deshalb ist deine Eifersucht völlig überflüssig.

Die Beziehung habe ich beendet, weil die negativen Dinge überwogen. Um dem, was mir nicht gutgetan hat, ein Ende zu setzen, um mich zu schützen. Wir hatten neun Monate gar keinen Kontakt, in den letzten vier Wochen haben wir zweimal telefoniert, sind einmal miteinander essen gegangen. Zugegeben, als er sich meldete, war da noch etwas Ungeklärtes, doch inzwischen ist eine Beziehung mit Simon unvorstellbar. Ich kann diese Verbindung nicht wirklich erklären; also leg bitte nicht jedes Wort auf die Goldwaage. Wichtig ist mir, dass du eine Idee davon bekommst."

Toni erwidert meinen fragenden Blick mit einem Kopfnicken. Erst nach einem langen Moment des Schweigens erhalte ich seine zögernde Antwort. „Wenn ich ehrlich bin, spüre ich vor allem, dass du ihn – ich scheue mich, es auszusprechen – dass du ihn nach wie vor liebst." Er versucht in meinen Augen zu lesen, scheint jedoch nicht zu finden, wonach er sucht. „Dies erschreckt mich, macht mir Angst. Und es ist mir unheimlich, dass ich im Moment nicht eifersüchtig bin; das verstehe ich überhaupt nicht. Vielleicht weil es darüber hinaus etwas gibt, was in die Richtung geht, die du eben versucht hast zu beschreiben. Eine Verbindung, die nichts mit Beziehung, Liebe, Sexualität zu tun hat, sondern die einfach da ist, unabhängig davon, was passiert oder nicht passiert, die sogar dann zu bestehen scheint, wenn überhaupt kein Kontakt vorhanden ist."

„Ja, das hast du sehr passend beschrieben." Ich bin erleichtert, Toni kann deutlich besser damit umgehen, als ich erwartet hatte. Zu dem eigentlichen, uns betreffenden Thema sind wir bis jetzt allerdings nicht vorgedrungen. Die entscheidende Frage wird sein, welche Definition von Treue legen wir unserer Beziehung zugrunde? Welche Vereinbarungen werden wir treffen? Werden wir monogam oder polyamor leben? Erneut spüre ich Angst: Zwischen uns sind grundsätzliche Fragen ungeklärt und trotzdem habe ich mich bereits viel zu sehr auf ihn eingelassen.

„Draußen scheint die Sonne", unterbricht Tonis Stimme meinen Gedankenstrom. „Lass uns bitte rausgehen. Wir könnten auf den Markt gehen, frisches Gemüse kaufen und hinterher zusammen kochen." Nach einem Blick auf die Uhr fügt er an: „Ist wohl schon zu spät für den Markt, oder?" Völlig verblüfft antworte ich, wenn wir gleich losgingen, könnte es noch reichen. Woher weiß er, dass und wie lange samstags Markt ist? Ich schüttle ein Gefühl der Beklommenheit ab, stimme Tonis Idee zu.

Auf dem Weg zum Einkaufen frage ich ihn, woher er von dem Markt wisse. Er antwortet, seitdem er mich kenne, habe er immer wieder mal in der Tageszeitung die regionalen Beiträge und Anzeigen über Langen gelesen. Ich höre seine Worte, aber dieses komische Gefühl, das ich im Kontakt mit ihm mittlerweile gut kenne, verschwindet nicht. Es ist meine *Innere Stimme*, die mir mitteilen will, dass da etwas faul ist oder sich hinter der genannten Begründung etwas verbirgt, was sich meiner Kenntnis entzieht.

Später möchte ich wissen, ob wir den Termin mit Adrian bald nachholen können, Adrian habe mich schon gefragt. Toni wirkt auch dieses Mal wenig begeistert, stimmt aber trotzdem erneut zu, schaut in seinen Terminkalender, schlägt das Wochenende in 14 Tagen vor. Entweder Samstag oder Sonntag, er würde sich nach uns richten.

Während des Kochens erhält Toni eine Nachricht auf seinem Smartphone, zieht sich kurz ins Wohnzimmer zurück. Ich bin verwundert, warum ist er so geheimnisvoll? Sichtlich nervös betritt er wenige Minuten später wieder die Küche. „Ich habe ein Problem, ich muss sofort los, ich kann nicht mit dir essen."

„Was ist passiert?" Toni sieht mich kurz an, weicht meinem Blick aus.

„Das war der Mieter vom Anbau, durch den Sturm letzte Nacht liegen mehrere schwere Äste auf dem Dach, etliche Zie-

gel sind heruntergefallen. Er kann nicht abschätzen, ob es rein-
regnen kann. Ich muss mir das ansehen, notfalls versuchen,
heute noch einen Dachdecker zu erreichen." Er nimmt mich
kurz in den Arm, küsst mich auf die Wange und weg ist er.

Verdattert sitze ich in der Küche. Ich fühle mich, als sei hier gerade ein Wirbelsturm durchgefegt. Erst das komische Gefühl,
als er vom Markt sprach, und jetzt diese Geschichte. Nein, nicht
die Geschichte an sich ist eigenartig, sondern Tonis Verhalten,
dass er mir dermaßen ausgewichen ist.

Quälende Gedanken

Toni meldet sich nicht, ich warte, plage mich durch den Tag. Warum sagt er nicht, was los ist mit seinem Dach? Er hätte den Schaden beheben und anschließend wiederkommen können.

Seit Tonis letztem Besuch spüre ich ein Grummeln in der Magengegend, das mich auch heute den ganzen Tag begleitet. Offensichtlich ist es nicht körperlicher Natur, sondern etwas in mir scheint zu arbeiten, etwas nagt an mir. Mit Simon habe ich seit unserem Treffen keinen Kontakt mehr gehabt, jetzt möchte ich gerne mit ihm sprechen, vielleicht kann er mir helfen, diesem Gefühl auf die Schliche zu kommen. Nach diesem wunderschönen, unkomplizierten Abend sowie der klaren Definition unseres Kontaktes kann ich mir sehr gut vorstellen, mit ihm über persönliche Themen zu sprechen. Ich greife zum Telefon. Zu meiner Überraschung hebt Simon sofort ab, meldet sich mit dem vertrauten Ritual: „Na? …!"

„Na? …!" Ich muss laut lachen: „Wow, beeindruckend. Wir sind ein echt eingespieltes Team."

„Wir haben schließlich lange dafür geübt."

„Geübt? Wir haben nicht geübt! Von Anfang an war zwischen uns eine unglaubliche Verbundenheit", protestiere ich empört.

„Dies habe ich genauso empfunden. Ich sprach jedoch nicht von diesem Leben, sondern von unseren Vorleben."

„Wie viel Zeit hast du gerade? Ich würde gerne mit dir über ein wichtiges Thema sprechen. Also das heißt, wenn es für dich okay ist, dass ich über die Beziehung zu Toni spreche."

„Du hast einen sehr günstigen Moment erwischt. Ich habe gerade Feierabend gemacht, mich aber bisher noch nicht entschieden, wie ich den Abend verbringen möchte. Gehe ich richtig in der Annahme, Toni ist dein neuer Freund, mit dem du gerade in Urlaub gewesen bist?

„Ja genau.“

„Über ihn möchtest du mit mir sprechen ... hm ... lass mich bitte einen Moment reinspüren.“ Geduldig und neugierig warte ich. „Ja, ich glaube, wir sind so weit. Allerdings überlege ich jetzt, ob ich Lust auf ein längeres Telefonat habe oder ob wir uns beide ins Auto setzen und im *Break Down* treffen. Was meinst du?“ Bei dem Namen *Break Down* zucke ich zusammen, passt ja wunderbar zum Thema!

„Gute Idee, allerdings möchte ich nicht riskieren, Toni zu treffen. Hast du Hunger? Willst du was essen?“

„Ja, ich sollte heute noch was zu mir nehmen. Du willst deinen neuen Freund nicht treffen, ist es schon wieder aus?“

„Nein, das nicht, Toni ist wahnsinnig eifersüchtig, also muss ich dich nicht unbedingt vor seinen Augen treffen.“

„Du mit einem eifersüchtigen Mann? Das kann ich mir gar nicht vorstellen! Du machst mich neugierig, davon höre ich gerne mehr. Jetzt zu unserem Treffen: Was hältst du von dem Lokal, wo wir das letzte Mal gewesen sind?“

„Ich habe vorhin begonnen einen Auflauf zu machen, wenn ich mich jetzt ranhalte, ist er fertig, bis du hier bist.“

„Super. Ich liebe deine Aufläufe, ich leg schnell auf. Tschüss bis gleich.“

„Gute Fahrt, ciao, bis gleich.“

Die restlichen Handgriffe sind rasch erledigt, der Auflauf im Ofen, ein Milchkaffe aufgesetzt. Als ich dann mit einer großen Tasse im geliebten Schaukelstuhl sitze, spüre ich eine Unruhe. Bin ich bereits auf der sicheren Seite oder gehe ich ein Risiko ein, wenn Simon zu mir kommt? Diese Unruhe gibt mir die eindeutige Antwort: Es *ist* ein Risiko. Selbst wenn es bei unserem letzten Treffen keinerlei erotische Spannung gab, ist das keine Garantie dafür, dass dies so bleiben wird. Während ich den Schaum aus der Tasse löffle, erinnere ich mich an die Vorschläge am Ende des Dialogs zwischen Herz und Verstand. ‚Ich werde auf der Hut sein!', beruhige ich mich. In dem Moment, als die Eieruhr das Ende der Garzeit meldet, läutet es an der Tür. „Perfekt", begrüße ich Simon, „gerade ist der Auflauf fertig."

Er schaut mich fragend an: „Darf ich dich in den Arm nehmen oder lieber nicht?" Seine Vorsicht, seine Rücksichtnahme lassen mich entspannen.

„Wie zwei Igel." Nach einer kurzen vorsichtigen Umarmung ergänze ich: „Das wird ja langsam zum Standardspruch."

„Macht nichts, Hauptsache wir machen langsam. Passt schon." Sowohl seine Worte als auch die vorsichtige, geschwisterliche Umarmung geben mir das Gefühl, dass tatsächlich eine Wende in unserem Verhältnis eingetreten sein könnte; ungeachtet dessen werde ich weiterhin vorsichtig sein. Während unseres Wortwechsels sind wir in die Küche gegangen. Ich mache den Herd aus, stelle die Teller auf den Tisch. Wie selbstverständlich nimmt Simon das Besteck aus der Schublade, zündet eine Kerze an, möchte wissen, ob er helfen kann. Als ich verneine, fragt er: „Ich hätte Lust auf ein Glas Rotwein zum Essen. Hast du einen passenden da?"

„Du musst doch noch Auto fahren!", erwidere ich verwundert.

Simon schaut mir lächelnd in die Augen: „Ich bin froh, wenn ich abends das Auto mal stehen lassen kann, deshalb kam ich mit dem Taxi." Die Überraschungen mit diesem Mann scheinen kein Ende zu nehmen! Es scheint ihm demzufolge finanziell erheblich besser zu gehen, wenn er sich das leisten kann.

„Im Keller wird sich schon etwas finden. Magst du einen Wein aussuchen?" Simon nickt, geht wortlos in den Flur, nimmt den Schlüssel vom Haken. Nachdem ich die Weingläser aus dem Schrank geholt und von dem heißen Auflauf auf die Teller serviert habe, sinke ich auf den Stuhl. Ich genieße diesen vertrauten Umgang, während er mir gleichzeitig ein wenig unheimlich ist. Warum? Weil ich weiterhin unsicher bin, ob es bei einer platonischen Freundschaft bleiben wird? Oder weil ich ein schlechtes Gewissen gegenüber Toni habe? Diesen Gedanken quittiert mein Körper mit tiefer Entspannung. Also ist das die Antwort. Aber warum eigentlich? Da ist nichts Unrechtes an dem, was wir hier tun. Die Antwort kommt sofort: Weil Toni rasend vor Eifersucht wäre, wüsste er mich mit Simon bei einem Glas Wein gemütlich bei mir in der Küche sitzend. Zum Glück kommt Simon gerade zur Tür herein, sodass ich von diesen Gedanken ablassen kann.

Während des Essens berichte ich, wie ich Toni kennengelernt habe sowie auch von Wolfgangs erneuter Inkarnation. Simon scheint allerdings mehr mit der Mahlzeit beschäftigt zu sein. „Ich glaube, du hörst nicht wirklich zu, oder?"

„Ähem, ja, ich habe die angebliche Vermischung von Toni und Wolfgang registriert, aber das Essen ist dermaßen lecker, das ist jetzt wichtiger. Du hast mal wieder super gekocht! Lass mich bitte erst in Ruhe aufessen, hernach bin ich gesprächiger." Als alles komplett aufgefuttert ist, lehnt er sich entspannt zurück: „Jetzt kann ich einsteigen. Ich würde es mir gerne im Wohnzimmer gemütlich machen, oder wollen wir vorher schnell alles wegspülen?"

„Oh danke, das ist ein liebes Angebot, aber ich bin zu faul. Außerdem ist das Thema schwerwiegend für mich, dafür lasse ich sogar den Abwasch stehen."

Ein prüfender Blick streift mich: „War dir dafür früher nicht eher jede Ausrede recht?"

„Erwischt! Los jetzt, wir gehen rüber, ich möchte unbedingt hören, was du dazu sagst." Schnell räumen wir das Geschirr zur Seite, nehmen den Wein und die Gläser, um uns auf der Couch niederzulassen. Simon sieht mich mit einem Blick an, der nichts Gutes verheißt.

„Der erste spontane Gedanke war: ‚Toni lügt'. Ich kann dir das nicht erklären, das kam tief aus meinem Inneren, aus einer anderen Ebene." Geschockt starre ich Simon an. Diese klaren Worte treffen mich völlig unvorbereitet. Früher habe ich seiner Intuition vertraut, aber diese Aussage kann ich jetzt nicht glauben. Bis vorgestern hatte ich keinerlei Zweifel mehr an Tonis Worten. Dieses unbehagliche Gefühl, als Toni vom Wochenmarkt sprach, sowie sein merkwürdiger Abgang liegen unaufhörlich wie ein schwerer Stein in meinem Herzen, dazu diese Direktheit von Simon – ich bin den Tränen nahe. Mühsam ringe ich um Fassung, als Simon an meine Seite rutscht, seine Arme einladend ausbreitend. Er beobachtet mich aufmerksam, dennoch ist sein Blick unaufdringlich. Da kann ich mich nicht länger halten, lasse mich in seine Arme sinken, heule hemmungslos. Simon hält mich schweigend. Als ich mich etwas beruhigt habe, richte ich mich auf, schnäuze in das Taschentuch, das er mir zwischendurch hingelegt hat.

„Das reicht mir für heute. Eigentlich wollte ich ausführlicher darüber sprechen, aber ich kann nicht mehr, deine Worte haben mir den Boden unter den Füßen weggerissen, am liebsten würde ich mich jetzt ins Bett verkriechen."

Simon sieht mich überrascht an. „Tut mir leid, ich wollte dir nicht derart zusetzen."

„Ist schon okay, ich habe dich um deinen Standpunkt gebeten, nicht darum, dass du mir nach dem Mund redest."

„Weißt du was? Ich fahre jetzt wieder heim und du kannst dich ins Bett verkrümeln." Simon greift zu seinem Smartphone, sieht mich fragend an: „Dann rufe ich jetzt ein Taxi? Oder möchtest du eine Partie Schach mit mir spielen, vielleicht wäre ein bisschen Ablenkung auch nicht schlecht?"

„Nein, keine Ablenkung. Kommst du, bis das Taxi eintrifft, mit in die Küche? Ich möchte gerne ein bisschen aufräumen."

„Gute Idee, aber etwas komisch, gerade sagtest du, du seiest völlig platt." Achselzuckend lasse ich Wasser einlaufen und beginne mit dem Abwasch. Simon greift sich ein Handtuch, hilft mir ganz selbstverständlich. „Weißt du, obwohl das jetzt für dich nicht wirklich doll gelaufen ist, ich freue mich total über dein Vertrauen. Und ich genieße unseren unkomplizierten Umgang miteinander, das habe ich gar nicht zu träumen gewagt."

„Ja", antworte ich, mürrisch vor mich hinbrütend. Schweigend beschäftigen wir uns mit dem Abwasch, als es wenig später an der Wohnungstür läutet.

„Oh, das ist jetzt aber viel zu schnell!", protestiert Simon.

„Der Abwasch, mit den Händen etwas tun, wird mir vielleicht helfen, zu mir zu kommen. Also los, lass das Taxi nicht warten." Wir gehen zusammen in den Flur, eine kurze Umarmung, dann bin ich wieder alleine. Kraftlos halte ich mich am Küchentisch, lasse mich auf einen Stuhl sinken, raffe mich wenig später auf, lasse alles stehen und liegen, gehe nicht über Los, gehe direkt ins Gefängnis meiner Gedanken.

Dienstag, 16.11.2010

Es ist neun Uhr, als ich hochschrecke. Derartig krass habe ich ewig nicht verschlafen. Trotz der vielen Stunden Schlaf fühle ich mich müde und zerschunden. Ein Blick in den Spiegel sagt mir deutlich die Meinung. Ich greife zum Telefon, rufe meine Chefin an, bitte um einen Tag Urlaub. Da keine Termine anstehen, ist sie einverstanden. Froh, mich nicht zusammenreißen zu müssen, kehre ich ins Bett zurück. Bis der Hunger mich endlich aus der Lethargie holt, ist Mittag vorbei. Eine Scheibe Brot schmieren und sie essen kriege ich gerade noch hin, viel mehr allerdings nicht. Mühsam schleppe ich mich durch den Tag.

Abends ruft Toni an. Wir hätten ganz am Anfang darüber gesprochen, einen Bilderabend bei mir zu machen. Das hätten wir ja gänzlich aus dem Blick verloren, was ich davon hielte, wenn wir diesen endlich nachholen würden. Sprachlos starre ich auf den Fußboden vor mir, die Eingeweide ziehen sich zusammen, die Ohren glühen. Wie kommt er auf diese Idee? Als wüsste er von meinen Zweifeln, als habe er eine Ahnung, was gestern bei mir passiert ist. Hat er – genau wie Simon – diese unglaubliche, fast schon telepathische Wahrnehmung? Was sonst könnte hinter diesem plötzlichen Wunsch stecken? Nachdem er erfahren hatte, dass die Welt zwischen Wolfgang und mir nicht nur rosig gewesen war, war sein Interesse diesbezüglich deutlich abgeflaut, in den letzten Wochen ging es nur um uns beide, Wolfgang spielte immer weniger eine Rolle.

„Bist du noch da?", höre ich die Stimme von Toni, den ich völlig vergessen habe.

„Pardon, ich war in Gedanken. Tut mir leid, ich kann dir jetzt keine Antwort geben, dein Vorschlag kommt sehr überraschend. Samstag bist du wegen der Sturmgeschichte plötzlich abgehauen, hast dich nicht mehr gemeldet, hast nicht erzählt, was daraus geworden ist, bist auch nicht wiedergekommen. Jetzt kramst du uralte Ideen aus, die für mich längst überholt sind. Gib mir bitte etwas Zeit, ich melde mich morgen Abend bei dir, nach dem Chor. Abgemacht?" Nach kurzem Zögern antwortet Toni, das sei ihm recht. Deutlich spüre ich seine – nicht ausgesprochene – Verwunderung, doch mehr kann ich nicht herausbringen. Im Moment spuken nur diese zwei Worte von Simon im Kopf herum: ‚Toni lügt.' Ich kann Toni gegenüber nicht so tun, als wenn nix wäre.

Heute ergeht es mir nicht besser als gestern, mühsam quäle ich mich zu jedem Handgriff, kann mich auf nichts konzentrieren. Das ist schon verdammt seltsam, wie zwei Worte, nur zwei Worte, mich dermaßen aus dem Gleichgewicht bringen können. Oder sind nicht wirklich die Worte der Grund, sondern die Zweifel, die bereits die ganze Zeit da gewesen sind? Die endlich eine Antwort bekommen haben? Wieder und wieder spuken sie durch den Kopf. Ich schreibe Simon eine Nachricht: ‚Da hast Du was angestellt! Ich werde fast wahnsinnig. Dauernd denkt es: *Toni lügt, Toni lügt, Toni lügt.*‘ Kurz nach der Mittagspause beschließe ich, Feierabend zu machen; eine Angestellte, die eh nix Produktives zustande bringt, geht besser nach Hause.

Beim Verlassen des Bürogebäudes klingelt das Handy. Es ist Simon. „Das hört sich nicht gut an."

„Wohl wahr, das *fühlt* sich auch nicht gut an."

„Kannst du nicht einfach was Körperliches machen, damit du die Energie abbauen kannst? Du hörst dich an, als stündest du tierisch unter Druck." Wie verdammt gut er mich kennt. Ich laufe herum wie ein Tiger im Käfig, das war mir selbst gar nicht bewusst geworden. Was für ein passendes Bild, ich war tatsächlich in einem Teufelskreis gefangen! „Bist du noch da?", erreicht mich Simons Stimme.

„Ach du Scheiße, genau diese Worte habe ich gestern Abend von Toni gehört. Jetzt wird's beängstigend. Ja, ich bin hier, ich bin sprachlos, mir fehlen die Worte, ich weiß nicht weiter. Scheiße, scheiße, scheiße!"

„Sina, ich bin knapp dran, bin auf dem Weg zu einem Termin, der zudem außerordentlich wichtig ist. Ich kann dir jetzt leider nicht helfen. Geh doch erst mal 'ne Runde joggen, das hilft bestimmt. Wenn mehr Sauerstoff in deinem Gehirn ist, dann kannst du wieder klarer sehen. Ja? Versprichst du mir das?"

„"Versprichst du mir das' ist süß, klingt wie aus einem amerikanischen Kitschfilm. Sorry, das war jetzt gemein. Kommt daher, weil ich mir dumm vorkomme. Aber ehrlich gesagt freue ich mich. Ich bin dir dankbar für den Tipp. Und ja, ich verspreche es dir", bei diesen albernen Worten muss ich schmunzeln – und meine Stimmung hebt sich etwas.

„Super, bis bald. Halt die Ohren steif", verabschiedet sich Simon. Nachdenklich stecke ich das Handy in die Tasche. Das mit Simon läuft verdächtig gut, er ist tatsächlich wie ein guter Freund. Soll ich wirklich glauben, das könnte von Dauer sein?

Als ich feststelle, dass der nächste Bus erst in 20 Minuten fährt, mache ich mich zu Fuß auf den Nachhauseweg, auf diese Weise werde ich fürs Joggen bereits warm sein. *Tobe dich doch erst mal aus!* Was für eine billige Weisheit! Erinnert mich an die Worte, die ich vor 30 Jahren bei meinem ersten Frauenarztbesuch gehört hatte: Ich solle lieber Sport machen, dann würden mir solche Gedanken vergehen. Die Gedanken an Sex meinte der Doc damals, nahm das Wort aber nicht in den Mund. Er hat mir trotzdem die Pille verschrieben, und ich hab *keinen* Sport gemacht. Jedenfalls nicht die Sorte, an die er wahrscheinlich gedacht hat.

Schön, ich bin raus aus der Toni-Schleife! Trotzdem – ich muss Toni heute wie versprochen anrufen. Noch habe ich keine Ahnung, was ich ihm sagen werde, ein Bilderabend erscheint mir jedenfalls völlig unpassend. Eines nach dem anderen, rede ich mir gut zu. Wie war das? Ich solle das Gehirn durchlüften, damit ich klarer sehen könne? Interessante Ausdrucksweise. Mit großen, schnellen Schritten schreite ich durch die kalte Luft. Tiefe Atemzüge lassen den Brustkorb sich heben und senken, das Gehirn bekommt Sauerstoff. Ich bin wieder einmal zutiefst dankbar, meine Arbeitszeiten so frei wählen und jetzt hier durch den sonnigen Nachmittag gehen zu können.

Später sitze ich ratlos vor dem Telefon. Ich war Laufen (versprochen ist schließlich versprochen!), ich hatte einen schönen Nachmittag, ich war beim Chor, ich hatte Toni erfolgreich verdrängt – was aber sage ich ihm? Ich wähle seine Nummer, ohne die leiseste Ahnung zu haben, wie ich mich positionieren werde. Mir fällt der Herz-Verstand-Dialog ein, vielleicht kommen jetzt genauso schlaue Worte aus meinem Inneren heraus?

„Hi Sina", meldet sich Toni.

„Hi Toni", antworte ich rein mechanisch.

„Wie war dein Tag?"

„Äh, durchwachsen."

„Sag mal, ist alles in Ordnung mit dir? Du warst gestern Abend irgendwie eigenartig", bemerkt Toni mein distanziertes Verhalten.

„Ehrlich gesagt, weiß ich es nicht."

„Was weißt du nicht?"

„Ob alles in Ordnung ist, danach hast du doch gefragt." Ich spüre eine leichte Gereiztheit, die ich zu unterdrücken versuche. „Wie war denn dein Tag?"

„Eigentlich ganz nett. Ich hatte keinen Stress, kam gut voran. Also alles fein." Ich weiß noch immer nicht, was Toni beruflich macht, schießt mir ärgerlich durch den Kopf.

„Was machst du beruflich?", überrascht höre ich mich diese Frage stellen. Ah, denke ich, ich wollte – wie bei dem Zwei-Stühle-Dialog – die Worte sich selbst bilden lassen. Jetzt ist genau das passiert.

„Mit dieser Frage habe ich ein Problem, nein, nicht mit der Frage, sondern mit der Antwort. Weil – ich kann es dir nicht sagen. Aber anlügen will ich dich ebenfalls nicht. Mist, ich hatte die ganze Zeit gehofft, du würdest einfach nicht fragen." In Tonis Stimme liegt eine Verzweiflung, eine Not, die mich aufhorchen lässt, sogar die Bereitschaft auslöst, das Thema fallen zu lassen.

„Gut. Nein, nicht gut, aber okay. Nein, auch das nicht. Verdammt – ich verstehe dich nicht! Aber ich höre, wie du dich quälst, also lassen wir es so stehen."

„Danke! Ich bin dir sehr dankbar. Mein Magen knurrt, ich würde mir jetzt gerne Abendessen machen und, statt zu telefonieren, dich lieber morgen besuchen. Ja? Passt dir das?" Nachdem ich – eher aus Sprachlosigkeit – zugestimmt habe, beenden wir rasch das Gespräch. Der Bilderabend ist vergessen? Oder ist der jetzt für morgen geplant? Über seinen Job kann oder will er nicht reden. Ist er Geheimagent? Er fragt mich, ob alles in Ordnung ist, doch obwohl ich antworte, ich wisse es nicht, geht er darüber hinweg. Dermaßen schräg ist es zwischen uns bisher noch nie gelaufen. Was ist passiert? Sind meine erneuten Zweifel die Ursache? Oder der einvernehmliche Umgang zwischen Simon und mir? Toni will mich spontan morgen besuchen. Wie oft haben wir uns in diesen sieben Wochen unter der Woche getroffen? Ich habe keine Ahnung, jedenfalls selten. Da habe ich *endlich* etwas aus unserem Kästchen *Später* befreit, aber was passiert? Es schlüpft sofort wieder zurück. Was war eigentlich außerdem in dem Kästchen drin?

‚Nein, Sina, diese Spur verfolgst du jetzt nicht!', redet eine vernünftige Stimme in mir. ‚Du hast bereits genug Chaos in deinem Leben, bitte nicht noch mehr davon!' Bin ich froh, dass ich derart schlaue Stimmen in mir habe! Ich hole mir aus der Küche ein Glas Weißherbst, den ich seit der ersten Begegnung mit Toni ab und zu wieder trinke, setze mich in den Schaukelstuhl. Jetzt dazu schöne klassische Musik. Nach kurzer Suche entscheide ich mich für ein Stück mit Klavier und Geige. Die Füße hochgelegt, mache ich es mir erneut bequem, während die Augen durch die Terrassentür zum Sternenhimmel wandern.

Frierend erwache ich. Ein Blick auf die Uhr verrät mir, Mitternacht ist durch. Zeit, ins Bett zu wechseln.

Toni lüftet sein Geheimnis

Donnerstag, 18.11.2010

Völlig gerädert öffne ich die Augen, quäle mich durch den Tag, die Konzentration ist noch schlechter als gestern. Da ich aber heute eine Präsentation fertigstellen muss, reiße ich mich, so gut es geht, zusammen. Es ist bereits sieben Uhr durch, bis ich endlich zuhause bin, Toni wird gleich kommen. Lieber möchte ich mich im Bett verkriechen und ein Schild an die Tür hängen: *Niemand zu sprechen!* Was für eine beschissene Stimmung, um seinen Liebsten zu empfangen. Erschrocken höre ich das Läuten.

Die Begrüßung ist kurz, ich kann mich nicht verstellen. Toni folgt mir ins Wohnzimmer: „Sina, ich muss dir etwas sagen." Überrascht betrachte ich Toni. Er wirkt ernst, angespannt, nervös.

„Aber setzen können wir uns trotzdem?"

„Klar", zerstreut folgt er mir zur Couch. Setzt sich neben mich, scheint aber nichts wahrzunehmen, ist völlig in seinen Gedanken. „Das mit dem Job tut mir wahnsinnig leid, mich davor zu drücken, ist nicht in Ordnung!" Jetzt bin ich sprachlos, schaue ihn aus großen Augen fragend an. „Seitdem wir uns kennen, eiern wir um dieses Thema herum. Ich war feige, wollte kneifen." Toni hält inne, ringt mit sich. Ist er weiterhin unsicher, ob er die Karten auf den Tisch legen soll? Ich warte, sage nichts. „Ich bin Autor."

„Und wo ist das Problem?", entfährt mir völlig verblüfft. Mit allem Möglichen habe ich gerechnet, damit allerdings nicht.

„Ich verdiene damit kaum Geld. Bisher habe ich nur kleine Artikel, Essays oder Kurzgeschichten in Zeitungen oder Zeitschriften veröffentlicht. An meinem ersten Buch schreibe ich seit drei Jahren."

„Das hört sich doch toll an, warum konntest du nicht darüber sprechen?"

„Weil ich ein Schmarotzer bin." Toni schweigt. Ich schaue ihm offen in die Augen, warte. Was mag da kommen, wofür er sich zu schämen scheint? „Ich lebe überwiegend von dem, was mir …", erneut stockt Toni, „… was mir Susann und Mark jeden Monat schicken." Erwartungsvoll schaut Toni mich an.

„Warum nimmst du Geld, wenn dir das derartig unangenehm ist?", frage ich verwundert, nach wie vor die Problematik nicht begreifend.

„Mein Gott, deine Welt ist wohl ganz einfach! ‚Warum nimmst du es, wenn du es nicht willst?'", äfft er mich aufgebracht nach. „Ich hatte – nachdem ich aus dem Koma aufgewacht bin – nicht viele Möglichkeiten. Die beiden haben genug Geld, sie haben mir das Angebot gemacht, weil es mein Herzenswunsch gewesen ist, über meine Erfahrungen zu schreiben, wahrscheinlich kompensieren beide damit ihr schlechtes Gewissen." Nachdenklich betrachte ich Toni. Noch nie zuvor habe ich ihn dermaßen aufbrausend erlebt. Seine Begründung leuchtet mir nicht ein, vermutlich steckt mehr dahinter. Etwas, dessen er sich möglicherweise selbst nicht bewusst ist.

„Befürchtest du, dein Buch könnte ein Misserfolg werden? Oder – noch schlimmer – vielleicht niemals fertig werden?" Aufmerksam beobachte ich die Veränderung in Tonis Körperhaltung. Vorhin hatte er sich aufgebäumt, fast schon aufgeplustert, jetzt fällt er in sich zusammen, als habe jemand einen unsichtbaren Stöpsel herausgezogen. Elend sieht er aus, verzagt, unsicher. Ich nehme ihn in den Arm, ziehe ihn nach unten, sodass wir zusammen auf der Couch liegen.

„Da hast du wohl den Nagel auf den Kopf getroffen", murmelt er in meinen Arm hinein, schmiegt sich an mich, entspannt sich langsam. „Ich bin froh, dir endlich alles gesagt zu haben, das hat mich die ganze Zeit belastet. Die Wahrheit auszusprechen, war jetzt wesentlich einfacher, als die ganze Zeit darum herum zu jonglieren."

Obwohl Toni endlich sein Geheimnis preisgegeben hat, spüre ich keine Erleichterung. Meine Gefühlslage hat sich nicht wesentlich verändert. Die große Distanz, die Zweifel sind zwar aufgelöst, aber ich bin nicht frei und offen, quäle mich durch den verbliebenen Abend. Heute kann ich mich nicht auf Sex einlassen, dies ist das erste Mal, dass er Lust hat, ich jedoch nicht. Ob wir bisher Sex gehabt haben oder nicht – es hatte sich bis zu diesem Moment immer harmonisch, natürlich, miteinander verbunden angefühlt. Wir schlafen auch nicht zusammengekuschelt ein, sondern jeder für sich an einer Seite des Bettes.

Freitag, 19.11.2010

Obgleich Toni nichts sagt, spüre ich deutlich seine Verwirrung. Nach außen wirken wir völlig normal, aber es gibt eine unausgesprochene Spannung zwischen uns. Da ich einen externen Termin mit einer Kollegin habe, bleibt mir keine Zeit, darauf einzugehen. Toni fragt, ob er am Abend wiederkommen dürfe. Wiederkommen *dürfe*? Er scheint ziemlich verunsichert zu sein. Doch ich kann ihm leider nicht helfen, ich weiß selbst nicht, woran ich bei mir bin.

„Nimm mir das jetzt bitte nicht übel, Toni, aber ich möchte nichts ausmachen. Ich bin völlig durcheinander, weiß nicht, was mit mir los ist. Bevor wir uns das nächste Mal treffen, möchte ich mir selbst klarer sein. Heute Abend bin ich mit einer Freundin zum Kino verabredet, anschließend gehen wir einen trinken. Jetzt etwas mit dir zu vereinbaren, würde mich unter Druck setzen." Ich stocke, schaue ihn an. Er sieht sichtlich verstört aus, scheint um Fassung zu ringen. „Es tut mir wahnsinnig leid. Ich kann dir nur versprechen, mich zu melden, sobald ich eine Ahnung davon habe, was mit mir los ist."

Nachdem er mein Gesicht prüfend betrachtet hat, zuckt er resigniert mit den Schultern. „Ich kann daran scheinbar nichts ändern. Oder?" In diesem Moment ertönt die Türglocke, was Toni zusammenzucken und mir einen Blick zuwerfen lässt, als habe er mich in flagranti mit einem Liebhaber erwischt.

„Nein, zweimal nein. Das ist kein Liebhaber, der da klingelt, sondern die Kollegin, mit der ich einen Termin bei einer Werbeagentur habe. Abermals nein, du kannst mir im Moment nicht helfen, kannst nichts ändern." Wir umarmen uns kurz, ich lasse ihn in der Wohnung stehen, steige zur Kollegin ins Auto.

Auf dem Weg zu unserem Termin bin ich wortkarg, in Gedanken weiterhin bei Toni. Was mag ihn derart stark verunsichert haben? Weil wir diese Nacht keinen Sex hatten? Dann dämmert es mir: Er hat mir endlich reinen Wein über seine berufliche und finanzielle Situation eingeschenkt, trotzdem sind wir uns keinen Zentimeter nähergekommen. Im Gegenteil — zum ersten Mal hatten wir unterschiedliche sexuelle Bedürfnisse. Vor diesem Hintergrund kann ich verstehen, dass er verunsichert ist.

Später überlege ich, die Kinoverabredung abzusagen, entscheide mich dann aber dagegen, schließlich hilft es weder Toni noch mir, wenn ich trübsinnig zuhause hocke.

Als ich nach einem netten Abend mit Regina nach Hause komme, finde ich einen kurzen Brief von Toni vor. Er werde sich in den nächsten Tagen nicht melden, wolle mich nicht bedrängen, mir Zeit lassen, mir über meine Gefühle klar zu werden.

‚Kraftlos, entnervt‘, denke ich, beobachte dabei eine Fliege an der Decke über dem Bett. Seitdem ich Toni kenne, erlebe ich ein ständiges Wechselbad der Gefühle, dafür geht mir langsam die Kraft aus. Die Fliege kommt neugierig näher. Was macht die eigentlich mitten im November hier? Ein Griff zur Zeitung, keine Fliege mehr da. Warum kann das Leben nicht genauso einfach sein?

‚Sina, du lässt dich jetzt nicht wieder hängen‘, spreche ich ein ernstes Wort mit mir, schwinge die Beine aus dem Bett, lasse meine Lebensgeister vom Duft eines leckeren Espresso wecken. Dazu ordentlich Milchschaum, fertig ist der Muntermacher. Ich sitze auf der Couch, schaue hinaus in den verhangenen Himmel. Was fange ich an mit diesem Tag?

Das Läuten des Telefons reißt mich aus meinen Träumen. Um diese Uhrzeit ruft sonst niemand bei mir an, das kann nur eine schlechte Nachricht sein. Es ist Beate. Weil ich auf ihren Anruf nicht reagiert habe, will sie wissen, ob alles in Ordnung ist. Ich entschuldige mich, dass ich sie völlig vergessen habe, erzähle, was los ist bei mir. Nach einer halben Stunde unterbricht sie sich mitten im Satz: „Sag mal, anstatt zu telefonieren, könnten wir uns doch treffen, hast du heute schon was vor?"

„Nein, keine Planung. Sehr gerne können wir uns treffen, hättest du Lust auf Sole-Therme?" Hat sie; Beate und ich haben bereits öfters einen perfekten Wohlfühltag dort verbracht, und so einen Tag kann sie heute genauso gut gebrauchen wie ich.

Der gestrige Tag mit Beate ist dermaßen erholsam gewesen, dass ich innerlich genährt und guter Dinge in den Tag starten kann. Trotzdem weiß ich, für heute sollte ich mir ebenfalls etwas vornehmen, sonst stürze ich erneut ab. Während des Frühstücks blicke ich einfallslos zum Fenster hinaus, beobachte eine Taube auf dem First des Nachbarhauses. Sie fliegt auf, hinüber zu einem Baum, setzt sich auf einen Ast, der unter ihrem Gewicht zu schaukeln beginnt, davon unbeirrt läuft sie sicher darauf entlang. Bäume, Bewegung, das ist gut. ,Ich gehe laufen', formt sich ein Entschluss. Mit dieser klaren Entscheidung braucht es kaum Überwindung, im Nu bin ich in den Laufklamotten und auf der Piste.

Wie immer ist das Laufen befreiend, erfüllt mich mit Tatkraft. Der Anrufbeantworter kündigt mir gleich beim Betreten der Wohnung eine Nachricht von Klaus an, eigentlich habe er rausgehen wollen, das Wetter habe ihm allerdings die Lust genommen, ob ich denn Lust auf Indoor-Aktivitäten hätte? Zum Beispiel wären wir ewig nicht mehr Billard spielen gewesen. Was hat er gegen das Wetter? In diesem Moment fängt es an, in Strömen zu gießen. Was für ein Glück, dass ich gerade zurückgekommen bin! Bevor ich unter die Dusche springe, verabrede ich mich mit Klaus im Bowling-Center, er will noch ein bisschen telefonieren, versuchen, weitere Freunde zu finden, die Zeit und Lust auf ein bisschen Spaß haben.

Bevor der Wecker Stress macht, schwinge ich die geräderten Beine aus dem Bett. Das mit dem Bowling hätte ich vielleicht nicht derart übertreiben sollen. Die Schultern kreisend, die Arme beugend und streckend stelle ich fest, ich habe mich gestern körperlich richtig verausgabt, amüsiert habe ich mich darüber hinaus ebenfalls. Wir haben so ziemlich alles durchprobiert, was es dort gab, von Billard bis Bowling, vom Airhockey hat man mich kaum wegbekommen. Ich liebe dieses Spiel, weil ich einerseits mit Kraft draufschlagen kann, aber gleichzeitig konzentriert und schnell sein muss.

Ein paar Freunde von Klaus, die ich bisher kaum kannte, waren gekommen, Adrian ist später ebenfalls zu uns gestoßen. Wir waren 'ne richtig nette Runde; über Toni und die letzten Ereignisse habe ich gar nicht mehr nachgedacht. Manchmal ist Ablenkung ein wirklich gutes Mittel, um runterzukommen, um überhaupt wieder am Leben teilnehmen zu können.

Ich bin heilfroh, dass ich die Kraftlosigkeit von Samstagmorgen überwunden habe und gestärkt in die Woche starten kann.

Toni ruft an, ist aufgekratzt, richtiggehend aufgelöst: „Ich habe einen Auftrag! Ein Magazin hat mir eine Recherche übertragen. Sie meinen, nach dem, was ich bisher geschrieben hätte, müsste ich das gut können. Also, der Chefredakteur ist mit Mark befreundet, ich weiß nicht, ob er es mir sonst gegeben hätte. Das betrübt mich, verunsichert mich etwas. Aber – ich habe beschlossen, ich will diese Chance nutzen, egal, wodurch ich sie bekommen habe. Ich freue mich total!" Er scheint zu stocken, innezuhalten. „Entschuldige, wenn ich dich jetzt so überfalle. Ich hatte versprochen, ich lass dich in Ruhe, aber das musste ich dir einfach erzählen!"

„Wow, du bist ja richtig aus dem Häuschen! Ist schon in Ordnung, dass du dich meldest, du hattest gesagt ‚ein paar Tage‘, die sind bereits um. Davon mal abgesehen, derart wichtige Dinge möchte ich natürlich wissen.“

„Uff, dann bin ich ja froh. Habe völlig unüberlegt zum Telefon gegriffen.“

„Zurück zu den neuen Nachrichten. Ich gratuliere dir, schön, dass du die Gelegenheit bekommst, zu zeigen, was in dir steckt. Wer weiß, vielleicht wirst du am Ende Reporter anstatt Autor“, mutmaße ich, kann mich allerdings von seiner Begeisterung nicht anstecken lassen.

„Hm, auf die Idee bin ich bisher gar nicht gekommen. Ja, vielleicht liegen meine Qualitäten mehr in diesem Bereich. Bei der ganzen Angelegenheit gibt es einen Wermutstropfen, ich werde nach Portugal fliegen müssen, noch steht nicht fest, wann und für wie lange. Es kann schon in der nächsten Woche losgehen und dauert vermutlich drei bis maximal fünf Wochen. Wie wäre das für dich?“

„Ach Toni, das Leben geschieht, während man Pläne macht …“, ein fragender Laut kommt mir aus dem Hörer entgegen, „alles ist gut. Ich freue mich, wenn du mit deinen beruflichen Plänen vorwärtskommst, deine Herzenswünsche in Erfüllung gehen. Natürlich ist das blöd, aber ist dann halt so.“

„Ich bin erleichtert. Mir war mulmig, hatte die Befürchtung, du könntest Stress machen.“ Wie kommt Toni auf einen derart absurden Gedanken? Offensichtlich hat er wesentliche Charakterzüge von mir bislang nicht erkannt. Vielleicht ist *ihm* mulmig, weil es im Moment nicht besonders gut läuft zwischen uns?

„Obwohl ich nicht schlauer bin als Freitag, würde ich gerne morgen Abend nach dem Chor zu dir kommen, vor allem, da wir nicht wissen, wann du nach Portugal fliegst.“

„Oh, damit habe ich gar nicht gerechnet, total gerne. Willst du dann Donnerstag von mir aus zur Arbeit fahren?“

„Nein, Donnerstag ist Feiertag", erwidere ich, erwähne allerdings – aus mir unbekannten Gründen – nicht, dass ich Freitag frei habe.

„Warte", bittet Toni mich, „ich schaue in den Kalender". „Hm, passt nicht wirklich gut. Ich müsste am Donnerstag gegen 14 Uhr verschwinden, aber bitte komm trotzdem. Ja?"

„Klar komme ich nichtsdestotrotz." Warum erzählt er mir nie, was er unternimmt, was das für Termine sind? Unsere Verabredungen unabhängig voneinander zu vereinbaren, finde ich völlig normal, aber es fühlt sich so geheimnisvoll an, dass er gar nichts von sich erzählt. Ich könnte nachfragen, bei Toni scheue ich mich jedoch ganz oft davor. Das ist absolut untypisch für mich! Komisch.

Mittwoch, 24.11.2010

Nach dem Chor mache ich mich mit einem mulmigen Gefühl auf den Weg zu Toni. In letzter Zeit sind etliche merkwürdige Dinge zwischen uns geschehen: sein gestriger Anruf, als seine Begeisterung mich genauso wenig erreichte wie das Offenlegen seiner beruflichen Situation die Tage davor, sein plötzliches Aufgreifen des Bilderabends, der Markt, sein plötzlicher Aufbruch und nicht zuletzt Simons zwei Worte.

Warum fahre ich zu ihm, wenn ich mich nicht freue? ‚Weil ich es tun muss.' Wie bitte? Welche Stimme erzählt mir das? Forschend wende ich mich nach innen, gehe diesem Gedanken auf den Grund. Ich muss mich mit ihm konfrontieren, ihm in die Augen sehen, ihn riechen, ihn spüren, es mit ihm gemeinsam auflösen. Alleine kann ich das nicht entwirren.

Unsere Begrüßung ist unterkühlt, eine kurze Umarmung, ein lapidares Hallo, das übliche „Komm herein, ich habe was gekocht." Ich bin gehässig, überkritisch und mindestens genauso nervös wie Toni. Was für eine blöde Situation!

Beim Essen weichen sich unsere Blicke immer wieder aus, mühsam bringen wir ein bisschen Smalltalk zustande. „Verdammt, das ist ja nicht zum Aushalten!", mache ich mir Luft.

Betroffen schaut Toni mich an. „Weißt du, was los ist?"

„Ich hatte gehofft, ich würde Klarheit bekommen, wenn ich zur dir komme, wir zusammen sind. Doch nach wie vor bin ich verwirrt, schaffe es nicht, all die komischen Sachen, die in letzter Zeit gewesen sind, auseinanderzudröseln."

„Von welchen komischen Sachen sprichst du?", fragt Toni sichtlich verwundert.

Jetzt ist es an mir, überrascht zu sein. „Wie, du fandest die letzten Treffen völlig normal?"

Wie beschämt wendet er sich ab. „Da war was, das habe ich wohl erfolgreich verdrängt. Du hast recht, zwischen uns hat sich etwas verändert, was ich nicht verstehe und ich will einfach nicht, dass es so ist. Ich dachte, du brauchst ein bisschen Zeit und dann kriegen wir das wieder hin."

„*Ich* brauche ein bisschen Zeit?", wiederhole ich aufgebracht. Dieser Satz erinnert mich an meinen Vater, der sagte auch, meine Mutter müsse nur wieder *normal* werden, dann sei alles wie früher. ‚Nein, jetzt bist du gemein', weise ich mich selbst zurecht. Ich schlage einen versöhnlichen Ton an: „Oh Mann, was machen wir jetzt damit? Mir ist das zu schwierig."

„Darf ich dich in den Arm nehmen?" Toni ist aufgestanden, steht neben meinem Stuhl und wartet. Will ich das? Ja, ich möchte, dass dieses mulmige Gefühl verschwindet, ich möchte gerne erneut mit ihm fröhlich und glücklich sein. Erstaunt nehme ich die Liebe wahr, die plötzlich wieder spürbar wird – hinter allen Verwirrungen und Zweifeln ist sie noch da. Ich stehe auf, er breitet die Arme aus, wir umarmen uns, als wollten wir uns nie wieder loslassen. Und doch spüre ich nicht die Intensität wie sonst. Was steckt dahinter? Können wir uns *beide* nicht ganz einlassen? Oder liegt es an meinen Zweifeln?

Toni löst sich sanft von mir. „Ich mache dir einen Vorschlag. Wir gehen rüber, machen den Kamin an, suchen uns einen schönen Film, kuscheln uns auf die Couch. Vielleicht brauchen wir einfach nur etwas Zeit miteinander, vielleicht hilft uns der Körperkontakt, wieder zusammenzufinden." An seiner Stimme kann ich hören, dass der Wunsch der Vater des Gedankens ist, er sich selbst zu überzeugen versucht. Die Vorstellung eines gemütlichen Abends vor der Glotze kommt mir sehr entgegen, etwas anderem fühle ich mich heute ohnehin nicht gewachsen.

Die Überraschungen hören nicht auf

Donnerstag, 25.11.2010

Ich öffne die Augen, sehe Toni neben mir liegen, fühle mich fremd. Wie auch immer das passiert sein mag, wir hatten in der Nacht doch noch Sex, er schmeckte allerdings schal, der Funke sprang nicht über. Tonis trauriger Blick trifft mich. Er sagt: „Wir wollen es beide, also werden wir auch einen Weg finden." Er rückt an mich heran, legt seinen Kopf auf meine Schulter. Vorsichtig setze ich mich auf, ohne ihn unsanft von mir zu stoßen.

„Wenn wir in Ruhe gefrühstückt haben, müssen wir reden, ob wir wollen oder nicht."

Ein tiefer, schwerer Atemzug begleitet Toni, als er sich erhebt. „So sei es."

Das Frühstück fällt heute verhältnismäßig kurz aus. Als Toni das Wort ergreift, hat unsere Anspannung dennoch bereits etwas nachgelassen. „Sina, ich möchte gerne, bevor wir loslegen, die Mails checken. Vielleicht gibt es Neuigkeiten bezüglich der Portugalreise. Kann unser Gespräch weitere zehn Minuten warten? Dann könnte ich mich jedenfalls besser konzentrieren."

Widerstrebend stimme ich zu, beginne das Geschirr in die Spülmaschine zu stellen, während Toni seinen Laptop holt, sich damit an den Tisch setzt. Gerade als ich in der Speisekammer stehe, höre ich ihn fluchen. „Was ist los?", rufe ich zu ihm hinüber.

„Mist", schimpft er „ich soll schon am Montag nach Portugal fliegen, die sind mir etwas zu spontan! Was denken die sich eigentlich?" Er nimmt sein Smartphone, blättert in seinem Kalender.

„Das kriegst du bestimmt hin, Hauptsache, es geht jetzt los. Du hast dich doch so sehr darauf gefreut!" Gleichzeitig fällt mir ein: „Wir müssen die Verabredung mit Adrian und Klaus erneut absagen, das ist ärgerlich."

„Ja, ich fürchte, das müssen wir", murmelt Toni, während er mit seinem Smartphone beschäftigt ist. „Wieso soll eigentlich Klaus dabei sein?"

„Klaus ist mein langjähriger …"

„… bester Freund …", unterbricht mich Toni völlig geistesabwesend, ungeduldig. „Er fährt einen Audi A4, der ein Hamburger Kennzeichen hat und auf die Firma *Winkler Aufzüge* angemeldet ist, bei der er seit 1997 beschäftigt ist", spult er wie ein Tonband ab.

Ich starre ihn mit offenem Mund und entsetzten Augen an. Eiskalt läuft es mir den Rücken herunter, mein Herz scheint stillzustehen. „Woher weißt du das?", flüstere ich heiser.

„Das war mein Auftrag", antwortet Toni mechanisch.

„Was für ein *Auftrag*?" frage ich mühsam beherrscht, denn zwischenzeitlich hat mein Körper von Eiszeit auf Vulkan gewechselt.

Erst jetzt realisiert Toni, was passiert ist. Schlagartig verändert sich seine komplette Körperhaltung. Er richtet sich auf, sieht mich an und erkennt das volle Ausmaß seiner Worte.

„Was für ein Auftrag?", wiederhole ich die Frage, meine Stimme schwillt an, droht hysterisch zu werden, kippt, ich stehe wie ein Tiger vor dem Sprung, jeder Muskel, jede Sehne meines Körpers ist angespannt. Ich bin kurz davor loszuschreien, noch verharre ich – die Hände, zu Fäusten geballt, schmerzend auf die Tischplatte gepresst. Toni kann mir nicht in die Augen schauen. Er ist blass geworden, erkennt, dass es nun für jede Lüge zu spät ist.

„Antons Vater hat mich beauftragt, dich zu finden und Kontakt mit dir aufzunehmen", sagt er tonlos. Mir verschlägt es die Sprache. Meine Augen funkeln ihn an, er weicht meinem Blick aus. Mein Gehirn kommt auf nur eine Möglichkeit, welch logische Konsequenz sich aus dieser Aussage ergibt.

Mit verdächtig ruhiger Stimme sage ich sehr langsam: „Dieser Anton bist nicht du?!" Obwohl ich die Antwort weiß, muss ich sie von ihm hören. Langsam nickt er. Da explodiert eine Bombe in mir und droht mich zu zerreißen.

Ich schreie ihn an, die Stimme überschlägt sich: „Dieser Toni bist nicht du?!?"

„Nein, das bin nicht ich. Dieser Anton ist tot", antwortet er leise.

„Und wer bist du?", bricht aus mir heraus.

„Ich bin Toni Wagner, Privatdetektiv. Ich lag im Koma, habe mein Gedächtnis bis heute verloren."

„Genug Geschichten", unterbreche ich ihn hart. Ich stehe auf, gehe durch das Haus, sammle meine Sachen zusammen. Alles, was er mir geschenkt hat, bleibt liegen. Toni verfolgt aufmerksam mein Tun. Ich würdige ihn keines Blickes. Als ich zur Tür gehen will, stellt er sich mir in den Weg. „Bitte lasse uns reden", versucht er mich umzustimmen.

Ich habe nur einen vernichtenden Blick für ihn übrig, fordere mit harter, kalter Stimme: „Mach den Weg frei!" Toni erkennt die Ausweglosigkeit seiner Situation und tritt zur Seite. Vor der Haustür drehe ich mich um, nur mit Mühe gelingt es mir, eine letzte Frage zu stellen: „Die Reportage, der Schriftsteller, das Geld von Susann und Mark – alles erfunden?" Toni schaut betreten auf die Fliesen vor seinen Füßen, nickt, ohne den Blick zu heben.

Ich wende mich ab, flüchte in Richtung meines Wagens. Kaum bin ich außer Sichtweite, ist jede Selbstbeherrschung vorbei, Tränen schießen mir in die Augen. Mühsam schaffe ich, mich ins Auto zu setzen, den Motor zu starten, die Straße zu verlassen, halte aber nach wenigen Metern schluchzend an.

Als Passanten aufmerksam werden, fahre ich zum Ort hinaus, nutze die erste Parkmöglichkeit. Dort steige ich aus, umklammere eine dicke Buche und schreie aus Leibeskräften. Wie kann ein Mensch derart dreist lügen? Erst letzte Woche hat er mir noch die Mär mit dem Autor aufgetischt. Wie blöd kann man sein! Warum habe ich ihm immer wieder geglaubt? *Toni lügt* – das waren die Worte von Simon, er hat es mir auf den Kopf zugesagt. Doch ich wollte es nicht glauben! Stop – ich darf mich da nicht hineinsteigern, muss hier weg, fahren sollte ich zum Wohle aller jedoch lieber nicht. Simon! Seine Firma ist ganz in der Nähe, er arbeitet heute bestimmt. Ein Griff zum Handy, zum Glück ist er sofort dran. „Simon", ich kann seine Reaktion spüren, als hielte er die Luft an, oder eher wie eine Katze, die voll konzentriert vor einem Mauseloch verharrt, „ich brauche deine Hilfe."

„Genauso hört sich das an. Was ist passiert? Wo bist du?", vernehme ich seine beruhigende Stimme.

„Kurz hinter Geigenwald. Aus deiner Richtung kommend auf der linken Seite, auf dem Parkplatz. Bitte komm mit dem Taxi, ich bezahle dir das. Oder lass dich bringen, damit du mein Auto fahren kannst."

„Augenblick, lass mich bitte kurz im Kalender gucken." Nach einer Weile, die mir wie eine Ewigkeit vorkommt, meldet er sich: „Ja, das kriege ich hin."

In diesem Moment sehe ich Tonis Auto. Kurz überlege ich, wegzufahren, entscheide mich dann aber zu bleiben. „Simon, schnell, Toni kommt gerade!", rufe ich ins Telefon.

Toni parkt, steigt aus, kommt auf mich zu. Ich gehe von der dicken Buche auf meinen Wagen zu, dafür sorgend, dass dieser sich zwischen uns befindet. Toni steht mir gegenüber, wir schauen uns über das Autodach hinweg in die Augen. Hilflos und verzweifelt versucht er meinem Blick standzuhalten. „Bitte, lass uns reden! Ich kann alles erklären." Seine Worte prallen an mir ab und türmen sich zu Steinen zwischen uns auf. „Bitte!", kommt, wie aus tiefer Not, sein Aufschrei. Die Situation und die Bilder, die jetzt vor meinem inneren Auge auftauchen, sind völlig bizarr, wieder türmt sich ein Stein zwischen uns auf. Es ist, als stünde ich neben mir und könnte zusehen, wie die Worte an mir abprallen. Aus dem nächsten „Gib mir eine Chance!" formt sich erneut ein Stein, der sich auf die immer höher werdende Mauer zwischen uns legt.

„Ich komme jetzt zu dir rüber", ruft Toni.

Als Toni sich in Bewegung setzt, komme ich schlagartig in die Gegenwart zurück. Offensichtlich hat er meine Passivität zu seinen Gunsten interpretiert.

„Bleib, wo du bist!", brülle ich zu ihm hinüber.

Er geht weiter, ich gehe weiter. Er fängt an zu laufen, ich fange an zu laufen. Er ändert die Richtung, ich ändere die Richtung. Bis ich mich frage, was wir da eigentlich für einen Schwachsinn machen, und wie angewurzelt stehen bleibe. Einen Meter vor mir bleibt Toni ebenfalls stehen.

„Lass mich in Ruhe!", schleudere ich ihm voller Hass entgegen. „Verschwinde! Komm mir nie wieder unter die Augen!"

„Bitte!", versucht Toni erneut.

„Nein! Geh weg!", schreie ich aus Leibeskräften. Er macht einen Schritt auf mich zu, sagt, ich solle mich beruhigen, will mich in die Arme nehmen.

Ehe ich begreife, was geschehen ist, liegt er auf dem Boden, Simon steht über ihm, verdreht ihm den Arm. Toni versucht zu entkommen, doch das macht es nur schlimmer, vor Schmerzen schreit er auf.

Simon schaut mich fragend an: „Bist du okay?" Ich nicke. „Hat er dir was getan?", fragt er forschend.

Zuerst nicke ich, dann schüttle ich den Kopf. „Nicht körperlich."

Simon schnauzt Toni an: „Los, aufstehen!" Bevor dieser sich versieht, hat Simon ihn auf die Füße gestellt. Toni wimmert: „Ich habe ihr nix gemacht, sie ist meine Freundin."

„Offensichtlich nicht. Weißt du, was *nein* bedeutet?", dabei brüllt Simon das *Nein* aus Leibeskräften in Tonis Ohr. Bevor dieser reagieren kann, fährt Simon fort: „Wenn du ihr jemals wie zu Nahe kommst, möchte ich nicht in deiner Haut stecken. Ich finde dich, egal, wo du steckst."

Das ist eine total verrückte Situation. Simon, den ich vor neun Monaten mit großem Herzschmerz verlassen habe, verteidigt und beschützt mich, wenn ein anderer Mann mich ähnlich verletzt.

„Los, einsteigen!", unterbrechen Simons herrische Worte meine Gedanken. Mit einem „Auf Nimmerwiedersehen!", schlägt er die Tür von Tonis Wagen zu. Toni startet, ich beobachte ihn, bin in Sprungbereitschaft, falls er jetzt durchknallt und mit Vollgas auf mich zufährt. Ich sehe an Simons Haltung, dass er das Gleiche denkt, während er – mit der vollen Aufmerksamkeit bei Toni – langsam auf mich zugeht. Doch nichts Außergewöhnliches passiert, Toni fährt vom Parkplatz.

Als lasse man die Luft aus einem Ballon, weicht schlagartig jede Spannung von mir und die Knie geben nach. Schweigend hält Simon mich fest in seinen Armen.

Nach einer Weile nehme ich das Umfeld wieder wahr, frage Simon: „Wie bist du hierhergekommen? Ich sehe niemanden."

„Mein Geschäftspartner Nils hat mich gebracht. Was hältst du davon, wenn wir jetzt kurz in die Firma fahren? Ich habe alles fallen gelassen und bin sofort gekommen. Du könntest im Auto warten, ich regle schnell das Wichtigste, danach fahren wir zu mir. Ein Telefonat muss ich heute noch führen. Für Nils bleibe ich auf Stand-by, ansonsten könnte ich für dich da sein. Du erzählst, was passiert ist. Später sehen wir, was du brauchst. Dich in dieser Verfassung alleine zu lassen, fühlt sich nicht gut an. Ist das okay für dich?"

Ich nicke, sage leise: „Total perfekt; vielen, vielen Dank."

Vor Simons Firma klappe ich den Sitz herunter, lege mich erschöpft zurück. „Ich bin gleich zurück, ich beeile mich", will Simon mich beruhigen. Er brauche sich keinen Stress zu machen, ich sei nur völlig erledigt, etwas Ruhe würde mir guttun, erkläre ich. Die Sicherheit, die er mir gäbe, wäre sehr hilfreich und wohltuend für mich.

Als Simon ins Auto zurückkehrt bemerke ich verwundert, dass ich eingeschlafen sein muss. In seiner Wohnung angekommen, frage ich, ob ich mich in sein Bett legen dürfe, dann könne er in Ruhe sein Telefonat erledigen und ich könne alle viere von mir strecken. Simon scherzt lächelnd: „Glaubst du, dir könnte ich mein Bett verwehren?" Ich verkneife mir zu erwidern, dass es dies in unserer gemeinsamen Vergangenheit sehr wohl gegeben hat, begebe mich stattdessen dankbar in die Waagerechte. Da erst realisiere ich, wie sehr ich unter Schock stehe, und nehme Notfalltropfen zur Unterstützung.

Später legt Simon sich neben mich, doch ich weiß zuerst gar nicht, wo ich bin. Erst nach einer Weile erinnere ich mich an die Ereignisse der letzten Stunden. „Darf ich dich in den Arm nehmen?", fragt er leise.

„Oh ja, gerne", murmele ich, mich dabei an ihn schmiegend. Die Körpernähe ist Balsam für meine geschundene Seele und ich seufze in seine Achselhöhle hinein: „Oh, tut das gut! Jetzt erst spüre ich, wie angespannt der ganze Körper noch immer ist."

„Das habe ich mit dir gelernt ...", beginnt Simon.

Ohne zu überlegen, entweicht mir die Frage: „Was?"

„Langsam, du scheinst nach wie vor sehr ungeduldig zu sein", bemerkt Simon schmunzelnd. „Was ich gerade sagen wollte: Durch dich habe ich gelernt, dass Körperkontakt eine Tankstelle sein kann. Du hattest seinerzeit ein einprägsames Bild dazu: Eine Horde Affen, die auf dem Hügel sitzen und sich gegenseitig das Fell lausen. Für mich Ausdruck von Gemeinschaft, sozialem Netz, Befriedigung der elementaren zwischenmenschlichen Grundbedürfnisse. Im Kontakt mit anderen Menschen war es mir früher nicht möglich, mein inneres Radarsystem auszuschalten, ich war immer in Habachtstellung." Nach einer Weile fügt er nachdenklich hinzu: „Ich glaube, ich habe bisher keiner Frau dermaßen vertraut wie dir."

„Willst du mich ablenken?"

„Durchschaut." Schweigend liegen wir eine Weile nebeneinander und ich spüre, wie meine Lebensgeister langsam zurückkehren – gleichzeitig steigt eine schier unbändige Wut in mir auf. „Willst du erzählen, was passiert ist?", fragt mich Simon.

„Was ist eigentlich passiert ...", wiederhole ich seine Worte. „Das Ende. Etwas Unglaubliches. Das Unmögliche", stammle ich benebelt. Um mir zu helfen, forscht er weiter. Wie ich mich denn jetzt fühle. „Soeben kamen langsam die Lebensgeister wieder, gleichzeitig tauchte aber auch eine unglaublich starke Wut auf, ich könnte schreien und toben."

„Nur zu, besser hier als wenn du alleine bist", rät mir Simon. „Was hat er gemacht?", stochert er, entgegen seiner Art, ohne dass ich das in diesem Moment bemerke.

„Belogen hat er mich!" Ich setze mich auf, ergänze: „Das Schwein!" Dann füge ich ein leises „Und ich habe ihm geglaubt." an. Simon schenkt mir seine volle Aufmerksamkeit. Diese vollkommene Präsenz erschafft einen Raum, der mich – ohne Worte – trägt, hält, unterstützt. „Erst letzte Woche hat er vorgegeben, mir endlich zu sagen, was er beruflich macht; in Wirklichkeit hat er 'ne wilde Story erfunden. Er sei Autor, könne noch nicht davon leben. Deshalb erhalte er monatlich Geld von seiner Exfreundin und deren Liebsten, welcher vor seinem Unfall sein bester Freund gewesen sei. Hat den deprimierten Autor gespielt, der nicht recht mit seiner Karriere vorwärtskommt. Als habe er meine Zweifel geahnt, als habe er sie irgendwie gespürt, denn seine angebliche Offenbarung kam direkt nach deinem Besuch. Mir so dreist ins Gesicht zu lügen, das war sozusagen die Krone, die er dem allen aufgesetzt hat. Dabei habe ich ihm gesagt, wie überaus wichtig mir Offenheit und Ehrlichkeit sind, doch er hat sich geschickt durchgemogelt."

„Von was genau sprichst du?", fragt Simon mich, um mir zu helfen, meine Gedanken zu strukturieren.

„Es war vor zwei Monaten, wir hatten uns gerade kennengelernt. Ich genoss es, endlich wieder einen Mann getroffen zu haben, auf den ich mich einlasse, dem ich mich öffnen konnte." Ich versinke in die Erinnerung an diese ersten Tage mit Toni. Dann gebe ich mir einen Ruck und erzähle tapfer weiter: „Aber gleichzeitig nahm ich ihm die Wolfgang-Story nicht wirklich ab, vieles passte einfach nicht zusammen. Misstrauen, wenn ich verliebt war, das hatte ich bis dahin niemals zuvor erlebt. Das beschäftigte, verwirrte mich sehr, ich wusste nicht, wie damit umgehen." Ich berichtete Simon von den schlaflosen Nächten, meiner Entscheidung, offensiv auf Toni zuzugehen. „Er hatte drei Tage Zeit, sich zu positionieren und sich für eine von drei Möglichkeiten zu entscheiden." Da bricht aus mir heraus: „Er hat keine der drei Möglichkeiten gewählt und ich blöde Kuh habe das nicht gemerkt!"

„Das hört sich erst mal nicht dermaßen schlimm an", beschwichtigt Simon.

„Also das war so: Möglichkeit Nummer eins: Er verschwindet einfach aus meinem Leben. Hat er nicht gemacht. Möglichkeit Nummer zwei: Er sagt mir die ganze Wahrheit, wer er wirklich ist. Hat er nicht gemacht." Heftig erkläre ich: „Und *heute* kommt raus, er ist gar nicht der Komapatient Anton, in dem Wolfgang inkarniert ist! Er ist Privatdetektiv und wurde von Antons Vater *beauftragt*." Fast hysterisch jammere ich: „Das hat er mir die ganze Zeit nicht gesagt! Auf einer solchen Lüge hat er unsere Beziehung aufgebaut!" Laut aufschluchzend vergrabe ich mich in Simons Armen.

Abrupt setze ich mich auf, fahre mit halbwegs fester Stimme fort: „Möglichkeit Nr. 3: Er schwört bei etwas, was ihm heilig ist, dass er die Wahrheit gesagt hat." Ich schnäuze mir die Nase, trinke einen Schluck Wasser. „Aber weißt du, was er gesagt hat? Es gäbe etwas, worüber er noch nicht sprechen könne. Aus heutiger Sicht bewerte ich das als eine Hintertür. Und ich habe mich einlullen lassen! Ich hätte darauf bestehen müssen, dass er eine der drei Möglichkeiten wählt."

Als ich schweige, ergänzt Simon: „Hintertür, weil er so immer hätte sagen können, er habe dir ja gesagt, dass er dir etwas verschweigt."

„Genau!", übernehme ich wieder das Wort „Um mich zu überzeugen, hat er von Hypnose-Sitzungen berichtet, in denen der angeblich in ihm inkarnierte Wolfgang gesprochen habe. Da Details darin vorkamen, die seinerzeit tatsächlich nur Wolfgang und ich wussten, müssen also Informationen von Wolfgang zu Toni geflossen sein. Auf welchem Weg auch immer." Jetzt fällt mir ein: „Ich habe ihn sogar ermutigt, von den Sitzungen zu berichten. Nach seinem Spruch, ich müsse Geduld haben und er könne mir jetzt noch nicht alles sagen, war ich ziemlich sauer. Daraufhin hat er mir so etwas Ähnliches wie eine Liebeserklärung gemacht: Ohne mich wolle er nicht mehr leben, er könne sich nicht erinnern, jemals eine solche Nähe, ein derartiges Vertrauen wie zu mir gefühlt zu haben. Diese Mischung aus Ärger und Anziehung hat mich total verwirrt. Ich habe mich aus der Situation gerettet, indem ich ihn von den Sitzungen erzählen ließ. Damit habe ich ihm selbst die Möglichkeit Nr. 4 eröffnet."

Ein Geistesblitz lässt mich toben: „So ein raffinierter Hund! Seit diesem Ultimatum hat er nie mehr behauptet, er sei dieser Toni. Und wenn er von diesen Hypnose-Sitzungen sprach, hat er nie *meine* Sitzung gesagt oder sonst irgendwie von sich gesprochen. Er sprach seit jenem Zeitpunkt immer nur von Wolfgang. In diesem Sinne hat er noch nicht mal direkt gelogen." Ich stöhne laut auf: „Und das wird mir alles erst jetzt klar!"

Wütend springe ich auf, laufe aufgeregt im Zimmer hin und her. „Verdammt!", entfährt es mir. Erneut fällt mir eine Situation ein, die damals irgendwie komisch war. Ich setze mich neben Simon auf den Bettrand. „Jetzt ergibt plötzlich vieles einen Sinn. An einem der ersten Tage fragte er mich, ob ich gebunden sei. Dabei schien mir, als interessiere ihn die Antwort gar nicht. Jetzt kapiere ich das: Er wusste die Antwort bereits, denn er hatte mich einige Zeit observiert. Verdammt! Jetzt fällt mir so manches wie Schuppen von den Augen! Ich hatte mich geschämt, anderen zu erzählen, dass ich mich verliebt habe. Jetzt weiß ich, warum! Weil da dieses ungute Gefühl gewesen ist, weil etwas in mir fühlte, ich könnte einem Schwindler aufgesessen sein. Ein anderes Mal fragte ich ihn, wie sein Name vor der Namensänderung gewesen sei, und er antwortete, wenn er das wisse, sei er einen großen Schritt weiter. Ich fragte verwundert nach, was er damit meine. Er aber gab vor, er sei mit den Gedanken woanders gewesen, habe deshalb meine Frage falsch verstanden. Heute hat er mir erzählt, dass er selbst im Koma gelegen habe und sich bis heute an nichts aus seinem Leben davor erinnern könne."

„Vielleicht suchte er nach einer neuen Identität", mutmaßt Simon.

„Das ist mir doch egal!", werde ich wieder laut. „Ich habe ihm gesagt, wie wichtig mir Offenheit ist, dass eine Beziehung ohne Ehrlichkeit nicht funktioniert." Nach einer Weile stammele ich unter Schluchzen: „Ich habe ihm vertraut."

Explosionsgefahr

Erneut springe ich auf, laufe aufgeregt durch den Raum. Ich könnte platzen, weiß nicht, wohin mit dieser Wut. „Ich würde jetzt am liebsten alles kurz und klein schlagen. Oder noch lieber, mich an Toni austoben!" Simon steht auf, stellt sich mir gegenüber und hält mich an den Handgelenken fest. „Lass mich los! Was soll das?", protestiere ich. Simon schaut mir in die Augen, während er meine Arme fest gegen meinen Oberkörper presst.

Ich liege auf dem Bett, Simon sitzt halb auf mir, hält meine Arme und Beine fest, wir sind beide schweißgebadet. Völlig perplex frage ich, wie ich in diese Position gekommen bin. Nach einem prüfenden Blick lässt er mich los. Ich versuche, mich aufzusetzen, krache allerdings im Bett ein. Mir tut alles weh, jede Bewegung schmerzt. Ich schaue unter das Bett, mehrere Latten sind gebrochen.

„Was ist passiert?", frage ich erneut.

„Wir haben gekämpft", erklärt Simon stoisch.

„Wir haben gekämpft?!", wiederhole ich Simons Worte, ohne sie zu verstehen. „Ich kann mich an nichts erinnern!"

„Ist vielleicht auch besser so", antwortet Simon trocken.

„Aber ich habe doch rein faktisch gar keine Chance gegen dich! Eine Sekunde und schon hast du mich in irgendeinem verdammten Griff und ich kann mich nicht mehr rühren." Als ich erfahre, dass ich heute derart große Kräfte entwickelt habe, bin ich noch verwirrter. Simon will nach der Uhrzeit sehen, aber der Wecker liegt zerbrochen auf dem Fußboden. „Was ist mit dem passiert?", frage ich irritiert.

„Den hast du gegen die Wand geworfen", berichtet Simon, als sei das für ihn völlig normal. Ich bin entsetzt. Was mag hier vor sich gegangen sein? Was habe ich getan? „Ehe du fragst", fährt er fort, „die Nachttischlampe hat einen Fußtritt von dir bekommen. Kurz: In dem Moment, als ich dich festgehalten habe, bist du ausgerastet." Simon bemerkt meine völlige Bestürzung und Fassungslosigkeit, nimmt mich in den Arm, sagt beruhigend: „Alles ist gut, das war ein super Training. Du hattest Kraft wie mindestens drei Männer, warst unglaublich schnell, nur durch Technik hatte ich eine Chance gegen dich, jeden untrainierten Mann hättest du plattgemacht."

Es dauert eine ganze Weile, bis ich halbwegs die Fassung wiedergewinne. Ich will nicht alleine an diesem Schlamassel schuld sein, deshalb protestiere ich in leicht vorwurfsvollem Ton. „Warum hast du mich auch festgehalten?!"

„Deshalb!", erwidert Simon ungerührt.

Total entsetzt rufe ich aus: „Du wolltest das?"

„Ja. Ich wollte dir die Möglichkeit geben, dich richtig auszutoben. Allerdings muss ich zugeben, ich habe nicht damit gerechnet, dass ich das Tier in dir entfessele und du völlig die Kontrolle verlierst. Ist aber okay für mich, das sind nur kleine Schäden. Viel wichtiger ist: Wie geht es dir jetzt?"

Entgeistert starre ich ihn an. „Ein bisschen verrückt bist du ja schon", kann ich mir nicht verkneifen zu sagen, schaue ihm anschließend ernst in die Augen und bedanke mich. Kann ein Freund mehr für einen tun? „Wie ich mich fühle? Zum Bäume-Ausreißen! Ordentlich durchgepustet, Hirn und Herz fühlen sich frei an."

Simon schlägt vor, dass wir beide duschen, anschließend zum Essen einen schönen Film gucken. Während Simon im Bad ist, durchstöbere ich seine DVD-Sammlung und finde *Highlander*. Nachdem ich aus der Dusche komme, schauen wir meine beiden Lieblingsfolgen, während wir das bestellte Essen vertilgen. Später sage ich zu Simon: „Das ist komisch, warum geht es mit den Exen besser als mit den Aktuellen? Vielleicht sollte ich keine Beziehung, sondern nur noch Freunde haben."

Nachdenklich fragt Simon: „Sind Partner keine Freunde?" So habe ich das nicht sagen wollen, will ich ihm gerade erklären, als mir klar wird, was er damit sagen will.

„Zu oft", sinniere ich, „kämpft jeder um sein eigenes Überleben. Im Sinne von: Nicht in der Beziehung untergehen, für sich sorgen, seinen Werten treu bleiben, seine Freundschaften pflegen, seine Ziele nicht aus den Augen verlieren."

„Daraus ergibt sich ein Kampf gegeneinander und futsch ist die Freundschaft", spinnt Simon meinen Gedanken weiter.

„Also ist es die Nähe", greife ich den Faden auf.

„Und die Erwartungen", fügt Simon hinzu, wechselt daraufhin urplötzlich zu unserer aktuellen Situation, möchte wissen, ob ich über Nacht bleiben möchte, wie meine Planung für die nächsten Tage aussehe. Er fände es gut, wenn ich mir ein bisschen Gesellschaft und Ablenkung organisieren würde, sicher sei ich noch nicht durch, man wisse nicht, was noch alles hochkommen könnte.

„Irgendwie bist du echt süß", necke ich ihn. „Wegen dir habe ich derart viel durchgemacht und das nicht nur einmal ..."

„Gerade deshalb ist es jetzt nur fair, wenn ich dich unterstütze", unterbricht Simon mich. „Wenn ich an Christiane denke, habe ich nach wie vor ein schlechtes Gewissen, und das ist nur eine Situation von vielen. Also bitte, reibe mir das jetzt nicht unter die Nase, sondern gib mir eine Chance, etwas für dich zu tun. Vielleicht kann ich dadurch ein bisschen was wiedergutmachen. Okay?", bittend schaut er mich an.

„Eine verrückte Entwicklung", sage ich nachdenklich. Aufschauend blicke ich direkt in Simons Augen. „Danke, deine Hilfe nehme ich mit Freude an."

„Schön", setzt er erneut an, „du kannst gerne hier schlafen. Jetzt gucke ich mal nach, was bei mir morgen ansteht." Er geht zu seinem Smartphone, checkt seine Termine, murmelt vor sich hin: „Ich versuch's", wählt eine Telefonnummer, bricht ab, sieht mich stattdessen an. „Wenn du hierbleiben willst, versuche ich jetzt einen Neun-Uhr-Termin zu verschieben. Dann hätte ich Zeit bis …", er blättert durch seine Termine, „… bis circa elf. Ja?"

„Ja, ich will", antworte ich. Verdutzt schauen wir uns an, lachen gleichzeitig prustend los.

„Vielleicht war das jetzt ein Missverständnis und ich sollte vorsichtiger sein", scherzt Simon. Er telefoniert kurz, regelt die Terminverschiebung. Ich frage ihn, wer das gewesen sei, denn schließlich ist es mittlerweile kurz vor zweiundzwanzig Uhr. Er habe mit Nils gesprochen, diese Uhrzeit sei für sie beide nicht ungewöhnlich.

„Habt ihr denn nie Feierabend?", wundere ich mich.

„Deshalb rufen wir uns grundsätzlich nur auf dem Firmenhandy an", erklärt mir Simon, „wenn das aus ist, haben wir Feierabend", mit diesen Worten macht er es demonstrativ aus.

„Was machen wir jetzt mit dem angebrochenen Abend? Halt! Stop!", unterbricht Simon sich selbst, „willst du dich nicht für morgen mit jemand verabreden?"

Ich überlege. „Klaus könnte ich fragen. Morgen ist Freitag, da kommt er sowieso fast an meiner Haustür vorbei", teile ich Simon mit. „Ich rufe ihn jetzt an und würde danach gerne noch ein bisschen an die frische Luft gehen. Hättet du Lust, mitzukommen?", frage ich Simon.

„Gute Idee", bekomme ich zur Antwort. „Zwischenzeitlich checke ich Mails."

Ich gehe ins Schlafzimmer, setze mich zum Telefonieren vorsichtig auf die Bettkante. Klaus ist sofort dran und ich erzähle ihm in groben Zügen, was passiert ist. Er ist froh, dass Simon mich unterstützt. „Tja Sina, wer hätte das gedacht, dass du bei Simon einmal Trost finden würdest." Ich verstehe, worauf er anspielt – damals war er oft wegen Simon für mich da!

„Ja", erwidere ich, „das mit den Exen ist schon komisch, das habe ich vorhin gerade auch zu Simon gesagt. Andere Frauen haben beste Freundinnen, ich habe beste Exen."

„Ist halt so, Hauptsache, es gibt Freunde", kommentiert Klaus. Er will wissen, wie lange ich bei Simon bleiben werde. Ich erzähle ihm von dem Plan, über Nacht zu bleiben und morgen gegen elf Uhr nach Hause zu fahren. „Was hältst du davon, wenn ich auf dem Nachhauseweg bei dir vorbeischaue? Das könnte gegen …", Klaus überlegt einen Moment, „… gegen halb sieben sein."

„Ach, Klaus", antworte ich dankbar, „du bist ein Schatz, genau das habe ich mir gewünscht." Zum Schluss schlägt er vor, wir könnten am Sonntag unsere Wandertruppe zusammentrommeln. Ich finde diese Idee gut, doch für heute ist genug geplant, jetzt will ich erst einmal über alles schlafen, alles Weitere wird sich finden.

Als ich ins Wohnzimmer zurückkomme, ist Simon auf der Couch eingeschlafen. Kein Wunder, denke ich, baut schließlich gerade seine eigene Firma auf und dann komme ich daher mit so einem krassen Stressprogramm. Obwohl ich bereits eine Weile im Raum bin, scheint Simon fest weiterzuschlafen, was mich richtig freut, denn es ist ungewöhnlich für ihn. Bedeutet es doch, dass er mir nach wie vor vollkommen vertraut, sich sicher mit mir fühlt. Ich lege mich zu ihm auf die Couch. Er legt einen Arm um mich, murmelt: „Wir wollen noch spazieren gehen", um gleich wieder einzuschlafen. Mir fallen die kaputten Lattenroste ein. Ob man in dem Bett überhaupt schlafen kann? Ich beschließe, mir das gleich anzusehen, allerdings will ich Simon nicht erneut aufwecken.

Also liege ich wach in seinem Arm, während die Gedanken durch den Tag wandern. Ob Toni vor meiner Haustür steht? Oder mir schon den Anrufbeantworter voll getextet hat? Vor wenigen Stunden war für mich völlig klar, dass es aus ist mit ihm.

Würde ich dabei bleiben können? Oder würde ich mich umstimmen lassen? Wenn einer reumütig zu mir kam, hatte ich bisher (fast) jedem Mann vergeben – ich stutze, von wegen reumütig – sie mussten nur einen Neuanfang wollen und ich nahm sie mit offenen Armen wieder auf. Darüber sollte ich noch einmal nachdenken – allerdings nicht jetzt.

Ob Toni auf mein Handy gesprochen hat? Ich könnte auch per Fernabfrage den Anrufbeantworter daheim abhören. Kaum bin ich fünf Minuten alleine, geht das Karussell im Kopf von neuem los, stelle ich ärgerlich fest. Nein, dieser Neugier werde ich nicht nachzugeben und keinen der Anrufbeantworter abhören, stattdessen werde ich mich um das Bett kümmern, auf diese Weise bin ich wenigstens sinnvoll beschäftigt. Verdammt, wenn Toni Detektiv ist, hat er vielleicht die Möglichkeit zur Handypeilung. Ich fahre wie von einer Tarantel gestochen hoch – erschrecke dabei Simon, der sich aber sofort umdreht und weiterschläft. Schnell nehme ich den Akku aus dem Handy, das war's mit Handypeilung, frohlocke ich. Was weiß Toni eigentlich von Simon? Steht er am Ende längst draußen vor der Tür? Eigentlich passt das nicht zu Toni, versuche ich mich selbst zu beruhigen. Was für ein blödsinniger Gedanke: ‚Eigentlich passt das nicht zu Toni.' Ich weiß nichts über diesen Mann!

Um diese elenden Gedankenströme zu stoppen, gehe ich ins Schlafzimmer, begutachte den Lattenrost und überlege, was zu tun ist. Im Keller finde ich nur ein paar dünne kurze Holzlatten, die kein Ersatz für die zerbrochenen sein können. Doch es klappt trotzdem: Mit einem Klebeband repariere ich die zerbrochenen Latten notdürftig. Für eine Nacht wird das wohl halten. Morgen werde ich beim Baumarkt geeignete Latten besorgen. Gerade als ich mich umsehe, wissen will, was ich darüber hinaus wieder in Ordnung bringen sollte, steht ein verschlafener Simon in der Tür. Er umarmt mich, legt seinen Kopf auf meine Schulter, wie er es früher oft getan hat. Nein, solche Gewohnheiten sind jetzt nicht mehr angebracht. Ich tippe Simon auf die Schulter.

„Huhu, dort ist das Bett, das hier bin ich", versuche ich es scherzend.

Er rafft sich auf: „Tut mir leid, ich bin eingeschlafen, doch am besten penne ich gleich weiter." Mit diesen Worten zieht er sich aus und begibt sich in die Waagerechte. Gebannt beobachte ich jede seiner Bewegungen, lausche auf jedes Geräusch des Bettes – der Lattenrost hält. Ich schalte im Schlafzimmer das Licht aus, gehe ins Bad, finde eine neue Zahnbürste und lege mich dann auf der Couch zur Ruhe. Jetzt erst spüre ich, wie zerschlagen ich mich fühle. Vor Erschöpfung fallen mir sofort die Augen zu.

Freitag, 26.11.2010

Früh – jedenfalls für Simons Verhältnisse – steht dieser erstaunt vor der Couch. Sein Erscheinen lässt mich sofort die Augen öffnen. „Guten Morgen Sina. Wieso schläfst du hier?", will er wissen.

„Wegen der Lattenroste und wegen der Klarheit. Ich möchte es nicht drauf anlegen, wir sollten uns nicht für immun halten", antworte ich ihm.

„Okay", murmelt er, verschwindet wieder im Schlafzimmer. Ich versuche erneut einzuschlafen, da taucht der Gedanke auf, ein bisschen kuscheln wäre eigentlich nett, allein werde ich in Zukunft oft genug sein. Daraufhin folge ich Simon, krieche vorsichtig zu ihm unter die Bettdecke – der Lattenrost hält. Er kuschelt sich an mich, brummelt zufrieden: „Das ist schöner."

Gegen neun Uhr sind wir beide ausgeschlafen. Später beim Frühstück fragt mich Simon: „Gestern schienst du sehr entschieden zu sein. Was denkst du heute, siehst du eine Chance für dich und Toni?"

Ohne zu überlegen, kommt sofort die Antwort aus mir heraus: „Ich sehe keine Basis. Wie soll ich ihm jemals wieder vertrauen können?"

„Aber", beginnt Simon nachdenklich „hast du dich das bei uns nicht auch oft gefragt?" Verwundert schaue ich ihn an. Was sind das für Überlegungen? Darüber hat er mit mir nie gesprochen.

„Hm …, bei uns ging es um etwas anderes, um die Einhaltung deiner Zusagen. Das grundsätzliche Vertrauen hingegen war immer da – und ist bis heute geblieben, sonst würden wir jetzt nicht hier sitzen!"

Er scheint noch nicht überzeugt zu sein. „Aber fühlt sich das im Endeffekt nicht genauso an? Wenn die ganze Welt zusammenbricht und *alles* in Frage gestellt ist?"

Jetzt muss ich ihm zustimmen. Ja, es fühle sich auf einer gewissen Ebene genauso an, doch seien solche Gefühlsausbrüche nicht entscheidend, letzten Endes treffe meine Vernunft die Entscheidung. „Darin unterscheidest du dich von anderen Frauen und das schätze ich so sehr an dir", bekomme ich daraufhin zu hören.

„Zurück zu deiner Frage", lenke ich von diesem Kompliment ab. „Nein, ich sehe keine Möglichkeit mehr. Toni hatte seine Chancen, mehr erhält er von mir nicht", sage ich fest, um wenig später kleinlaut zuzugeben: „Ich weiß allerdings nicht, wie standhaft ich bin." Jetzt möchte ich das Thema aber fallen lassen, lieber zu den praktischen Dingen übergehen. Ich sage Simon, dass ich in den Baumarkt fahren und sein Bett reparieren werde.

Erst jetzt stutzt er: „Wie haben wir denn vorhin darin geschlafen?" Nachdem ich von der nächtlichen Bastelaktion erzählt habe, gibt Simon mir seinen Zweitschlüssel, den solle ich in der Wohnung liegen lassen, wenn ich gehen würde. Wenig später verabschieden wir uns mit einer kurzen Umarmung. Ich repariere das Bett, besorge eine ähnliche Nachttischlampe sowie den gleichen Wecker (war schließlich ein Geschenk von mir). Beschäftigt zu sein und für jemand anderes etwas zu tun, macht mir Spaß und lenkt ab.

Kaum sitze ich anschließend im Auto, wendet sich das Blatt schlagartig. Die Gedanken gehen sofort zu Toni. Ob er versucht hat, mich zu erreichen? Erneut unterdrücke ich den Impuls es herauszufinden. Was wird er unternehmen? Welche Möglichkeiten als Detektiv wird er nutzen, um mich auszuspionieren, an mir dranzubleiben? Ich weiß überhaupt nicht, mit wem ich es zu tun habe! Ob er bereits vor meiner Tür steht? Verdammt, und ich fahre jetzt alleine nach Hause! Nach einer Weile habe ich mich gefasst. Er wird sich gegen meine Entscheidung wehren, doch er wird mir nichts tun. Dieser klaren Botschaft meiner *Inneren Stimme* kann ich vertrauen.

Jetzt wandern die Gedanken zu den letzten Stunden mit Simon. Ich bin unendlich dankbar, dass wir derart unkompliziert und ohne jede sexuelle Spannung miteinander umgehen konnten. In diesem Moment wird mir bewusst, welches Risiko ich eingegangen bin – im Bett mit Simon kuscheln! Auch wenn es dieses Mal gut gegangen ist, etwas mehr Vorsicht ist angebracht.

Schon beim Betreten der Wohnung sehe ich das Blinken für eingegangene Sprachnachrichten. Es sind zwei, eine von Regina und die andere von einer unbekannten Nummer mit Frankfurter Vorwahl. Regina fragt, ob ich Lust hätte, am Sonntag zu wandern. Das freut mich, das passt mir sehr gut, somit wären wir mindestens zu dritt. Die andere Nachricht ist von Toni. Er fragt, wo ich denn stecken würde, er mache sich Sorgen, ich solle mich melden, wir müssten reden, es täte ihm unendlich leid, er habe nicht gewusst, wie er mir den Auftrag von Antons Vater erklären solle, hätte Angst gehabt, dass ich es nicht verstehen würde.

Sofort mache ich den PC an, um herauszufinden, wer unter dieser Telefonnummer gespeichert ist – Toni Wagner, Privatdetektiv. Tatsächlich hat er also damit ausnahmsweise mal die Wahrheit gesagt! Als ich nach diesem Namen suche, finde ich seine Homepage. Welche Ausweise hat er mir gezeigt? Er hat den Flug nach Teneriffa unter falschem Namen gebucht!

Gerade will ich mich nach einer langen, wohltuenden Dusche anziehen, da ruft Simon an. Er fragt, ob alles okay mit mir sei, ob ich mich melden werde, wenn es mir schlecht gehe. Ich verspreche ihm, dass ich mir Hilfe hole, wenn ich sie brauche, bedanke mich für seine Fürsorge.

Ich lege den Akku in das Handy und schalte es ein. Zwei Kurznachrichten sowie weitere Mitteilungen auf der Mailbox von Toni werden angezeigt. Sie unterscheiden sich nicht wesentlich von der Nachricht auf dem Anrufbeantworter. Nein, das brauche ich jetzt nicht.

Stattdessen werde ich mir etwas Gutes tun – zuerst mache ich Yoga und anschließend wird meditiert.

Zu meiner eigenen Überraschung erhebe ich mich eineinhalb Stunden später ruhig und gestärkt. Ein krasser Unterschied zu den mulmigen Gefühlen, die ich die letzte Zeit hatte. Liegt es daran, dass ich mit der Wahrheit, egal wie sie aussieht, besser umgehen kann, als mit unklarem Verhalten und diffusen Ahnungen? Nicht zu wissen, woran ich bin, kann ich nur schwer ertragen.

Wie soll es nun weitergehen? Ich will Klarheit, ob ich Toni noch eine Chance geben will. Aus dieser Entspannung heraus habe ich sofort eine Idee. Mit Hilfe von beschrifteten DIN A4 Karten, die ich als eine Art Anker vor mir auf dem Boden verteile, werde ich erarbeiten, was spricht dafür, was spricht dagegen. Ich möchte alle Gesichtspunkte beleuchten, alle Gefühle und alle Stimmen in mir sollen betrachtet werden, manch Unbewusstes kann sich auf diesem Weg zeigen.

Auf der ersten Karte mache ich meinem Herzen ordentlich Luft. Alle Vorwürfe gegen Toni haben jetzt Raum, dürfen so, wie sie aus tiefster, verletzter Seele kommen, ausgesprochen werden.

Als nächstes gehe ich auf die Ja-Karte. Hier lautet die Frage: Welche Gefühle und Bedürfnisse habe ich, wenn ich es noch einmal mit ihm versuche. Sofort krümmt sich mein ganzer Leib zusammen. Ich bekomme Schmerzen in Brust- und Bauchraum, überdies wird mir schlecht. Die Sprache meines Körpers ist eindeutig!

Jetzt stehe ich auf der Nein-Karte: Welche Gefühle werden lebendig, welche Bedürfnisse werden erfüllt, wenn ich ihm keine Chance gebe? Sofort verändert sich die komplette Haltung. Ich richte mich auf, atme tief und ungehindert durch, der Brustkorb fühlt sich leicht an, der Rücken stark. Was erfülle ich mir damit? Das Ende des Eiertanzes, die Ambivalenz ist vorbei; ich gehe nicht mehr mit Misstrauen und Zweifeln durch die Welt ... hm ... das ist aber doch so oder so vorbei, ich weiß jetzt die Wahrheit. Nach Weile, in der sich keine neuen Erkenntnisse einstellen, lasse ich es so stehen, wissend, da sollte ich erneut hinschauen.

Schon will ich dieses Rollenspiel beenden, als es mich zurück zur Nein-Karte zieht. Mit geschlossenen Augen spüre ich in mich hinein. Die Arme verschränken sich vor dem Körper, Tränen laufen die Wangen herunter. Ich spüre Trauer und den Schmerz des Verlustes. Diese Gefühle habe ich bisher nicht zugelassen!

Zum Abschluss stehe ich am Kopf der ausgelegten Bodenanker. Zuerst die Ja-, dann die Nein-Karte betrachtend, fühle ich mich erneut in die unterschiedlichen Gefühle und Bedürfnisse hinein. Ich erinnere mich an das Misstrauen, welches mich von Anfang an begleitet hat, und jetzt weiß ich – ich hätte *mir* vertrauen sollen, meine *Innere Stimme* hatte recht.

Ich trete heraus und räume die Karten zusammen. Plötzlich kommt mir ein ganz neuer Gedanke. Habe ich mit der Entscheidung – offensiv auf ihn zuzugehen – einen Fehler begangen? Lang ausgestreckt mache ich es mir auf der Couch bequem, in diesem Moment meldet sich das Telefon. Die angezeigte Nummer verrät mir den Anrufer – nein, für Toni bin ich jetzt nicht zu sprechen. Die Gedanken vor dem Klingeln aufgreifend frage ich mich: Habe ich mich falsch entschieden? Wie hätte ein Alternativszenario aussehen können?

Ich hätte alle Hebel in Bewegung gesetzt, mich so lange zurückgezogen, wäre keine Beziehung zu ihm eingegangen, bis die Wahrheit ans Licht gekommen wäre. Und alles wäre zu Ende gewesen bevor es begonnen hätte. Ist es das, was ich mir gewünscht hätte? Mehr als das, was ich die letzten Wochen erlebt habe? Die gemeinsamen Stunden mit Toni, der Urlaub auf Gomera, unsere Reise in die Vergangenheit?

Außerdem habe ich mit dieser Offensive meinen Beitrag für eine offene Beziehung geleistet, habe mich authentisch verhalten, mich für meine Werte eingesetzt, selbst danach gehandelt. Ja, Toni die Möglichkeit zur Ehrlichkeit gegeben zu haben, war erforderlich, genauso wie ihm deutlich zu sagen, welche Bedeutung Offenheit und Ehrlichkeit für mich haben.

Er hat diese Chance nicht genutzt. Dadurch habe ich erfahren, wer er wirklich ist. Ehrlichkeit ist für ihn keine Frage des Grundsatzes, sondern des Preises: Er kann nur so lange ehrlich sein, wie es ihm nicht zu unbequem wird, solange die Wahrheit seine Ziele nicht gefährdet.

Oft habe ich gedacht, wie dumm ich bin, dass mir meine Werte derartig wichtig sind und ich häufig Nachteile dafür in Kauf nehme. Jetzt begreife ich: Nur wenn jemand bereit ist, für die Wahrheit Opfer zu bringen, besteht eine Basis für Vertrauen. Und auch wirklich nur dann. Diese Gedanken versöhnen mich mit mir selbst; es ist schon okay, dass ich so bin, wie ich bin.

Kann ich auf *ihn* wütend sein, wenn *ich* nicht auf meine *Innere Stimme* höre, *ich selbst* wider besseres Wissen handle? Mich auf einen Mann einlasse, dem ich misstraue! Nein, wenn ich das tue, muss ich die Verantwortung für meine eigenen Fehler übernehmen.

Mit diesen Erkenntnissen – die mich nun auch gegenüber Toni versöhnlich stimmen – ergreife ich den Laptop, beginne eine Mail an ihn zu schreiben.

Betreff: Es ist vorbei

Hallo Toni,

Du hattest Deine Chancen, mir die Wahrheit zu sagen. Du hast sie nicht genutzt – und jetzt werde ich Dir keine neue mehr geben.

Es gibt für mich keine Möglichkeit, auf der Basis solcher Lügen eine Beziehung fortzusetzen.

Ich bitte Dich, rufe mich nicht mehr an, suche mich nicht auf, schicke mir keine Nachrichten. Ich möchte Dich nie mehr sehen oder sprechen.

Wir können über Mail einen letzten Austausch führen, das bin ich unserer gemeinsamen Zeit schuldig.

Die Wochen mit Dir habe ich sehr genossen und ich bin Dir dankbar für das, was möglich war.

Dir alles Gute

Sina

Jetzt bin ich überrascht. Diese wenigen Worte flossen mit einer derartigen Leichtigkeit und Klarheit aus mir heraus – soll das jetzt alles gewesen sein? Ohne jedes Drama, ohne wochenlanges Heulen? Ohne Schlammschlacht, ohne Vorwürfe? Dieser Wutausbruch bei Simon soll gereicht haben, um mit Toni schon jetzt abgeschlossen zu haben? Kann das wirklich sein?

Dann begreife ich: In dem Moment, als mir klar geworden ist, dass ich meine *Innere Stimme* ignoriert, also wider besseres Wissen gehandelt habe, in dem Moment ist die Wut auf Toni verflogen. Warum? Weil ich nicht mehr Opfer bin, sondern die Verantwortung für mich und für alles, was passiert ist, übernommen habe? Kann ich deshalb aufhören, ihm Vorwürfe zu machen?

Klaus wird bald kommen, vermutlich wird er Hunger haben. Was könnte ich denn Leckeres für uns kochen? Sofort taucht eine Quiche vor meinem inneren Auge auf, ein Blick auf die Uhr, ein weiterer ins Kochbuch, ein dritter in die Vorräte – das kriege ich hin. Tatsächlich wird es ein perfektes Timing, drei Minuten, bevor die Eieruhr abgelaufen ist, ertönt die Türglocke.

Just als ich den Türöffner betätigen will, fährt mir ein Schreck in die Glieder. Und wenn das jetzt Toni ist? Angespannt nehme ich den Hörer der Sprechanlage ans Ohr: „Hallo, wer ist da?"

„Ich natürlich! Wie verabredet", höre ich die Stimme von Klaus. Erleichtert öffne ich die Tür.

Nach der Begrüßung möchte er wissen, seit wann ich denn so merkwürdig fragen würde, wer unten stehe. „Seit heute. Ich habe leichten Verfolgungswahn wegen Toni. Aber lassen wir das, ich habe was viel Besseres, ich habe eine Quiche gemacht, hoffentlich hast du Hunger."

„Super, ich habe bereits ein Loch im Magen und ich liebe Quiche, aber das weißt du ja. Du hast sie bestimmt deshalb gemacht."

„Hm, ehrlich gesagt hatte ich selbst Lust drauf, ich hoffe, das schmälert deine Freude nicht." Das Klingeln des Weckers ruft uns in die Küche. Klaus lässt sich erschöpft auf einen Stuhl fallen. Erst jetzt sehe ich sein blasses und müdes Gesicht. „Du siehst fertig aus, hattest du einen anstrengenden Tag?"

„Ja, war richtig ätzend, aber darüber brauchen wir jetzt nicht zu reden. Lass uns lieber in Ruhe essen. Oh, sieht die toll aus!" Ich schneide die Quiche, lege Klaus ein besonders großes Stück auf den Teller, nehme mir ebenfalls eine Portion und setze mich zu ihm. „Magst du mir erzählen, wie es zwischenzeitlich mit Toni weitergegangen ist?"

Viel sei nicht mehr passiert, berichte ich während des Essens. Ich hätte Toni heute für immer aus meinem Leben geworfen, damit sei nun alles vorbei.

Ein äußerst erstaunter Blick trifft mich: „Wo sind deine Gefühle geblieben? Hast du sie irgendwo vergraben?"

„Gute Frage, nächste Frage."

„Oh, Madame drückt sich."

„Du bist boshaft. Ich weiß nicht, wo sie sind. Ich bin einfach nur froh, dass sie weg sind. Wo, ist mir herzlich egal", antworte ich wie ein trotziges Kind.

„Hm, das klingt nicht sehr überzeugend. Im Gegenteil, eher in der Weise, als drängten sie schon darauf, sich zeigen zu können."

Eine zweite Chance?

„Habe ich dir eigentlich von meinem Dialog erzählt? Zwischen Herz und Verstand?"

Klaus schaut mich sichtlich irritiert an. „Zwischen Herz und Verstand?"

„Offensichtlich nicht. Um es kurz zu machen: Ich habe zwei Stühle hingestellt, einen Stuhl für den Verstand, einen für das Herz. Dann habe ich abwechselnd auf dem einen und dem anderen gesessen. Das war völlig irre – da formten sich Sätze aus meinem Inneren und ich konnte mir selbst zuhören. Allerdings ist es nicht das, was ich dir damit sagen will; der Grund, warum ich darauf zu sprechen komme, ist Folgender: Das Herz sagte, der Verstand sei derjenige, der bestimme, ob die Tür zum Herzen offen oder verschlossen ist. Das ist die Antwort auf deine Frage: Die Gefühle sind im Herzen, aber alles ist verriegelt und verrammelt." Triumphierend schaue ich Klaus an.

„Wenn du dich sehen könntest! Dein Gesichtsausdruck verrät, dass du selbst nicht davon überzeugt bist. Glaubst du wirklich, es bräuchte nur einen Radiergummi, um die Wochen mit Toni auszuradieren?"

Ich bin kurz davor, in Tränen auszubrechen. „Klaus, ich bin froh, mich einigermaßen gefangen zu haben. Wühle bitte nicht darin herum, die Trauer kommt von ganz alleine, wenn die Zeit dafür reif ist."

„Entschuldige, du hast recht. Vermutlich habe ich deshalb so reagiert, weil mich dein Verhalten sehr wundert. Du schlägst Toni die Tür vor der Nase zu, gibst ihm scheinbar keine Möglichkeit, etwas zu klären, zu bereinigen. Das kenne ich nicht von dir; sein Verhalten, seine Lüge muss dich wirklich sehr verletzt haben."

Jetzt ist es mit jeder Beherrschung vorbei, lautes Schluchzen bricht aus mir heraus. Klaus ergreift meine Hände, streichelt sie sanft.

Lautes Regentrommeln weckt mich. Erschöpft liege ich im Bett. Klaus hat gestern Abend einen wunden Punkt getroffen. Soll ich Toni erneut eine Chance geben? Das Bodenanker-Rollenspiel, als ich mich bei dieser Vorstellung vor Schmerzen krümmte, gab mir eine eindeutige Antwort. Warum zweifle ich noch? Ich ziehe mir die Bettdecke über den Kopf, versuche, noch ein bisschen zu schlafen, was mir allerdings nicht gelingt.

Nach dem Frühstück überkommt mich Neugier. Ich fahre den Rechner hoch. Ja, Toni hat geantwortet. Er habe mit einer solchen Reaktion gerechnet, trotzdem treffe sie ihn hart. Über seine Fehler sei er sich im Klaren, doch er könne sie nun mal nicht ungeschehen machen. Natürlich verstehe er meine Reaktion, das sei völlig normal, nach dem, was er sich geleistet habe. Doch so auseinanderzugehen, das könne er sich überhaupt nicht vorstellen. Ob ich denn bereit sei, ihn noch einmal zu treffen? Er würde gerne ihn Ruhe über alles sprechen, außerdem hoffe er noch immer auf eine Versöhnung. Selbstverständlich könne ein Treffen auf neutralem Boden stattfinden, wenn mir das lieber sei. Die Mail schließt mit den Worten: ‚Ich liebe Dich und hoffe auf Dein wohlwollendes Verständnis.‘ Dieser Satz versetzt mir einen Schlag, der mich vollkommen durcheinanderbringt. Aber warum? Weil er trotz Allem mein Herz erreicht?

Eine wunderbare Geheimwaffe gegen derartig unliebsame Gefühle sind Kalorien. Da meine Küche nichts Leckeres im Angebot hat, flitze ich zum Bäcker. Ich gönne mir ein leckeres Stück Mohnkuchen mit Sahne, dazu eine große Tasse Kakao, mit einer Extraportion Milchschaum. Als ich Trotz spüre, halte ich verwundert inne. Wen will ich bestrafen, Toni oder mich?

Unbeeindruckt von diesem Gedanken, entzünde ich eine Kerze, widme mich ganz diesen Köstlichkeiten. Ein Wunder, was für eine Wende ein voller Bauch im Körper bewirkt! Zufrieden lehne ich mich zurück, jetzt einen Film und die Betäubung ist komplett. Plötzlich blitzt ein Gedanke auf: Wann will dieser

Mann mich treffen? Morgen fliegt er nach Portugal! Oder doch nicht? Ich merke, dass ich mittlerweile nicht mehr weiß, was ich weiß. Angetrieben von diesem Gedanken, klappe ich den Laptop auf.

Hallo Toni,
Du willst mich treffen, doch wann? Fliegst Du nun morgen nach Portugal oder nicht? Dieser Teil hörte sich echt an, obwohl die Begründung erfunden ist.
Gruß Sina

In dem Moment, als ich die Absenden-Taste betätige, wird mir bewusst, was ich da gerade getan habe. Verdammt! Wieder einmal war ich einfach zu schnell; habe – ohne zu denken – stumpf reagiert. Mist, nun habe ich meine Mail von gestern annulliert. Kann ich das jetzt wieder rückgängig machen? Fluchend laufe ich durch die Wohnung, ärgere mich über meine eigene Dummheit. Nach einer Weile ergebe ich mich dem Schicksal. Nun habe ich diese Mail geschrieben, folglich muss ich auch dazu stehen. Zwar habe ich keinem Treffen zugestimmt, aber ich habe den Ball angenommen.

Ich will gerade auf den Markt gehen, nur vorher schnell den Laptopdeckel runterklappen, als ich eine Antwort von Toni sehe. Er freue sich über meine schnelle Reaktion, das erspare ihm das tage- oder gar wochenlange Warten, vor dem er sich gefürchtet habe. Mit meiner Vermutung läge ich richtig, es habe tatsächlich einen Auftrag in Portugal gegeben, deshalb habe er sich etwas einfallen lassen müssen, um seine Reise mir gegenüber zu begründen. Zumal er mich merkwürdig distanziert erlebt und Angst gehabt habe, er könne mich verlieren, wenn er nicht endlich mit der Geheimnistuerei um seinen Beruf aufhöre. Also habe er überlegt, was er mir Glaubhaftes anbieten könne, ohne seinen wirklichen Beruf zu verraten (was gleichzeitig erkläre, warum er gezögert habe). Natürlich sei das total dumm gewesen, das sehe er jetzt auch, er habe es aber nicht besser gekonnt. Den Auftrag habe er gleich nach unserem Streit abgesagt. Er wolle jetzt nicht für mehrere Wochen nach Portugal, sondern retten, was zu retten sei. Ob ich denn bereit sei, ihn zu treffen. Um der Versuchung zu entgehen, spontan zu antworten, schließe ich schnell den Laptop.

Auf dem Weg ins Stadtzentrum erinnere ich mich an den Marktbesuch mit Toni. Auch damals hatte ein Gefühl mir signalisiert, dass etwas nicht stimmte. Und wieder einmal hatte ich diesen Hinweis ignoriert. Hatte ich die Wahrheit etwa gar nicht wissen wollen? Stattdessen lieber die Zeit mit ihm genießen, das auskosten wollen, was miteinander möglich gewesen ist?

Der Gang durch die klare, kalte Luft tut mir gut, ist erfrischend, belebend. Auf dem Markt entwickelt sich mit einer Nachbarin ein längeres Gespräch und wir setzen uns in das nächste Café. Ich genieße es, über die Angebote in diesem oder jenem Laden zu plaudern, über Sport, über Gott und die Welt. Manchmal hat es einen Vorteil, wenn Menschen sich nicht näher kennen, man spricht nicht gleich über Probleme, nicht über die tiefen Themen. Es ist nett, leicht, erholsam.

Auf dem Rückweg beschließe ich, mich auf andere Dinge, andere Menschen zu konzentrieren. In der Wohnung angekommen, rufe ich deshalb sofort Regina an. Zusammen mit Klaus hat sie zwischenzeitlich einige aus unserer Wanderclique zusammengetrommelt. Super, dann komme ich morgen raus in die Natur und habe dabei außerdem Kontakt zu netten Menschen. Auf die Frage, was es Neues bei mir gäbe, sage ich nur kurz, dass ich Beziehungsstress hätte, aber lieber nicht darüber sprechen wolle. Wenn ich das Thema jetzt immer wieder aufwärmte, würde ich nie zur Ruhe kommen. Regina hat sich just neu verliebt und schwebt im siebten Himmel, sie will uns ihren Auserwählten morgen vorstellen. Das freut mich, denn Regina ist mehrere Jahre Single gewesen, eine neue Beziehung wird ihr Leben sicherlich bereichern.

Nachdem für das morgige Treffen alles geregelt ist, mache ich es mir im Schaukelstuhl bequem. Was mache ich denn nun mit Toni? Vorsichtig wiege ich mich vor und zurück, vor und zurück. Soll ich mich mit ihm treffen? Vor und zurück. Stop! Auf diesem Weg komme ich nicht weiter. Das kleine Rollenspiel hat mir gestern meine Gefühle mehr als deutlich aufgezeigt – warum lasse ich mich von einer Mail derartig verwirren? Vor und zurück. Soll ich ihm doch noch eine Chance geben?

Ich springe auf, dieses Gedankenkarussell muss ich anhalten. Nachdem ich mich durch etliche Filmbeschreibungen gelesen habe, entscheide ich mich für einen Kinobesuch. Vielleicht kommt jemand mit? Einige Telefonate später ist ein Treffen vereinbart, zuerst essen und anschließend ins Kino gehen, der Abend ist gerettet. Vorher gönne ich mir eine Runde Jogging durch den Wald; wie Simon sagte: das Gehirn ordentlich durchpusten.

Sonntag, 28.11.2010

Trotz des gestrigen, lustigen Abends sehe ich gleich nach dem viel zu frühen Aufwachen einen riesigen Problemberg vor mir. Ich kann Toni nicht so lange auf eine Antwort warten lassen. Aber was schreibe ich ihm? Wie so oft rufe ich mich zur Ordnung: Bevor ich mich mit diesem Thema beschäftige, sollte ich erst mal in Ruhe etwas essen.

Während des Frühstücks steigt der Ärger über meine vorschnelle Reaktion gestern erneut in mir auf. Vor zwei Tagen schien alles leicht und klar, durch diese spontane Mail habe ich mir das selbst vermasselt. Das Gejammer hilft nichts, nun habe ich diesen Schritt auf ihn zu gemacht, einen Rückzieher zu machen wäre unehrenhaft. Unehrenhaft? Erstaunlich, welche

Wörter sich manchmal in diesen Gehirnwindungen bilden. Jedenfalls möchte ich fair zu Toni sein, mich mit ihm treffen, ihm die Möglichkeit geben, persönlich zu klären, was zu klären geht.

Verdammt! Jetzt weiß ich, warum ich mich derart quäle. Ich habe Angst, ich könnte umkippen, mich erneut auf ihn einlassen! Was wäre daran so schlimm? Diese Frage ruft dieselben verwirrten Gefühle in mir hervor wie Tonis Mail, in der er schreibt, dass er mich liebe. Das mag ich nicht, Klarheit ist viel einfacher. Wollte ich vielleicht meine unbequemen Gefühle für Toni damit einfach nur verstecken?

Oh nein! Ich erinnere mich noch gut an den langwierigen Prozess, den ich damals durchmachte, bis ich endlich in der Lage war, mich von Simon zu trennen. Deshalb kommt mir das alles dermaßen bekannt vor! Ich steckte damals in derselben Ambivalenz. Entschlossen setze ich mich an den Rechner, da fällt mir die heutige Wanderung ein, der Blick auf die Uhr sagt mir, ich muss mich sputen, wenn ich die Anderen nicht warten lassen will.

Angenehm müde und zufrieden liege ich an diesem Abend im Bett. Ungeachtet des Regens, der sich zwischendurch immer wieder einstellte, waren wir den ganzen Tag unterwegs gewesen. Wir nahmen eine abwechslungsreiche, neue Tour, mit mehreren Einkehrmöglichkeiten, die wir reichlich nutzten. Auf diese Weise konnten wir uns vor größeren Schauern schützen und hatten eine schöne Zeit. Oh je, jetzt im Liegen wird mir schwindelig, das waren wohl ein paar Bier zu viel.

Montag, 29.11.2010

Überrascht nehme ich das helle Sonnenlicht wahr; da muss ich gestern Abend sofort weg gewesen sein. Der Schädel dröhnt, mir ist übel, also ein richtig mieser Start in den Tag. Aber, was jammere ich erneut? Das ist der Preis für den netten Toni-gedankenfreien Abend und das schnelle Einschlafen. Mühsam rapple ich mich aus dem Bett, stolpere direkt in die Dusche. Dort wird mir – nach reichlich Wasser – klar: Heute ist Montag! Wie kann einem nur entfallen, welcher Tag ist? Ich bin entsetzt über so viel Lebensunfähigkeit … oder ist das etwa positiv zu bewerten als *loslassen* oder gar als *ganz im Hier und Jetzt*, wie es die spirituellen Meister propagieren? Den Kopf schüttelnd steige ich aus der Dusche, sage laut: „Sina, du hast noch zu viel Alkohol im Blut!"

Beim Fußweg zur Firma fällt mir auf, ein Gutes hat dieser Morgen: Ich habe kein einziges Mal über Toni nachgedacht. Dabei bleibt es auch, weil ich reichlich Mühe habe, mich auf die Arbeit zu konzentrieren. Die nachhaltige Wirkung eines solchen Rausches beeindruckt mich, trotzdem bin ich froh, nicht allzu oft davon Gebrauch zu machen. In der Mittagspause kaufe ich mir ein Glas Bismarckheringe, die sind zwar lecker, aber retten können sie mich dennoch nicht, ich quäle mich durch den Tag. Nachdem ich die wichtigsten Aufgaben erledigt habe, mache ich Feierabend, schaffe mit Mühe den Heimweg, falle sofort wie tot ins Bett.

Als ich erwache, ist es dunkel – hat die Nacht begonnen oder ist sie vorbei? Ein Blick auf den Wecker – 19 Uhr – und die einsetzenden Erinnerungen geben mir Orientierung. Der Durst treibt mich aus dem Bett. Während der Mixer eine ordentliche Portion Bananenmilch zaubert, werfe ich den Laptop an. Wann hatte Toni mir geschrieben? Ich habe richtig Mühe, mich an die letzten Tage zu erinnern.

Das kühle Getränk belebt meine Geister, gestärkt öffne ich die letzte Mail von Toni. Sie ist von Samstag, also erst zwei Tage her, gar nicht schlimm, hatte gedacht, sie läge viel länger zurück. Das schlechte Gewissen war völlig unnötig. Zwei Tage sind eine normale Reaktionszeit, rede ich mir gut zu. Und wie war das damals bei Simon? Verdammt, warum muss ich immer derart ehrlich mit mir selbst sein? Das ist schrecklich unbequem, denn ich entsinne mich gut – wenn ich auf eine Antwort von Simon wartete, zählte jede Minute.

Beim Lesen werden die letzten Tage wieder lebendig, die Mail vom Samstag ist ziemlich neutral, die vorherige hatte mich aus meiner Distanz geholt, mich deshalb so aufgewühlt. Ich starre auf den Bildschirm – was soll ich ihm schreiben? ‚Unehrenhaft' geistert plötzlich durch meinen Kopf. Verdammt, noch immer fällt mir die Konzentration schwer.

Mich zusammenreißend fordere ich Toni auf, er möge mir vor einem Treffen die Wahrheit schreiben. Er möge bitte alle meine Fragen beantworten, so wie er es in seiner allerersten Mail versprochen habe. Warum er mich kontaktiert habe, was er alles von Wolfgang wisse, was genau sein Auftrag gewesen sei, was von dem, was zwischen uns gewesen ist, seinen wahren Gefühlen entsprochen habe und was nur Taktik zur Erreichung seines Zieles gewesen sei. Ich schließe mit ein paar belanglosen Worten, die Absage seines Portugal-Auftrages wird mit keiner Silbe kommentiert, davon lasse ich mich nicht unter Druck setzen.

Mit Überraschung stelle ich fest, dass ich, trotz des langen Mittagschlafes, erneut müde bin. Letztens habe ich einen neuen Kräutertee gekauft, den werde ich mir jetzt als Gute-Nacht-Trunk gönnen.

Verplappern – Zufall oder Sehnsucht?

Dienstag, 30.11.2010

Bei einem Nachmittagsspaziergang mit meiner Freundin Beate fragt sie mich, was denn die Liebe so mache. ‚Weiß ich doch nicht!‘, nehme ich verblüfft meine trotzige Antwort wahr. Kaum ausgesprochen, blicke ich in fragende, forschende Augen. „Das hört sich nicht wirklich gut an.“

„Ja, da hast du wohl recht, ich bin durcheinander, weiß nicht genau, was ich will. Hm, nein, das stimmt nicht. Ich weiß, was ich will – aber das kriege ich nicht.“

„Was genau wünschst du dir?“

„Eine ehrliche, offene, verlässliche Partnerschaft.“

„Und was davon hat sich mit Toni nicht erfüllt?“ Es gefällt mir, dass sie sich an seinen Namen erinnert, viel Zeit haben wir in den letzten Wochen nicht miteinander verbringen können.

„Er hat mich angelogen und zwar auf die übelste Art und Weise. Die ganze Story mit Wolfgang stimmt überhaupt nicht. Nur weil er als Privatdetektiv einen Auftrag bekommen hat, kam er auf mich zu.“

„Das ist wirklich hart, das hätte mich auch tief getroffen! Aber …“, Beate hält inne, überlegt, „… aber, jetzt weißt du es, jetzt hat er dir die Wahrheit gesagt. Oder nicht?“

Einen Moment lang muss ich über ihren Einwand nachdenken, dann folgt in anklagendem Ton: „Aber nicht freiwillig, nicht beabsichtigt, er hat sich verplappert. Das ist etwas völlig anderes.“ Wir bleiben stehen, schauen uns in die Augen. „Du findest, das spielt *keine* Rolle?“

„Ja, für mich macht das keinen Unterschied. Aus Versehen macht niemand etwas, unabhängig davon, ob demjenigen die Absicht dahinter bewusst ist oder nicht. Wer etwas partout nicht preisgeben will, der tut es auch nicht. In Toni muss der Wunsch nach Offenheit, nach einem Ende dieses Versteckspiels gewesen sein, sonst wäre ihm das nicht passiert." Schweigend gehen wir nebeneinander weiter. In mir sträubt sich alles. „Außerdem", ein beobachtender Blick streift mich, „liebst du ihn nach wie vor. Warum willst du das wegwerfen?"

„Nicht schon wieder", kann ich gerade noch sagen, bevor die Tränen herausschießen. Ein Heulkrampf überkommt mich. Beate schließt mich in ihre Arme, drückt mich an ihr mütterliches Herz, bis ich mich beruhigt habe.

„Ich habe den Eindruck, du hast dich bereits entschieden; dass Toni überhaupt keine Möglichkeit mehr hat, egal, was er jetzt tut. Willst du deshalb deine Gefühle nicht zulassen?", fragt sie vorsichtig, einfühlsam.

Diese Fragen bewirken, kaum merklich, eine Aufrichtung und eine innere Gewissheit, gefolgt von einem letzten Schniefen. Ich kann nur wortlos nicken. Beate hakt sich bei mir ein und schweigend gehen wir weiter, bis wir vor ihrem Zuhause angekommen sind.

„Vielen Dank für deine Aufmerksamkeit, die du mir eben geschenkt hast. Ich fühle mich erleichtert und deutlich klarer. Aber wir haben gar nicht viel über dich gesprochen, ist das okay für dich, oder gibt es etwas, was du mir gerne mitteilen möchtest?"

„Das Wichtigste habe ich dir erzählt. Da ich im Moment ausgesprochen zufrieden bin, brauche ich weiter nichts. Außerdem – wie häufig hast du *mir* geholfen, es muss nicht jedes Mal ausgewogen sein. Also, alles gut, mach dir keine Gedanken." Bevor wir uns verabschieden, sage ich ihr noch, wie sehr ich es bedaure, dass wir so selten die Gelegenheit hätten, Zeit miteinander zu verbringen.

Während ich mir ein Süppchen koche, bin ich mit den Gedanken bei Toni. Will ich ihm noch eine Chance geben? Etwas in mir sperrt sich total dagegen, Beate hat dieses Nein gut erkannt.

Erst nachdem ich in Ruhe aufgegessen habe, öffne ich den Laptop, davon ausgehend, Post von Toni vorzufinden. Tatsächlich, er hat geantwortet. Neugierig beginne ich, eine lange Mail zu lesen, in der er mir nun endlich seine wahre Geschichte erzählt.

Vor fünf Jahren habe er nach einem schweren Unfall im künstlichen Koma gelegen. Auf einer Landstraße sei er von einem Lkw überfahren und mehrere Meter mitgeschleift worden. Der Lkw sei in einen Graben gestürzt und dort ausgebrannt. Der Fahrer überlebte, glaubte sich zu erinnern, in der Sekunde, in der er Toni erblickte, einen Rucksack auf seinem Rücken gesehen zu haben. Daraus sowie aufgrund der Tatsache, dass dies weit weg von der nächsten Ortschaft passierte, schloss man, Toni müsse zu jener Zeit auf einer Wanderung gewesen sein. Doch weder ein Rucksack noch irgendeine Tasche noch Papiere von ihm wurden jemals gefunden.

Nachdem das künstliche Koma beendet wurde, stellten monatelange, schwierige Rehabilitationsmaßnahmen seine körperliche und geistige Gesundheit weitestgehend wieder her — einzig sein Gedächtnis sei nie zurückgekehrt. Die Polizei habe ihn sehr dabei unterstützt, herauszufinden, wer er sei. Man habe aber nichts gefunden, niemand schien ihn zu vermissen. Letztlich gab man ihm eine neue Identität.

Lange Zeit sei er depressiv gewesen, sei nicht darüber hinweggekommen, dass er vor seinem Unfall ein Mensch ohne jeden Kontakt gewesen sein solle. Irgendwann habe sich Widerstand in ihm geregt, wären seine Lebensgeister wieder erwacht, denn er habe diese Ungewissheit weder akzeptieren können noch wollen. Deshalb sei er Privatdetektiv geworden.

Während der langen Suche nach sich selbst sei er eines Tages auf Anton gestoßen. Er sei hocherfreut gewesen, als er endlich nach wochenlangen Nachforschungen eine Adresse ausfindig habe machen können. Antons Vater sei allerdings erst nach vielen vergeblichen Versuchen bereit gewesen, mit ihm zu sprechen. Seine Fantasie, er selbst könne dieser Anton, dessen Vater sein Vater sein, zerschlug sich schnell. Stattdessen habe er die Geschichte von Anton und Wolfgang erfahren.

Ich bin sprachlos, Wolfgang hatte sich tatsächlich in einem Komapatienten inkarniert! Dass dieser Teil der Geschichte doch noch der Wahrheit entsprechen könnte, damit habe ich nicht gerechnet. Zum ersten Mal seit dem Auftauchen von Toni frage ich mich, wie es Wolfgang, vermutlich eher der Seele von Wolfgang, gegangen sein muss. Sie war gefangen in einem fremden Körper. Ich stutze – das sind Seelen allerdings immer, zu diesem Zweck inkarnieren sie. Ich brauche einen Moment, bis mir der Unterschied dämmert … Normalerweise weiß eine Seele nichts mehr von ihrem Vorleben, bei Wolfgang war das offensichtlich anders. Und – Wolfgang wollte seinen Sohn nicht verlassen, wollte zurück in sein altes Leben; in Anton zu erwachen, muss demnach sowohl für Wolfgang als auch für Anton sehr schwierig, vielleicht sogar grausam gewesen sein. Wie viel Kraft mag das gekostet haben? Wie mag sich Anton mit einer Seele, die gar nicht bei ihm sein wollte, gefühlt haben? Erst heute – durch die Distanz zu Toni, ohne diese Verliebtheit – fange ich an, die ganze Tragweite der Ereignisse zu ahnen.

In seiner Mail berichtet Toni weiter, Anton sei körperlich schwer behindert aus dem Koma erwacht, unfähig, ein selbständiges Leben zu führen. Überdies habe ihn die Anwesenheit von Wolfgang unermesslich belastet und zwei Jahre später sei er an einer Lungenentzündung gestorben. Seine Eltern sahen dies als letztes Geschenk Gottes an ihren Sohn.

Toni verspricht mir, morgen werde er darauf eingehen, warum er Kontakt zu mir aufgenommen habe, wünscht mir zum Abschluss eine schöne Woche. Sofort fällt mir auf, er hat gar nicht um ein Treffen gebeten und ich freue mich, dass er mich nicht bedrängt. Dies bestärkt den Entschluss, ihm einen fairen, gemeinsamen Abschluss zu ermöglichen. Blitzschnell belohnt der Körper mich mit Entspannung.

Mittwoch, 01.12.2010

Schon beim ersten Atemzug spüre ich, dass sich in mir etwas beruhigt hat. Dankbar starte ich mit einer Leichtigkeit in den Tag, die ich in den letzten Tagen oft vermisst habe.

Erst abends, nach dem Chor, öffne ich die nächste Mail von Toni.

Liebe Sina, hier nun die versprochene Fortsetzung.

Wie bereits beschrieben, bin ich bei der Suche nach meiner eigenen Vergangenheit auf Anton gestoßen. Zu jenem Zeitpunkt war ich total verzweifelt, aus heutiger Sicht würde ich sagen, ich stand kurz davor, mich umzubringen. Ich wusste echt nicht, wofür ich leben sollte. Dass ich noch etwas über mich herausbekommen würde, hatte ich aufgegeben.

Also stürzte ich mich mit Eifer auf Antons Geschichte, sie gab meinem Leben einen Sinn. Frage mich bitte nicht, warum, das weiß ich selbst nicht. Bei dem ersten Treffen mit Antons Vater war dieser sehr zurückhaltend, nach wie vor hatte er Angst vor der Presse.

Oh, wieder ein Stück Wahrheit entdeckt!, frohlocke ich.

Nach und nach taute er auf, fasste Vertrauen zu mir. Vielleicht hatte er auch nur Mitleid mit mir, ich weiß es nicht. Stück für Stück erfuhr ich die ganze Geschichte. Das Erwachen seines Sohnes, die Stimme von Wolfgang, die Verwirrung darüber. Anton wollte dieser Stimme auf die Spur kommen, wollte diese zwei

Männer in ihm verbinden. Dadurch kam es zu jenen Hypnose-Sitzungen, die Fritz, Antons Vater, mir eines Tages vorzuspielen begann. Doch die Stimme seines Sohns zu hören war arg schwer für Fritz, genauso wie die Bilder zu sehen, die wir zusammen betrachteten. Andererseits hatte ich den Eindruck, dies war ein weiterer Schritt, um sich von seinem Sohn zu verabschieden. Und ich hatte den Eindruck, dass er es genoss, damit nicht alleine zu sein. Seine Frau war drei Jahre nach Antons Tod an Krebs gestorben und seine anderen Kinder wollte er damit nicht belasten.

Ich mache mir einen heißen Kakao mit einer großen Portion Schaum und wechsle zum Schaukelstuhl. Wenn der Körper ganz leicht in Bewegung ist, bei diesem regelmäßigen Hin- und Herwiegen, kommen mir oft die erstaunlichsten Erkenntnisse.

Mit geschlossenen Augen spüre ich in die soeben gelesenen Ereignisse hinein. Die Geschichte dieser beiden Männer, die sich langsam angenähert haben, die ein ähnliches Schicksal verbindet — wenn auch aus einer anderen Perspektive — berührt mich. Deutlich spüre ich bei beiden eine Sehnsucht. Wonach eigentlich? Vielleicht hat der eine seinen verlorenen Sohn, der Andere den verlorenen Vater gesucht? Nachdem der Kakao geleert ist, lese ich neugierig weiter. Wann erfahre ich endlich, was es mit unserem Kontakt wirklich auf sich hat?

Ich besuchte Fritz sehr oft. Das Schicksal hat es gefügt, dass wir nur vierzig Kilometer auseinanderwohnen.

Wohnen? Hier sollte wohl eher *wohnten* stehen, denn ich glaube kaum, dass Fritz nach Hessen gezogen ist?! Hat Toni seine Wohnung oder sein Haus etwa nicht gekündigt? Eigentlich logisch, sinniere ich weiter, schließlich hatte er einen vorübergehenden Auftrag und nicht die Absicht, sich hier niederzulassen. Aber gleich ein ganzes Haus? Der Anbau, den er angeblich vermietet hatte, war sein Büro, das Schild, welches er gerade abhing, als ich zu früh kam, vermutlich sein eigenes. Er brauchte zusätzliche Aufträge – aber warum plante er so viel Zeit ein? Nein, das macht keinen Sinn, da fehlen mir noch Informationen.

Oft, wenn ich beruflich in der Nähe war, schaute ich kurz vorbei, an den Wochenenden verbrachten wir ebenfalls viel Zeit miteinander. Eines Tages kam Fritz auf die Idee, ich solle nach Wolfgangs Familie suchen. Vielleicht könnte diese mit den Informationen, die wir hatten, mit den Mitschnitten der Hypnose-Sitzungen, etwas anfangen, sich freuen, etwas von ihrem Verstorbenen zu erfahren, vielleicht sogar Dinge, von denen sie vorher nichts gewusst hatte. Wir überlegten, ob das wirklich eine gute Idee wäre. Beide hatten wir Bedenken, konnten wir doch überhaupt nicht abschätzen, was dies bei den Angehörigen auslösen würde.

Eines Tages überraschte mich Fritz. „Ich beauftrage dich!", sagte er fast feierlich. „Ich möchte, dass du seine Frau findest. Für die Eltern, die sicherlich nicht mehr die Jüngsten sind, könnte das ein zu großer Schock sein, seine Frau wird die Eltern besser einschätzen können", erwartungsvoll sah er mich an. Ich fragte nach, was er sich denn vorstelle, was genau ich tun solle. Ich verstand nicht, worauf er hinauswollte. Seine Vorstellung war, Deinen Wohnort zu finden, Dich zuerst in aller Ruhe zu beobachten, erst danach wollte er mit mir zusammen entscheiden, ob ich auf Dich zugehen würde oder nicht. Ich wunderte mich, was ihn plötzlich zu dieser Beauftragung gebracht hatte. Erst nach einer ganzen Weile rückte er damit heraus. Er hoffte, das Leiden seines Sohnes könnte auf diese Weise einen Sinn bekommen.

Beeindruckt halte ich inne. Deutlich kann ich das Ringen dieses Mannes spüren und seinen Wunsch verstehen. Gleichzeitig habe ich immer mehr Verständnis für Toni. Was für eine Tragödie, keine Vergangenheit, keine Kontakte. Nachdenklich hole ich mir ein Glas Wasser. Wenn man umzieht, hat man auch keine Kontakte … keine neuen, aber die Wurzeln bleiben. Ein weiterer Aspekt kommt mir in den Sinn: Die einen möchten mehr im Jetzt leben, versuchen ihre Gedanken an die Vergangenheit zu reduzieren, andere – wie Toni – verlangt es sehnlichst danach, mit ihrer Vergangenheit in Verbindung zu kommen, und sei es nur ein winziges kleines Stückchen.

Ich begann nach Dir zu ermitteln. Als ich Dich gefunden hatte, kam ich nach Frankfurt. Zuerst hatte ich eine kleine möblierte Wohnung am Stadtrand. So begann ich– Dir das zu schreiben, fällt mir extrem schwer – Dich zu observieren.

Ein Schreck fährt mir in die Glieder – was für eine abstoßende Vorstellung! Wie lange hat er das gemacht? Was mag ich in dieser Zeit alles getan und erlebt haben? Der Markt! Deshalb wusste er also davon, weil ich oft genug zu spät hingehe, wenn die Händler schon am Einpacken sind. Wie tief ist er in mein Intimleben eingetaucht?

Das wird sich furchtbar für Dich anhören. Jetzt – im Nachhinein – schäme ich mich dafür, damals war es ein Auftrag, Du eine Unbekannte. Leider bliebst Du das nicht lange. Je mehr ich Dich erlebte, desto näher fühlte ich mich Dir. Kurz – ich verliebte mich in Dich. Etwas, was in diesem Beruf niemals passieren sollte.

Lange überlegte ich, was nun zu tun war, mit Fritz konnte ich darüber nicht sprechen. Ich fragte mich, was ich zu verlieren hätte, wenn ich den Kontakt mit Dir suchen würde. Ich bräuchte Dir von Wolfgang erst mal gar nichts erzählen, überlegte ich mir. Ich könnte Dich einfach als interessierter Mann ansprechen. Diese Idee verwarf ich jedoch schnell, denn Fritz wollte ich nicht im Stich lassen. Auch wenn er mir nicht viel Geld gab, so war es dennoch ein Auftrag. Da fiel mir ein Kollege ein, mit dem ich mich ein bisschen angefreundet hatte, den wollte ich fragen. Wir kannten uns nicht gut genug, deshalb wollte ich es nicht telefonisch machen. Also fuhr ich zurück nach Augsburg.

Augsburg! Immerhin weiß ich jetzt, wo Toni tatsächlich herkommt.

Der Kollege kam auf die Idee, ich könnte als Dein verstorbener und wieder inkarnierter Mann auftreten. Zuerst fand ich das völlig abstrus. Doch mit jedem Tag, den ich diesen Gedanken mit mir herumtrug, lockte mich die Vorstellung immer mehr. Ich war dieses Leben ohne Vergangenheit, ohne Familie, immer auf der Suche so müde. Als Anton/Wolfgang hätte ich wieder eine Identität, eine Vergangenheit – mit Eltern, mit einem Sohn, mit einer Frau!

An dieser Stelle hat meine Vernunft ausgesetzt, zu groß war die Sehnsucht. An die Folgen für Dich, für Wolfgangs Eltern, für Adrian habe ich genauso wenig gedacht wie an Fritz.

Genug für heute, es ist schon spät. Darf ich Dir noch einmal in die Augen sehen? Jetzt, wo Du (fast) alles weißt? Morgen melde ich mich mit der letzten Fortsetzung.

Gute Nacht wünscht Dir Toni

Ein Blick auf die Uhr verrät mir, bei mir ist die Zeit ebenfalls weit fortgeschritten, Mitternacht ist gerade vorbei. Im Bett geht mir Tonis Erzählung immer wieder durch den Kopf, ich kann ihn so gut verstehen, kann ihn für sein Handeln nicht verurteilen. Verdammt – warum hat er mir die Wahrheit nicht gesagt, als ich danach fragte?

Heute kann ich die letzte Mail von Toni kaum abwarten, bin ganz kribbelig, schaue in der Mittagspause sofort nach Post. Erfreut finde ich eine – wenn auch recht kurze – Nachricht von Toni. Er schreibt, viel sei nicht mehr zu erzählen. Verliebt in mich und in die Idee, ein Teil in ihm könnte einmal mein Mann gewesen sein, habe er beschlossen, länger in Frankfurt zu bleiben. Als er das Haus in Geigenwald gefunden habe, schien ihm das ein Omen zu sein. Der Vermieter sei von seiner Frau verlassen worden, wollte für eine Weile alles hinter sich lassen, eine Weltreise machen. Das Haus mit seiner tollen Inneneinrichtung, dazu den Anbau, hätten Toni begeistert. Alles in allem hätte er es nicht besser treffen können, er habe keinen großen Umzug machen müssen, musste sich noch nicht mal bezüglich des Zeitraumes festlegen. Sein Vermieter habe von mindestens einem Jahr gesprochen, er würde sich aber rechtzeitig vorher melden. Sein Haus in Augsburg habe er an einen Klienten seines Kollegen vorübergehend vermieten können. Am Ende der Mail geht es um uns.

Sina, was geschehen ist, tut mir unendlich leid. Alles, was zwischen uns gewesen ist, war ehrlich, absolut ehrlich. Du bist – in diesem Leben ohne Vergangenheit – die erste Frau, mit der ich mich auf eine derartig tiefe Beziehung einlassen konnte. Erstmals habe ich Vertrauen, Heimat und Geborgenheit gefühlt. Bitte gib uns eine neue Chance. Können wir Deine Fragen und alles Weitere persönlich besprechen?

Ich umarme Dich

Ein trauriger, noch immer hoffender Toni

Uff! Ich schließe den Browser, starre aus dem Fenster. Das war keine gute Idee, ich hätte die Mail lieber heute Abend lesen sollen. Aber da hilft alles nichts, also reiße ich mich zusammen und wende mich meinem Job zu. Auf dem Nachhauseweg zieht die

Zeit mit Toni in Gedanken an mir vorbei. Unser erstes Treffen, unser Urlaub auf Gomera, seine erste Eifersuchtsattacke. Plötzlich kommt mir Simon in den Sinn. Was bin ich nur für eine Frau? Ich liebe zwei Männer – beide attraktive, wundervolle Männer – und mit beiden kriege ich keine Beziehung hin!

Abrupt kehre ich um, gehe einige Schritte zurück und betrete die kleine Pizzeria. Nur zwei Tische sind besetzt, ich kann unter den Gästen kein bekanntes Gesicht erkennen. Ich begrüße Francesco und setze mich zu ihm an den Tresen.

„Ciao Sina", Francesco kommt auf mich zu, reicht mir die Hand. „Hat deine Köchin heute Ausgang oder brauchst du einen Tapetenwechsel?"

„Wenn es nur die Tapete wäre", seufze ich. Francesco stellt mir einen Schnaps hin.

„Probier mal, ein neuer Kirschlikör, sag mir deine Meinung." Ich muss schmunzeln, immer, wenn er mich einlädt, verpackt er es so, als bitte er mich um einen Gefallen.

„Francesco, du bist ein Schatz." Der Likör hat eine angenehme Süße, die ausgewogen zu der Schärfe des hochprozentigen Alkohols passt. „Hm, richtig süffig." Als Francesco erneut zu der Flasche greift, wehre ich ab. „Nein, danke, das reicht auf nüchternen Magen. Machst du mir bitte die kleine Spezial?"

Francesco mustert mich. „Du willst sie extrascharf?"

„Ja", sage ich möglichst beiläufig, denn ich weiß genau, was er denkt. Er kennt mich einfach zu gut – ein in Kauf zu nehmender Nachteil meiner Offenheit.

Francesco gibt die Bestellung in die Küche, ruft ein paar italienische Worte zu seiner Frau, kommt um den Tresen herum und setzt sich neben mich. „Sina, du bist eine so attraktive, patente Frau, was ist das bloß mit dir und den Männern?" Wie aus dem Boden gewachsen steht plötzlich seine Frau neben mir, breitet ihre Arme aus und drückt mich an ihren großen, mütterlichen Busen. Jede Selbstbeherrschung schmilzt unter der Flut ihres italienischen Wortschwalls dahin, die Tränen tropfen auf die bunte Schürze.

„Bella, vielleicht sollten *wir* einen Mann für dich finden." Sie tupft mit einem Taschentuch die Tränen weg, küsst mich auf beide Wangen, um gleich darauf, ohne weitere Worte, wieder in der Küche zu verschwinden. Ob ich jemals verstehen werde, wie dieses Juwel das macht? Sie sagt nicht viel, jedenfalls nicht viel, das ich verstehen könnte – und doch ist alles gesagt. Sie nimmt mich in ihre Arme und mein Herz ist getröstet. Das Leben geht weiter. Francesco muss zu den anderen Gästen, ich trinke ein Wasser, esse die Pizza, bezahle, bedanke mich erneut herzlich und ziehe mich in meine Wohnung zurück.

Ein letztes Wiedersehen?

Mit dem Telefon mache ich es mir auf dem Schaukelstuhl bequem. Die Füße auf dem Boden, den Kopf an der Stütze. Vor und zurück, vor und zurück. Nach einer Unterbrechung – vor und zurück, vor und zurück. Ein tiefer Atemzug. Warum ist mir derart eng um den Brustkorb? Warum fühlt sich das so schwer an? Ich wähle die Kurzwahl von Toni, ein einziges Klingelzeichen, er hebt ab. „Hi Sina, danke, dass du anrufst."

Ein erneuter tiefer Atemzug. „Hi Toni. Ich habe zu danken. Ich war sehr erleichtert, dass du meinen Wunsch erfüllt hast und wir nur Mailkontakt hatten."

Stille.

„Wie geht es jetzt weiter?", fragt Toni leise, unsicher.

„Wir können uns treffen, wenn du möchtest."

„Gleich?"

„Witzbold", rutscht mir heraus. „Tschuldigung, war nicht so gemeint. Es ist verständlich, du willst wissen, woran du bist. Moment, ich lege dich kurz weg und hole den Kalender." Wie immer in einem solchen Moment ist er unauffindbar. Wo hatte ich ihn zuletzt? Gestern beim Chor. Tatsächlich finde ich ihn in der Chor-Tasche. „Bin wieder da. Wie sieht es bei dir morgen aus?"

„Ganz zu deinen Diensten." Ich verziehe das Gesicht. Was soll das jetzt? Was will er mir damit sagen?

„Also morgen passt dir auch?"

„Ja, morgen passt mir auch."

„Toni …", beginne ich in fragendem Ton, als er mich unterbricht.

„Bitte Sina, lass es uns kurz machen, mir ist lieber, ich kann dich dabei sehen. Wo möchtest du dich mit mir treffen?" Tonis Stimme ist angespannt, leicht aggressiv. Wo eigentlich? Darüber habe ich bisher nicht nachgedacht. In einem öffentlichen

Lokal? Nein, da sind wir zu eingeengt, keine Gefühlsausbrüche, kein lautes Wort, kein Aufstehen und rumlaufen, zu viel Ablenkung. Bei mir? Nein, da kann ich nicht weggehen.

„Wenn es dir recht ist, komme ich gegen 16 Uhr direkt von der Arbeit zu dir."

„Ja, das passt mir. Tschüss bis morgen." Ehe ich antworten kann, hat Toni aufgelegt. Verwundert lasse ich das Telefon in den Schoß sinken. Was war das denn? ,Tief atmen, Sina. Gib ihm den Raum, mit der schwierigen Situation umzugehen. Er hängt in der Luft, muss abwarten, was du tust oder entscheidest.' ,Ist schon gut' antworte ich dieser schlauen Stimme im Kopf.

Ich lege die Filmmusik von *Hero* in den CD-Player, programmiere mein Lieblingslied *Love in Distance* auf Wiederholung, strecke mich auf der Couch aus. Mit geschlossenen Augen überlasse ich mich dem, was kommen mag. Gerädert erwache ich Stunden später. Dumpf entsinne ich mich an wilde, chaotische Träume, doch so sehr ich mich auch bemühe, klare Bilder erhalte ich nicht.

Später hole ich mir ein Glas Wasser, einen Block, einen Stift und stelle alles auf dem Nachttisch bereit. Vor dem Einschlafen wünsche ich mir einen Traum, der mir auf Francescos Frage Antworten gibt. Während ich bedächtig einen Schluck Wasser trinke, sage ich laut: „Wenn ich morgen früh erneut von diesem Wasser trinke, werde ich mich an meine Träume erinnern."

Lange bevor der Wecker mich unsanft aus dem Schlaf reißen will, knipse ich die Nachttischlampe an, die den Raum in ein dezentes Licht taucht. Rasch aufgesetzt, trinke ich einen Schluck, des magischen Getränkes. Das Wasser behalte ich einen Moment im Mund, greife nach Block und Stift, die ersten Bilder tauchen auf und ich beginne zu schreiben.

Ich sitze auf der Erde einer fast kreisrunden Mini-Insel. Wie eine Eisscholle treibt sie auf dem Gewässer. In der Ferne sehe ich Land, kann Bäume erkennen. Wie kann ich diese kleine Insel steuern? Es gelingt mir nicht, mit den Händen an das Wasser zu gelangen, um zu paddeln oder die Richtung zu beeinflussen. Egal was ich versuche, ich erreiche das Wasser nicht.

Verzweifelt richte ich mich auf, betrachte die Umgebung, sehe weitere Inseln auf dem Wasser treiben. Ganz in meiner Nähe ist ein Mann zu sehen. Ist das Simon? Die Hand über die Augen haltend, starre ich auf einen Rücken, der mir bekannt vorkommt. Der Mann wendet den Kopf, schaut ebenfalls zu dem Land am Horizont. Im Profil erkenne ich ihn, es ist tatsächlich Simon. Ich stehe auf, winke wild mit beiden Armen, rufe, so laut ich kann, aber kein Ton kommt heraus. Simon hebt beide Arme – hat er mich gesehen? Nein, jetzt fällt er auf die Knie. Er scheint zu beten. Kurz darauf ist die Insel verschwunden. Entsetzt starre ich auf die ruhige Wasseroberfläche, da ist keine Bewegung zu sehen, nichts deutet darauf hin, dass eben noch jemand dort gewesen sein könnte. Habe ich Halluzinationen?

Enttäuscht werfe ich mich auf die Erde, rolle mich zusammen wie ein Embryo. „Ganz ruhig, du bist eingeschlafen", höre ich die Stimme von Toni und schrecke hoch. Da ist Hilfe! Ich springe auf – und erstarre. Alles ist weiß! Meine Insel ist eingeschneit, ich bin eingeschneit, ich schlottere am ganzen Körper. Toni hat mich gerettet, im Schlaf wäre ich erfroren. Was nun? Ist meine

Lage jetzt besser? Im Schlaf zu erfrieren wäre wenigstens ein angenehmer Tod gewesen.

Ich setze mich auf die Erde, ziehe die zitternden Knie an den Körper, lege müde den Kopf darauf. Ohne die Augen zu öffnen, sehe ich Wolfgang am Ufer stehen. „Sina, alles wird gut. Vertraue!" Welch ein Blödsinn, denke ich, das sagen sie immer im Film, nichts als leere Versprechen, woher will er wissen, dass alles gut wird?

Fassungslos sitze ich im Bett, unglaublich! Der Herz-Verstand-Dialog hatte mich bereits sehr überrascht, aber dieser Traum und eine derart deutliche Erinnerung – das ist der Oberhammer! Aber was bedeutet das alles? Ich lege mich auf den Rücken, schließe die Augen, spüre in diesen Traum hinein. Sehe mich auf der kleinen Insel, sehe Simon, wie er sich dem Himmel und der Erde öffnet, höre erneut die Stimme von Toni, wie er mich aufweckt, sehe Wolfgang unter den Bäumen stehen: „Vertraue!" Schluchzend vergrabe ich mich im Kopfkissen, der ganze Körper wird von einem heftigen Beben erschüttert. Jedes Mal, wenn ich denke, jetzt habe ich mich beruhigt, bricht *es* erneut aus mir heraus.

Das Tageslicht lugt hinter den Vorhängen hervor, als ich mich endlich aufrichten kann. Erschöpft, aber gleichzeitig unglaublich befreit, sitze ich am Bettrand. Was ist da mit mir passiert? Was ist aus mir herausgebrochen? Ich bitte um Antworten – und erhalte stattdessen Fragen über Fragen. Nein, ein solches Hadern ist nicht fair, maßregle ich mich selbst. Eben ist auf rätselhafte Weise etwas passiert, was der Verstand nicht versteht, aber ich fühle ganz deutlich eine Erleichterung, ebenso eine, fast schon schelmische, Fröhlichkeit. Ratlosigkeit will sich ausbreiten, doch die neu gewonnene Leichtigkeit siegt. Ich beschließe, das zu tun, was Wolfgang zu mir sagte: vertrauen – und zwar mir selbst! Bevor ich unter die Dusche springe, um mich von dieser Heulattacke zu reinigen, informiere ich meine Chefin, dass ich heute eine Stunde später im Büro sein werde.

Am Schreibtisch sitzend, wandert der Blick immer wieder zum Himmel, erinnert mich an das fast endlose Meer dieses Traumes, die Baumspitzen auf dem Landstreifen in der Ferne. Ich bin überrascht, wie intensiv sich die Bilder anfühlen, als wären sie real, als hätte ich dies wirklich erlebt. Erstaunlich! Das Telefon klingelt, holt mich zurück in die Enge eines gemauerten Raumes. Schade, die Gefühle von Freiheit, Offenheit, Weite waren bezaubernd wie eine Fabelwelt, die man niemals verlassen möchte. Offenheit! – durchfährt mich ein Geistesblitz. Das Telefon klingelt immer noch. Das ist das Schlüsselwort meines Traumes. Offenheit schafft Freiheit und Weite, dazu braucht man Vertrauen. Es läutet hartnäckig weiter. Was erzeugt Vertrauen? Was braucht man, damit Vertrauen entstehen kann? Letztens habe ich gelesen, Vertrauen ist eine Entscheidung. Ich stutze – ich habe mich entschieden!

Obwohl das jetzt keine brandneuen Erkenntnisse waren, fühlt es sich im Inneren eindeutig klarer an. Als sei ich durch etwas hindurchgegangen oder als habe eine Erkenntnis im Kopf den ganzen Körper durchdrungen und fühlbar gemacht. Begeistert wie dieser Körper funktioniert, wende ich mich den Herausforderungen meines Schreibtisches zu. Just in diesem Moment – soll mir einer sagen, es gäbe keine Zufälle – kommt meine Chefin herein. „Wo hast du denn gesteckt? Ich habe versucht, dich anzurufen."

„Tut mir leid, ich war grad in einer derartig komplexen Sache, da wollte ich nicht unterbrechen, und habe nicht geschaut, wer dran ist." Sie unterbreitet mir ihr Anliegen und sofort bin ich wieder im Job-Modus, ausgelöscht die Gefühle von Freiheit und Weite.

Auf der Fahrt zu Toni halte ich an der alten Buche an, die mir schon letztens Halt geboten hat. Ich steige aus und umarme sie erneut. Den Kopf angelehnt, atme ich ruhig und tief. Ein und aus. Ein und aus. Mit geschlossenen Augen lausche ich den Vogelstimmen, dem Rascheln der Blätter, den Geräuschen der vorbeifahrenden Fahrzeuge. ‚Heilsame Natur, heilsamer Baum, ich danke euch‘, mit diesen Worten löse ich mich, bringe die letzten Meter zu Toni hinter mich.

In Tonis Straße angekommen, verharre ich eine Weile im Auto. Bin ich aufgeregt? Nein. Habe ich Angst? Nein. Bin ich traurig? Nein. Was bin ich dann? Ich fühle nur Ruhe, Gelassenheit, Liebe. Mein Kopf schüttelt sich, ‚nein, das glaube ich nicht.‘ ‚Doch‘, antwortet das Herz, ‚das ist tatsächlich so. Sina verdrängt grade nichts, obwohl sie das manchmal besser kann, als es gesund für sie ist, aber in diesem Moment ist ihre Ruhe echt.‘ ‚Hallo, darf ich auch mitreden?‘, quatsche ich dazwischen, dieses Eigenleben im Kopf ist nervtötend. Ich gebe mir einen Ruck und steige aus.

Ich gehe die letzten Schritte, sehe das Haus von Toni, das Herz beginnt zu rasen, der ganze Körper wird von einer Wärmewelle überflutet. Was ist jetzt los? Was geschieht mit mir? Und warum? Ich halte inne, spüre genauer hin: Das sind die Erinnerungen an die gemeinsame Zeit, an die Verliebtheit, die Begeisterung. Kaum bin ich mir darüber im Klaren, wechseln die Gefühle in Trauer über den herannahenden Abschied.

Als ich den Vorgarten betrete, sehe ich Toni wartend in der Tür stehen. Wie lange mag er mich beobachtet haben? Unbeholfen stehen wir uns gegenüber und schauen uns in die Augen; gefolgt von einer kurzen Umarmung, bei der sich unsere Körper kaum berühren. Zurücktretend fordert Toni mich auf hereinzukommen. Mein Blick wandert zu einem Schild neben der Haustür: *Toni Wagner, Privatdetektiv.* „Ah, der Untermieter des Anbaus!“

Sein Gesicht verzieht sich zu einer Grimasse, unangenehm berührt nickt er. „Wenn ich könnte, würde ich all diese Lügen ungeschehen machen."

Ein ungnädiges ‚Hättest du dir früher überlegen müssen!' ist meine unausgesprochene Antwort, während ich ihm durch den Flur ins Wohnzimmer folge, wo ein Feuer im Kamin flackert. Hat er etwa keine Mahlzeit vorbereitet? Das wäre außergewöhnlich für Toni. „Magst du etwas essen? Ich weiß nicht, ob ich einen Bissen herunterbekomme, aber ich würde mich dazusetzen." Wärme durchströmt mich, er ist ein so fürsorglicher, herzensguter Mensch. Als ich den Blick vom Feuer löse und Toni zuwende, trifft mich der Schlag. Da steht dieser Mann, beobachtet mich unentwegt mit seinen braunen Augen, wie bei unserer ersten Begegnung. Volle Präsenz, nur dieser Augenblick zählt. Verdammt! Jetzt bloß nicht auf ihn zugehen, keinen Körperkontakt.

Die Augen wieder auf das Feuer gerichtet, lasse ich mich davor auf die Knie sinken. „Vielen Dank, nein, ich habe keinen Hunger." Toni kommt ein Stück auf mich zu, hält inne, lässt sich auf die Couch fallen und schließt die Augen.

„Vor dieser Begegnung hatte ich große Angst", beginnt er leise. „Ich bin angenehm überrascht, dass du nicht wütend, nicht aggressiv bist, nicht schimpfend über mich herfällst." Ein tiefer Atemzug dringt an mein Ohr, dann noch einer. „Na ja, wer weiß. Vielleicht wäre es einfacher. Du bist ruhig, freundlich - aber unerreichbar. Eben, als sich unsere Augen trafen, das fühlte sich an wie … wie früher, bevor … meine Lügen ans Licht gekommen sind." Ich betrachte sein Gesicht, die klaren Züge, seine wohlgeformte Nase, die Augenbrauen, seinen Mund, spüre eine Liebe, die mich zu zerreißen droht, da es gleichzeitig dieses verdammte Nein gibt.

Toni öffnet die Lider und erneut treffen sich unerwartet unsere Augen, wieder trifft mich die Stärke unserer Verbindung und der Anziehung mit voller Wucht. In Tonis Augen spiegeln sich rasch wechselnde Facetten: Liebe, Wärme, Unsicherheit, Angst, Vorsicht, Unruhe, Hoffnung, Ungeduld, Traurigkeit. Was mag er bei mir lesen? Obwohl die Situation unerträglich intensiv und nah ist, sagt meine *Innere Stimme: ,*jetzt nicht ausweichen oder davonlaufen, das ist wichtig'. Mühsam halte ich seinen Blick aus, als mich plötzlich ein Heulkrampf erschüttert, der mich an heute Morgen erinnert. Beim Schnäuzen der Nase sehe ich, dass Toni sich aufgesetzt hat, unschlüssig auf der Kante sitzt, zu überlegen scheint, ob er zu mir kommen soll. Ihm ins Gesicht sehend schüttle ich leicht den Kopf, woraufhin er sich zurücklehnt, mich dabei jedoch unverwandt ansieht. Erneut durchschüttelt mich eine Welle, die nicht nur Toni fassungslos macht. Wie gerne würde ich jetzt zu ihm gehen, mich an ihn kuscheln. Aber wozu? Mich von *ihm* trösten lassen, weil ich mich von *ihm trennen* will? Das kann ich auf keinen Fall machen. Diese Gedanken bringen zwar die Tränen zum Versiegen, doch ich fühle mich aufgeweicht und erschüttert.

„Toni, gerne würde ich dir erklären, was mit mir los ist, leider kann ich das nicht. Bereits heute Morgen, als ich in einen Traum hineinspürte, an den ich mich beim Aufwachen erinnerte, hat es mich – sogar noch heftiger – erwischt. Wenn du ihn hören magst, erzähle ich ihn dir, allerdings sollte ich dir vorher etwas anderes sagen." Bei diesen Worten zuckt Toni zusammen, die Augen flattern, er befürchtet, dass jetzt das kommt, was tatsächlich folgen wird. Ich erhebe mich, setze mich ihm schräg gegenüber auf die Couch.

„Ja, deine Befürchtung trifft zu" – ein kurzer überraschter Blick von Toni – „ich möchte es nicht erneut mit uns versuchen, es ist endgültig vorbei. Ich kann nicht." Eine Uhr tickt, obwohl die Zeit eingefroren scheint. Toni wirkt zuerst erstarrt, blass, dann erröten seine Wangen, er springt auf, läuft aufgeregt durch den Raum.

„Ich verstehe das nicht. Deine Augen sind voller Liebe, du heulst, als würde dir das Herz zerbrechen – trotzdem willst du alles hinwerfen! Warum kannst du mir – uns – nicht eine Chance geben? Denkst du wirklich, mir könnte Ähnliches abermals passieren? Ich habe erlebt, wie alles wie ein Kartenhaus zusammengebrochen ist, weil man auf Lügen nichts aufbauen kann! Du warst davon überzeugt, ich kann meine Eifersucht in den Griff kriegen, warum glaubst du nicht, dass ich mich in dieser Hinsicht ebenfalls ändern kann?"

Schweigend betrachte ich ihn. Rätselhaft, mein eigenes Verhalten. Ich bin ruhig, voller Liebe und Verständnis, verspüre keinerlei Ansätze von Kampf oder Vorwürfen. „Ja, alles, was du über mich gesagt hast, stimmt. Das Herz ist voller Liebe, Wärme und Verständnis. Doch es droht zu zerreißen, wenn ich dich ansehe – weil es gleichzeitig ein klares Nein gibt, das nicht auf einer von mir bewusst getroffenen Entscheidung beruht. Plötzlich war es da und fühlt sich unumstößlich an."

Abrupt steht Toni auf. „Willst du auch etwas trinken?"

„Bitte bring mir ein Glas Leitungswasser mit." Während er in die Küche geht, setze ich mich zurück vor den Kamin, hänge mir eine Decke über die Schulter, um mich zu wärmen. Seitdem ich das Unvermeidbare ausgesprochen habe, ist mir schlagartig kalt geworden. Toni hält mir ein Glas vors Gesicht. Mühsam unterdrücke ich den Wunsch, der Sehnsucht nachzugeben und ihn zu berühren, nehme stattdessen das Wasser ohne jeden Körperkontakt entgegen. Nach kurzem Zögern geht er zur Couch zurück, stellt einen Krug mit Wasser auf den Tisch, schenkt sich ebenfalls ein Glas ein. Ratlos starren wir beide in die Flammen. Habe ich noch etwas zu sagen oder sollte ich jetzt besser aufstehen und für immer gehen? Ein unbekannter Grund hält mich fest, was mag das sein? Sind da noch Zweifel in mir?

„Ich habe mich auf hitzige Diskussionen, Wortgefechte, Kämpfe eingestellt, auf Drama, Schreien, Tränen. Das jetzt verstehe ich allerdings überhaupt nicht. Ich fühle eine Einigkeit zwischen uns, eine … ich weiß gar nicht, wie ich das beschreiben kann … eine Harmonie, das ist das passende Wort. Wir sitzen hier derart harmonisch, eher so, als würden wir gerade beginnen. Du sprichst davon, dass es zu Ende sei, aber ich kann nichts Derartiges spüren. Wenn es für dich aus ist, warum bist du immer noch hier?", schließt er provozierend und aufgebracht.

Mich packt eine Unruhe, die mich aufstehen und durchs Zimmer laufen lässt, bis ich zum dritten Mal vor Toni stehe, den Mund öffne und schließe, ohne ein Wort herauszubringen. Da steht er auf, ergreift meine beiden Hände, zieht mich auf die Couch, umschließt mich mit seinen Armen, drückt mich fest an sich. Sofort bricht ein Schluchzen aus mir heraus, das nicht enden will, flammt von neuem auf, als speise es sich aus einer unbekannten Quelle. „Oh du, meine Liebe. Was machst du bloß für Sachen, warum tust du nicht, was dein Herz sich wünscht?", dringt Tonis liebevolle Stimme in mein Ohr.

Endlich bekennt sich der Schmerz und die Worte eines gut versteckten Geheimnisses platzen aus mir heraus: „Ich habe Angst. Nie wieder will ich so verletzt werden. Nie wieder! Ich kann nicht mehr, ich kann einfach nicht mehr." Eine Tür hat sich geöffnet und ich falle ins Bodenlose. Jede Zelle meines Körpers wird von einem tiefen Schmerz erfasst, jagt wie ein Feuersturm durch mich hindurch. Als die Woge abgeklungen ist, liege ich erschöpft in Tonis Armen, der ganze Körper ermattet, wie von einer Walze überfahren. Dieser Schmerz muss uralt sein, aus einer Zeit vor Toni, vor Simon, vor Wolfgang.

Ich löse mich, setze mich aufrecht im Schneidersitz hin, Toni folgt meinem Beispiel. Auf diese Weise haben wir schon einmal gesessen, bei unserem Gespräch nach meinem Ultimatum. Was für eine tragische Ironie! Hätte er mir damals die Wahrheit gesagt, gäbe es die heutige Situation nicht!

„Eben hat sich mir ein alter Schmerz offenbart, den ich all die Jahre gut versteckt hatte, dafür danke ich dir. Dieser Schmerz scheint die Antwort auf deine Frage zu sein, warum ich noch geblieben bin.

Bevor ich gehe, muss ich noch etwas loswerden. Nachdem ich die Wahrheit erfahren habe, war ich derartig erschüttert wie bisher in keiner Beziehung. Wie kann man eine zerstörte Basis wieder errichten? Wie könnte ich dir jemals wieder vertrauen? Du warst nicht bereit, den Preis zu zahlen, den Wahrheit kostet. Du wirst ihn auch das nächste Mal nicht bezahlen wollen, wirst feilschen, wirst dich biegen und winden. Wahrheit ist eine innere Verpflichtung sich selbst gegenüber, eine Integrität, eine Bedingungslosigkeit – die man hat oder nicht hat, lernen wie eine Sprache kann man sie nicht. Deine Erfahrung mit mir ist ein Samenkorn, aus dem – gut genährt und beschützt – eine solch starke innere Kraft erwachsen könnte." Ich erhebe mich, während Toni fassungslos, wie erstarrt dasitzt. „Kommst du mit zur Tür?"

Toni schüttelt sich: „Puh, ist das ein abrupter Wechsel! So schnell komme ich nicht hinterher. Bitte Sina! Bleib und lass uns in Ruhe miteinander reden!" Mit diesen Worten erhebt er sich, steht direkt vor mir, sodass mich sein Atem streift, ich seinen Körper rieche, diese unglaublich starke körperliche Anziehung spüren kann.

Einen Schritt zurücktretend, mit dem Kopf das Nein vorwegnehmend, schaue ich ihn ruhig an: „Es gibt nichts mehr zu sagen, tut mir leid." Mit diesen Worten drehe ich mich um und gehe.

Wie gestern liege ich auf der Couch, mein Lieblingslied aus *Hero* ist einprogrammiert. Da war doch noch ein zweites, das mir so gut gefiel. Um es zu finden, werden schnell die Lieder angespielt. Nun bilden beide zusammen eine Endlosschleife.

Als ich lese, wie diese beiden Titel heißen, durchläuft mich ein Schauer – *Love in Distance* und *Longing.* Ist das die Antwort auf Francescos Frage?

Epilog

Wenige Tage später teilte Toni Sina in einer Mail mit, obwohl er wisse, dass sich dadurch nichts mehr ändern würde, wolle er alles offenlegen. Das Versteckspiel habe er gründlich satt.

Er habe ihr verschwiegen, dass er meistens, wenn sie sich nicht sahen, gearbeitet hätte. Seine Kunden seien in der Regel Privatpersonen, seine häufigsten Arbeitszeiten deshalb abends oder an Wochenenden. Auch sei er mehrmals nach Augsburg gefahren, weil er dort etwas habe regeln müssen, zum Beispiel wegen seines Hauses, oder um Fritz zu besuchen. An dem Samstag, an dem angeblich Äste auf sein Dach gefallen seien, habe er den Alarm einer Überwachungskamera per SMS erhalten. Sie sei ausgefallen, deshalb habe er so plötzlich losgemusst.

Wenn er es sich hätte aussuchen können, hätte er wesentlich mehr Zeit mit Sina verbracht.

Toni machte Sina ein ganz besonderes Geschenk. Er sandte ihr eine CD mit den Mitschnitten der Hypnose-Sitzungen. Die Stimme jenes, ihr unbekannten, Antons veränderte sich, wenn dieser als Wolfgang sprach, und zwar in einer Art und Weise, die ihr sehr vertraut war.

Sina bat Toni daraufhin, er möge Antons Vater mitteilen, dass sein Wunsch in Erfüllung gegangen sei und sein Sohn nicht umsonst gelitten habe. Die Mitschnitte hätten ihr geholfen, mit Wolfgang und seinem Tod endlich inneren Frieden zu finden.

Insgeheim hoffte Sina, Toni mögen einen Vater und Antons Vater einen Sohn gefunden habe.

Danksagung

Ich danke meiner Familie und allen Freunden, die mich ertrugen, als es zeitweise kein anderes Thema als dieses Buch zu geben schien. Die das Manuskript lasen, mit mir über Titel und Cover sinnierten, mir ihr Ohr schenkten. Menschen, die mir Impulse und offen ehrliche Rückmeldungen gaben – auch wenn das manchmal unbequem für mich war. Meine Dankbarkeit gilt insbesondere Hannelore, Dieter, Barbara und Anika.

Ganz besonderer Dank gebührt dem allergrößten Helfer – meinem jüngsten Sohn. Er beschäftigte sich ausführlich mit dem Manuskript, obwohl er normalerweise niemals Romane liest. Gleichwohl spürte er Ungereimtheiten auf, geizte nicht mit Kritik und half mir, meinen eigenen Text mit anderen Augen zu lesen. Nicht nur das; er stand mir auch bei vielen Fragen zur Seite, ob dies nun die Technik, das Cover oder die Publikation betraf.

Außerdem gab es da noch die gute Fee, die Hand anlegte und mein Werk optimierte – meine Lektorin Alexandra Eryiğit-Klos. Ich danke für ihre geduldige Begleitung, ihre unermüdlichen und fundierten Hinweise und ihr Feingefühl.

Nicht zuletzt bin ich dankbar für die Inspirationen, die Ausdauer und das Durchhaltevermögen, welche dieses Buch entstehen ließen.

Über die Autorin

In einem Moment der Muße, zurückgezogen in einer Einsiedelei, ertappt sich Birke Elia Milan, wie sie gedankenverloren ihren Fantasien nachhängt. Zuerst will sie sich zur Ordnung rufen, doch dann erinnert sie sich – schon als Siebenjährige war sie überzeugt: Ich werde eines Tages Schriftstellerin sein! Warum also die Träumerei verdammen?

Sie nimmt ein dickes Heft und einen Stift zur Hand und lässt ihrer Fantasie freien Lauf. Als ihr Urlaub zu Ende ist, stellt sie mit Verwunderung fest: Sie hat sich die Nächte mit Schreiben um die Ohren geschlagen, ist viel zu wenig in der Natur gewesen, die Hand schmerzt, aber – sie hat eine Geschichte geschrieben!

Wieder zuhause, fordert der Alltag sein Tribut, und die berufstätige, alleinerziehende Mutter vergisst, wie viel Freude ihr das Schreiben bereitet hat.

Jahre später stößt Birke Elia Milan zufällig auf das längst vergessene Heft und tippt ihren Entwurf in den Computer ein. Anfangs denkt sie, die Vervollständigung und Überarbeitung werde lediglich ein paar Tage dauern. Doch mit der Arbeit an dem Manuskript entdeckt sie auch ihre Liebe zur Sprache, das Spiel mit den Wörtern, die Freude an der Verfeinerung. So werden aus wenigen Tagen schließlich zwei Jahre, bis sie ihren ersten Roman tatsächlich vollendet hat.

Das Schreiben und Veröffentlichen dieses Buches ähnelt dem Leben von Sina. Es war ein Weg, der ein Ringen um viele kleine Schritte beinhaltete, eine Zeit mit interessanten Erfahrungen, mit Höhen und Tiefen, mit wertvollen Erkenntnissen. Sie haben Birke Elia Milan verändert und dafür ist sie dankbar.

Über das Buch

Ohne Vorwarnung werden die Leser in einen Strudel der Ereignisse hineingezogen, erleben, wie Sina auf die rätselhafte Mail eines Unbekannten reagiert und innerhalb von drei Tagen ihr ganzes Leben auf den Kopf stellt.

Authentisch und lebendig enthüllt sich den Lesern Sinas Ringen mit ihrer Ambivalenz – sie misstraut ihrer inneren Stimme, wird sich selbst untreu, Gefühl und Verstand liegen ständig im Clinch.

Kann es Klarheit ohne den Preis der Wahrheit geben?

Diese Auseinandersetzung mit sich selbst gestaltet Sina erfinderisch und sie probiert Verschiedenes aus. Als sie ein Gespräch zwischen Herz und Verstand führt, ist sie zuerst etwas befremdet. Doch immer flüssiger offenbart sich, was zuvor in der Tiefe schlummerte, schafft erleichternde Klarheit und ermöglicht Entscheidungen.

Eine fesselnde Geschichte, in die sich unaufdringlich kleine Einsichten und Weisheiten hineinweben, präsentiert in einer wunderbaren Mischung aus Unterhaltung, Spannung, Herz und Kopf.

„Ein spannendes Buch über ein aufregendes Sujet, packend erzählt in einem ganz besonderen Stil. Ich konnte nicht mehr aufhören zu lesen, bis sich alles entwirrt hatte." *H. Sommer, Wissenschaftsjournalistin*

„Die Handlung ist spannend aufgebaut, sodass ich das Buch kaum aus der Hand legen konnte. Neben dem unterhaltsamen Wert der Lektüre hat mich die Geschichte sehr inspiriert. Es gibt viele Details und scheinbar kleine Hinweise, die mich zum Nachdenken über mein eigenes Leben und mein Verhalten animiert haben. Dadurch hat mir das Buch wertvolle Anregungen gegeben und mir ein anderes Hinschauen ermöglicht.

Ich kann dieses Buch allen empfehlen, die gern tiefgründige Literatur bevorzugen und nicht auf Romane verzichten möchten. Super Lektüre für den Urlaub, lange Winterabende und Zeiten, in denen es unbeantwortete Fragen im Leben gibt." *M. Graubner, IT-Mitarbeiterin, Yogalehrerin*

„Äußerst interessante und wunderschöne Gebetsdefinition! Schon allein dafür lohnt sich dieser Roman!" *Kommentar aus dem Lektorat von Alexandra Eryiğit-Klos*

„Sehr schöne, tiefsinnige Begründung und Herleitung! Auch sehr anschauliche Ausdrucksweise." *Kommentar aus dem Lektorat von Alexandra Eryiğit-Klos zu einem Dialog im Buch über Freudentränen*